U0531752

犬之罪

慢三 ——

著

中信出版集团｜北京

图书在版编目（CIP）数据

犬之罪 / 慢三著. -- 北京：中信出版社, 2025.
1. -- ISBN 978-7-5217-7097-1
Ⅰ. I247.5
中国国家版本馆CIP数据核字第2024V4L346号

犬之罪

著　　者：慢三
出版发行：中信出版集团股份有限公司
　　　　　（北京市朝阳区东三环北路27号嘉铭中心　邮编　100020）
承 印 者：嘉业印刷（天津）有限公司

开　　本：880mm×1230mm　1/32　　印　张：10.75　　字　数：248千字
版　　次：2025年1月第1版　　　　　印　次：2025年1月第1次印刷
书　　号：ISBN 978-7-5217-7097-1
定　　价：49.80元

版权所有·侵权必究
如有印刷、装订问题，本公司负责调换。
服务热线：400-600-8099
投稿邮箱：author@citicpub.com

细密罗列的火焰

慢三浅记暨《犬之罪》序

那多

和慢三相识于三年前。当时我刚发起一个冠名"暗黑"的推理悬疑作家沙龙，才聚了几次，每次拿一位成员的作品开刀，各抒己见（以专业之名可着劲儿喷）。那会儿大家的心理不像后来那么强大，有结束后躲进街角阴影抽烟的，有一屁股坐上马路牙子灌啤酒的；还有一位特意携眷请饭，不料大家酒足饭饱火力更足，事后他太太挨个点名，说有几个"孙子"不必做朋友，可以绝交了。如此施虐与受虐轮转，在同行里造出几分恶名之后，我收到了一封慢三的微博私信，说他要加入。勇者啊，我想。

我们的聚会一般周末晚七点开始，十点结束，选一个大家交通都方便的地点。慢三是第一个非上海成员，到了那一天，他扔下老婆孩子，从苏州坐高铁奔赴上海骂人或者挨骂，结束后酒店宿一晚，次日回返。无论时间成本还是经济成本，他耗费最高，可缺席极少。他通常着灰色系衣物，戴眼镜，顶鸭舌帽，往往留有胡茬，总有风尘仆仆之感，也确实风尘仆仆。进门之后，他从挎包里取出一小本子，里面记着他对当日讨论作品的诸多意见或建议，不苟言笑。轮到发言，他先压着本子说一句优点，就像包饼的皮子——极薄，然后翻开本子，露出馅儿。不管馅多馅少，总是辛辣口味。

慢三对作品意见的细致程度与他两地跋涉的辛苦程度相匹配，往往有惊人洞见，且绝不因与其他作者逐渐熟悉而稍减凌厉。相对于我这个发起人，慢三对待聚会的态度是更认真的。若对一件事情付出越多，便会越认真，因为代价大，但我总觉得慢三是相反的原因——他是因为对写作认真，才愿意付出代价。他和我一样是全职写作者，但比我勤奋十倍。明明年纪相差不大，但他一年可以创作两三本小说。我二十年前倒也可以做到，现在两年产出一本就不错了。每次经纪人吹捧我写作自律时，我总觉得慢三会跳出来亲手为这个"自律"打上引号。他的微博内容也多和创作相关，有各种思考，金句不断，光芒闪闪。他是应该去开设类型小说写作课的，不然太可惜。

慢三的创作是组合式的，二三成伍，没有系列那么长，彼此之间打出短小精彩的配合。他在聚会上第一个被讨论的作品是《尾气》，之前还有一个作品《暖气》。《尾气》是个关于抢劫的故事，其中一个场景令我印象深刻。那是临近尾声的篇章，阳光下，拥堵的北京高架路上，歹徒与警察拔枪互射，乒乒乓乓的声响中硝烟慢慢弥散。有人说这场面未免太超现实，不太可能真的发生吧？可你不觉得这有一种浪漫吗？慢三反问。这是慢三式的浪漫，在我读过的所有慢三的作品里，都会有某个时刻，舞台升起来，正反派同登场，一齐在血色中演出这份特别的浪漫。与慢三本人的肃然相比，与他小说的精妙结构相比，这浪漫就像一团细密罗列的火焰，让我窥见他创作更深处的核心。

《犬之罪》是他在会上被讨论的第二部作品。还有一本"猪"，一本"狐"，当时是创作计划，现在自然都完成了。《尾气》讨论时已经付梓，所以无法再修改，慢三很遗憾。《犬之罪》大家看的是电子版初稿，慢三在小本子上细细记下意见时，眉目间颇见兴奋，等我这回在出版前见到终稿，已是一番新妆容。对于作家来说，修改往往比创作更痛苦，反正我是极不耐烦修改的，假装别人说的都不对，都不懂我。这会儿只能再次承认，慢三对创作之认真态度，非我能及。修改前后不变的当然是那一份浪漫、那一团火。囿于犯罪小说的悬念，我所能透露的仅止于此。愿舞台升起时，看客屏息凝神，帷幕落下时，不吝掌声。

序　曲

四个孩子站在天台的边缘，对接下来将要做的事情犹豫不决。

一条黄狗躺在他们的脚边。

准确地说，是一条已经死去的大黄狗。它侧躺着，双目紧闭，伤痕累累，头部血肉模糊，苍蝇环绕，浑身散发着难闻的臭味，失去光彩的黄毛上胡乱粘着干草和泥土，就像一只从垃圾堆里捡出来的被主人丢弃已久的毛绒玩具。

"我们真的要这么做吗？"年纪最小的那个小胖子颤巍巍地说道。

"我们必须这么做。"年纪最大的那个女孩语气中有某种不容辩驳的力量。

"好吧。真可怜。"说话的也是一个女孩，她有着白皙的肌肤和洋娃娃般的脸，"我本来想要找个地方把它安葬了，做一个入土仪式呢。就像我爷爷去世时那样。"

"我们是一个团队，既然决定了就不要后悔。"大女孩轻描淡写地说道，然后探头朝楼下瞟了一眼，"得快点了，这个时间楼下正好没人。"

"这个时间"指的是午后一点左右。在这座江南城市，七月中旬的午后一点简直可以用酷热来形容，天气预报说今天最高气温将达到三十九摄氏度，而实际体感可能还不止。因此在这个时间，多数居民要么待在家里吹空调，要么待在公司吹空调，除了聒噪不止的蝉鸣和当头照射的烈日，不太可能有人会恰好从楼下经过。

出于安全考虑，谨慎而胆小的孩子们时不时把头探出天台边缘。

他们只是要把这条死狗从 31 层的天台上扔下去罢了。

"准备好了吗？"大女孩问道。

小胖子点点头。洋娃娃点点头。当她把视线转向最后一个男生时，他却低着头，不断用牙齿咬着嘴唇，耐克鞋在水泥地上来回摩擦，看上去非常紧张。

"你怎么了？"大女孩问道。

"不知道。我总觉得这样做不太好。"

男生只比大女孩小一岁，个子却矮小了半个头。他穿着干净的白色 Polo 衫和灰色短裤，整条小腿都被长筒袜包裹着，一副老师和家长眼中成绩优异、遵守纪律的乖巧好孩子模样。实际上他确实是。

"你是要退出吗？"

大女孩朝前走了两步，与男生面对面。两人之间的距离不到半米。男生抬起头，看向女孩的脸。当一道锐利的目光从女孩的眼中射过来时，他害羞地再次把头低了下去，心脏扑通扑通跳得厉害。他想起自己为什么会加入这个小团体了。或者说，他从来没有忘记，只是不敢面对。

为了她。

只是……

"放心吧，没事的。"大女孩看透了他的疑虑，"香港电视剧里就是这么演的，只有这样才有可能抓到坏蛋。相信我，好吗？"

"那,那,好吧。"男生结结巴巴说道。

"OK!"得到最后一位成员的肯定答复之后,大女孩招呼大家围成一个圈,伸出手臂,手掌朝下,"来吧,把你们的手放上来。"

其他三个叠罗汉般把各自的小手放在上面。

"接下来无论发生什么事,希望大家遵守承诺,保守秘密,不对包括家人、老师、朋友,甚至家里宠物在内的任何人或者动物说起今天的事情,听明白了吗?"

孩子们点点头。

"一旦有人出卖同伴,他将再也不是我们'正义联盟'的成员。并且,永远不被原谅。"

那个最小的小胖子听到这话,明显颤抖了一下。大家看了他一眼,什么也没说。四只小手随即松开了。大女孩目光锋利地扫了大家一圈,然后蹲下,用两只手分别抓住死狗的两条前腿。

"帮帮我。"

这句轻柔却笃定的话语仿佛具有某种魔力,其他三个孩子迅速蹲了下来。洋娃娃抓住右后腿,好男生拎起左后腿,小胖子则揪住了狗尾巴。

"托着头啊,小笨蛋!"

小胖子"哦"了一声,从狗尾部挪动到头部,屏住呼吸,一脸嫌弃地托起狗头。那些贪食的大头苍蝇顿时四下惊起,但并没逃离,而是在周围盘旋,企图伺机冲下去再饱餐一顿。血肉和脑浆造成的黏糊手感差点令小胖子把中午刚吃的蛋炒饭呕吐出来。

大女孩最后一次把头探出天台围栏。

楼下空无一人。

"来吧。"

大家相互交换了眼神。

"三!"

死狗被左右荡了起来。

"二!"

荡起的高度已经足够越过天台围栏。

"一!扔!"

随着大女孩的最后一个指令发出,黄狗离开孩子们的手,被抛向空中,瞬间便像一只熟透的大芒果猛然往下坠落。孩子们蹲下身。

几秒钟后。

"啊!"

一声短促而闷声的惨叫犹如从地狱中传来,缥缈但真确。孩子们愣住了。他们迅速相互看了一眼,才确定大家都听到了。恐惧如乌云笼罩,就像被施了定身法,谁也不能挪动半寸。

短暂的时空凝滞之后,一阵夏日的微风吹拂过来,把孩子们从魔怔中唤醒。大女孩率先恢复了意识。她抬手示意大家别动,随即咬紧牙关,勇敢站了起来。大家一言不发地注视着小小的联盟领袖。只见她深吸一口气,扒住围栏,缓缓探出头,朝下看去。

眼前的景象如恐怖电影中最惊悚的一幕,顷刻让这个十二岁女孩浑身汗毛倒竖,头皮发麻。

她再次蹲下,望着伙伴们期盼而惊慌的眼神,强忍住已经涌到眼眶边缘的泪水,嘴巴张了又张,不知如何描述自己所看到的事故惨状——在那条大黄狗旁边仰面躺着一个人,鲜血正从他的头部汩汩流出。

1

虽然还剩不到一年时间才满六十，但方磊目前的状态已经跟退休没什么两样了。

从年初开始，除节假日正常休息外，每天朝九晚五，单位和家两点一线，不出外勤，不加班，看看报纸喝喝茶，完全不像一名刑事警察。对此，他心安理得。毕竟年纪大了嘛。他一贯的看法是，什么年龄做什么事，老头就该有老头的样子，没必要跟身体较劲。他对那种明明一把年纪却喜欢扮年轻的老家伙嗤之以鼻，更是厌恶"只要拥有年轻心态，人就可以永远年轻"这样的矫情鬼话。

事实上，在三十余年的刑警生涯里，方磊从来就不是特别拔尖的那一类。他个性不够突出，侦查能力尚可，但也仅仅是合格水准，参与了一些大案要案的侦破行动，但无非是做一些基础的前期排查和调研工作，价值总归是有的，但并非不可或缺，真要论破案的主要功劳，往往都是别人的。他始终像侦探剧中坐在专案组会议室角落里的龙套角色，只有在那些光彩夺目的神探找到线索说出真相、众人齐力鼓掌称赞时，镜头才会匆匆扫过他的面孔。

对此，年轻时他偶尔不甘，为自己没有受到重用而抱怨。但随着时间的推移，他逐渐认识到自身最大的问题所在：不够拼。他是富饶的江南S城本地人，祖父一辈在老城区开杂货铺，虽不是大富大贵，但日子也算过得去。到了他二十来岁的时候，经历过时代重大变革的母亲未雨绸缪，托关系安排他去了派出所工作，在八十年代那就算一份好公职了。到了九十年代初，本地公安系统改制，成立了专门负责刑事侦查的刑侦支队，他因为破获过几次盗窃案而被调入，正式成了一名刑警。在本市犯罪活动猖獗的九十年代中期，三十几岁的他倒是办过几起凶杀案，也得过一些奖章，但那竟然是他事业的最高峰。三十三岁那年，大女儿的出生成了他人生的拐点。美好的家庭生活是他每天出工时心心念念的，女儿可爱的大头照片塞在皮夹子里，时刻提醒着他凡事小心，千万不要为了抓捕罪犯而受伤或者丧命。一年后，又一个女儿降临人间。他彻底被自愿背负的家庭责任打败了。他成了一个有后顾之忧的男人，永远失去了成为英雄的可能。

基于"平安第一"的做事原则，他安安稳稳走过了三十多年的刑警岁月。回顾职业生涯，虽没取得过大的成就，也没犯过致命的错误，说碌碌无为不太公平，吹功德圆满就有点过了。中庸，是他对自我的评价。他甚至想，退休那天，领导没准会送他十六个大字——尽职尽责，兢兢业业，勤勤恳恳，无怨无悔。换句话说，他清晰地意识到，自己跟这世界上的大多数人一样，只是一个普通人，度过了自己平凡的一生。

眼下，这位平凡的老刑警坐在会议室的角落，鼻梁上架着一副老花眼镜，正专心致志地研究一本西式菜谱。这是他上周五下班后路过书店特意买的。去年，老伴因病离他而去之后，大部分时间他都独自生活。两个女儿早已嫁人,女婿都是普通工薪阶层,每家又各自生了一个女儿,过着平淡而简单的生活。老伴在世的时候,她们偶尔还会回来找妈妈聊聊天,但自从她去世后,女儿们就很少来了。

老伴离开后的很长一段时间里他都异常恐慌。他感觉生命中的某种平衡被打破了。以前,每天下班回家有人做好了饭菜,饭后有人陪自己散步,晚上和老伴在同一条枕头上相拥而眠。但这一切随着另一半的空置而终止了。那段日子,他经常失眠,吃什么都没有胃口,时常因为出神而坐过站。

好在他还有工作,还有必须面对的人和事,才渐渐从那种失衡的状态中走了出来。但如今,随着退休日的临近,那种彷徨到有点不知所措的感觉又回来了。

上周五在单位吃完晚饭后,回家的路上,他想到了一个严重的问题:退休后去哪里吃饭呢?

吃饭的问题平日并不会困扰他,虽然是独自生活,但他对吃一向要求不高。早餐在路边摊随意解决,中午,他会在单位食堂多打一点饭菜,吃一半,剩下的留到晚上。周末或者节假日,女儿偶尔会来家里给他做顿饭,或者在自己家做好了叫他过去吃,但这种情况不多。总不能退休后天天去女儿家蹭饭吧?或者天天在外面吃?他越想越觉得吃饭是一个大问题,恰好路过一家书店,就低头走了进去,想买本菜谱回家学烧饭。

很多年没逛书店了,方磊才发现竟然有这么多的书,多到让人没有耐心选择的程度。就拿菜谱区来说吧,光各种与做菜有关的书就占了满满四面书架,上上下下恐怕五百本都不止,八大菜系外加各种家常小菜就让人挑花眼了，还不包括西餐日餐韩餐南洋菜，以及各种面包糕点的食谱！方磊在书架前蹲了一小会儿，差点没站起来，眼前一黑，摇摇晃晃，要不是凭着老警察的身手一把扶住了书架，指不定会发生什么可怕的事。缓了好一阵后，干脆随手拿了两本，直接去结账了。

回到家，坐下来打开购物袋把书掏出来，他才发现自己买错了。那本讲中国菜的并不是什么菜谱，而是一本散文集，作者叫汪曾祺。另一本倒是食谱，还有彩图，材料和做法都写得很清楚，只可惜全是西餐，其中大部分篇幅还是点心烘焙。

无论如何，既然买了就先练起来吧。趁着周末在家，他去超市买了食材，开始试着做一种名为"舒芙蕾"的西式甜点。他之所以选择先拿它练手，一是因为看起来做法简单，易于上手；另一个原因则是他曾经听老伴提到过，有一次单位组织去澳门旅游，吃过非常正宗的舒芙蕾。原本想等他退休后，再带她去吃一次。遗憾的是，终究没有实现。

前前后后经过两个多小时的折腾，舒芙蕾出炉了。方磊尝了一口就吐出来了。毫不夸张地说，那种感觉就像是在吃一块奶味很重的海绵。不过他安慰自己，毕竟是第一次做嘛。

这会儿，他又翻开那本食谱，试图弄清楚到底哪个环节出了问题。会议桌正前方，刑警队长蒋健正在召开工作会议。几天前，本地发生了一起杀人案，一具年轻女性的尸体在天平山上被发现，凶手至今逍遥法外。但方磊并没有用心听，他知道蒋健不会给他安排任何工作。

就在这时，有人敲响了会议室的门。

一名警员进来，汇报他刚接到的一个 110 报警中心转来的电话。玫瑰园小区发生了一起高空抛物的案子,需要这边派刑警过去看一下。

"高空抛物?怎么转到我们刑警队来了?"蒋健趁机拿起茶杯喝了一大口,"让派出所派人去看一下不就完了?"

"蒋队……"

"怎么?"

"高空抛物现在已经入刑了……"

"是吗?"蒋健咳嗽了几下,掩饰自己的尴尬。

"听派出所的同事讲,还砸到了人。"

"砸伤还是砸死了?"

"伤了,据说伤得很严重,已经送往医院抢救了。"

"肇事的抓住了吗?"

"没有。溜了。"

蒋健不说话了,仿佛在思考着什么。

"蒋队,我该怎么回?人还在电话上等着呢。"

"你跟他们说,我这就派人过去看看。"

"行。"

警员说完就出去了。蒋健一边喝着茶水,一边悄悄扫视着屋内。最后,他的目光停留在了方磊身上。

"老方!"

方磊缓缓放下食谱,摘下老花眼镜,看着蒋健。

"啊?"

"那个,刚才这事你也听见了,要不辛苦你去一趟?"

方磊看看蒋健,再看看周围的同事,发现大家都盯着他和手里的食谱。他嘿嘿一笑,把书合上,接着站了起来。

"行吧,你是队长,听你安排!"

"那行,就快去快回。"

说完,蒋健就不再管他,继续开会。方磊在原地站了两秒钟,然后把书夹在腋下,拿起桌上的遮阳帽,转身退出了会议室。

从警局到玫瑰园小区大概三公里的距离,方磊却花了将近半个小时。他没有乘警用车(都外派出去了),也没有打车(不喜欢在烈日下等车),而是跨上那辆伴随自己多年的永久牌自行车,晃晃悠悠地骑了过去。和很多热衷玩手机的老年人不同,方磊讨厌一切智能电子设备,微信、抖音、微博、支付宝统统不会,手上的苹果手机还是女儿淘汰给他的,平时除了打电话和发短信,唯一使用的功能就是拍照,多是在工作当中使用一下。

烈日当空。当他抵达玫瑰园小区门口的时候,上身已经被汗水浸透。停好车,从正门进入,按照110发来的案发地址,找到了38号楼前。

虽然距离案发已经过去了将近一个小时,现场依然围了不少看热闹的居民。他们躲在树荫下,一边扇着扇子,一边等待新的谈资出现。方磊找到那两个身穿短袖警服的民警,说明自己的身份并出示警员证后,其中一位叫赵明明的警官从上到下打量了他一番。

"方警官,就您一个人过来吗?"

"对啊。"方磊这时已经看到了地上那一摊被高温蒸发得接近干涸的血迹,觉得形状像一颗桃心,"伤者怎么样了?"

"还不清楚,已经拉到医院抢救去了。"赵警官有些不快,"这大热天的,我们在这儿都等了大半个钟头了,您怎么才来啊?"

"刑警队事儿太多。"方磊没兴趣向他解释太多,"他被什么东西砸了?凶器呢?"

"喏,在那边,您自己看吧。"

说着,赵警官往旁边一闪,露出了地上的一堆黄毛。方磊凑近一看,发现竟是一条大黄狗,不禁愣住了。

"什么情况?怎么是一条死狗?"

"恐怕只有抓到那个扔它下来的嫌疑人才能知道答案。"

方磊没有说话。说实话,做了这么多年刑警,惨烈的犯罪现场也见识过不少,一条死狗其实很难在他心中激起多大的涟漪。他冷静地往后退了几步,抬起头,朝楼顶方向看去。

这是一栋典型的塔楼,非常高,站在楼下的方磊几乎把头后仰到了九十度才勉强看到楼顶的天台边缘。楼的外立面是灰色的,靠北这一侧是整齐划一的封闭式阳台,统一安装了铝合金窗户。突然,楼上传来了一声极速关闭窗户的"滋啦",只可惜他站在这个位置,看不见声音是几楼发出来的。

"物业的人呢?"

"在呢!"

随着一声答应,一名四十来岁、穿白色短袖衬衫和黑色西裤的短发女子走上前来。她个子不高,体态丰满,气质干练,看上去像是一名经验丰富的小领导。

"方警官您好,我是小区物业经理王芳,幸会幸会!"

她一脸讨好地对方磊露出笑脸,然后伸出手来准备跟他握手。但方磊并没有把手伸过去。干了这么多年刑警,基本的行为准则他还是很清楚:永远不要在犯罪现场跟任何人握手,哪怕对方是公安局长也不行。不过,她的机警引起了他的注意——只在旁边观察了一会儿，就听到了他姓方。

"这栋楼有多少层多少户？"方磊问道。

也许是被一个老头没礼貌地拒绝握手，王经理脸上有点挂不住，态度也冷淡了不少。

"一共 31 层，共 58 户。一梯两户。"

"58 户……"方磊若有所思，"不对啊，31 层难道不应该是 62 户吗？"

"哦，忘了说了，13 和 14 层不存在，从 12 层往上直接就是 15 层。"

"唔。"方磊点点头，虽然他平时不住高楼，但有些开发商忌讳 13 和 14 这两个数字他还是知道的。接着，他冷不丁又问了一句："那你觉得这狗得从多高掉下来才能把人砸趴下？"

"啊？您问我啊？这我可不敢乱说。"王经理为难地说道。

"说说看嘛，没事的。"

"这个，我觉得把人砸成这样，最起码也得是 10 层以上吧。"

"10 层以上……唔，我觉得也差不多。谢谢你的回答。"

说完，方磊迈步走到了那摊血渍前，低下头，左看看，右比比，把在场的所有人包括两位民警搞得有点蒙了。过了一会儿，赵明明实在看不下去，便走上前。

"方警官，您这是……"

"别说话。"

话音刚落，方磊突然做出了一个奇怪的举动——他朝前走了几步，然后蹲了下去，趴在了地上，并把自己的头凑近那摊血迹。等他彻底趴好之后，大家终于明白他在干什么了。他在模仿那个被狗砸中的伤者倒下的样子。围观的居民被眼前的一幕逗乐了，有人甚至笑出声来。而两位民警则把脸撇到一旁，不想看这尴尬的一幕。

方磊似乎不在乎这些。他只是趴在地上，静静感受着水泥地被烈日照射过后的温度。过了一会儿，他翻过身来，仰面朝上。在他的视线范围内，高高的楼房耸立，看起来倾斜了一半，摇摇欲坠。阳光照射着他的眼睛，让他不得不把眼睛闭上，避免太阳直射对视力的伤害。终于，他坐起身，缓缓地站了起来。两位民警赶紧上前搀扶。

"赵警官？"

"您说。"

"伤者的信息，你们调查清楚了吗？"

两位民警同时摇了摇头。

"没有，我们问过周围的人，没有一个人知道他是谁。"

"很正常，现在的小区里，住他对面的人也未必知道他是谁。搜过身吗？"

"搜了，只有一台手机、一个钱包和一把钥匙。手机被他放在胸前的口袋里，这一下正好甩了出来，屏幕都摔碎黑屏了，我给他装兜里了。"

"钱包呢？有没有身份信息？"

"没有，只有一些现金，并没有身份证之类的东西。"

"也许等他醒来问问本人就知道了。那把钥匙有什么特殊吗？"

"没有。我问过物业的人，说应该是小区某一户的房门钥匙。这个小区当年是精装后交付的，统一安装的同品牌防盗门，所以钥匙都一样。初步判定伤者住在这个小区里。"

"既然这样，物业呢，你们也不认识伤者？"

"小区里好几千人，我们哪能全认识啊，就算见过，也不一定记得住。"物业经理声辩道。方磊清楚，这些人是怕惹麻烦，多一事不如少一事。

"不过至少有一点可以确定。"赵警官说道。

"哦？"

"他不住在这栋楼里。"

"哦？为什么？"

"您刚才也模拟了死者趴下的姿态，他是头朝东、面朝下被砸中的。根据倒下的位置，他当时已经走过38号楼的大门口，由此可见，他并不住在这栋楼里。"

方磊想了想，觉得他说的有道理。

"有他的照片吗？"

"有。"赵警官拿出手机，从相册里面调出了一张照片，"在伤者被送上救护车之前，我特意拍了一张他的大头照。不过，样子有点惨。"

方磊把赵警官的手机拿过来，低头查看上面的照片。因为阳光太强，屏幕反光，什么也看不清楚，他只好往树荫下走了走。好事的居民见老头刑警走了过来，也不避讳，纷纷把头凑上前去看。方磊一挥手，干脆招呼大家都过来看一下。

在手机屏幕上，一张男人的脸露了出来：短发，双目紧闭，瘦弱，白皙的脸上有飞溅的血迹，还有污渍粘在血上。

"你们相互传一下，看看有没有人认识他。"

大家接过手机一一传看。遗憾的是，现场所有人看完之后都摇了摇头，表示没见过。

"没道理啊。你们看仔细了没有？要不要再看一遍？"

再看一遍，依然没有人认识这个神秘的伤者。方磊想了想，将自己手机的摄像头对着赵明明的手机屏幕，想把伤者的照片拍下来。

"用不着这么麻烦。"

赵明明像看怪物一样看了眼方磊，然后拿过他的手机，通过同品牌手机"隔空传送"的功能，瞬间把那张照片传到了对方的手机上。方磊接过手机的同时对这种神奇的技术感到不可思议。

"方警官，"物业王经理走上前来，"这会儿我还有事，这个案子就拜托给您了……"

"先等会儿。"

方磊也不说理由，自个儿又走到那条死狗旁边，蹲下，查看它的情况。看了一会儿，他皱了眉头。

"王经理，这条狗，你此前见过吗？"

"没有。"

"你看都不看一眼就说没有？"

"您来之前我就仔细看过好几遍了，真没有见过。"

方磊拿出手机，也给狗拍了一张照片，然后让王经理也拍了照。

"你呢，把这条狗的照片发到你们物业工作人员的群里，问一下有没有人见过。有结果随时告诉我。"

"好的。警官，您看这事儿是不是差不多得了，我还有……"

"你说的没错！"方磊拍了拍手，"这事暂时就这么着吧，大热天的，大家都不容易，散了吧。王经理，记得啊，有事随时联系我。"

"方警官，"赵明明一看方磊要走，连忙拦住了他，"这就走啊？"

"不然呢？"

"这么严重的事故，不得先找嫌疑人吗？"

"怎么找？"

"当然是一家一家找啊。您看啊，现在我们可以确认狗是从这楼上被扔下来的，那嫌疑人势必就在这栋楼里。照之前的分析，最起码也是10层以上的。从31层到10层，除去13、14层，一共还有20层，每层两户，最多也就40户，只要一户户去排查，要不了多长时间，就能抓到这个肇事者了。"

"说得很有道理，就照你说的办。赶紧去吧。"

"啊？敢情这事又回到咱们派出所了啊？"

"小赵啊，你看啊，我都一把年纪了，马上就退休了，你忍心让我一个人爬上爬下的吗？万一高血压犯了，你还得再叫一辆救护车。"

"可是……"

"再说了，就这么一起高空抛物的小案子，你们派出所办就足够了，到时候把走访的记录发我一份，我这边流程一走，嫌疑人一起诉，就完事儿了啊。就这样。"

说完，方磊拍拍赵明明的肩膀，看了看围观的人群，转身朝来时路走去。他听到身后传来一阵手机铃声。接着走了不到十米，赵明明的声音从身后冲了上来。

"方警官！"

他叹了口气，转过身，看见赵明明一手拿着电话，一边朝自己招手，示意他先别动。方磊双手抱在胸前，不耐烦地看着赵明明打完电话，然后急匆匆地走到他面前。

"又怎么了?"

"医院打来的。"

"是不是有伤者的消息了?"

"呃,准确地说,现在已经不能叫伤者了。"赵明明叹了口气,"十分钟前,那个被大狗砸中的男人抢救无效,不幸去世了。"

方磊舔了舔嘴唇,想说些什么,但最终什么也没说。

2

李微微回家后第一件事,就是把门关紧并反锁,躲到床上,用被子蒙住头,号啕大哭了一场。哭完之后,她又在床上躺了一小会儿,才缓缓坐了起来。

刚才发生的一切简直是一场噩梦。扔之前,她明明已经做过多次检查,确认不会有人经过,可为什么还是砸中人了呢?真是太……倒霉了。事已至此,哭也哭过了,后悔已经没有意义,接下来要思考的是如何应对这样的结果。

她首先想到的是去警察局自首。她已经十二岁了,过完暑假就要上初中了,已经到了做错事就要承担后果的年龄。课本上曾经讲过这样一则小故事:美国总统华盛顿小时候砍了父亲的樱桃树,主动承认错误,体现了他诚实的优秀品质。只要她也像华盛顿那样主动承认错误,大概率会得到原谅吧。唉,要是自己犯的只是砍倒樱桃树这样的小错误就好了。

一想到要去警察局,她就害怕得浑身发抖。

从小到大,大人为了吓唬孩子常说的一句话就是:如果不听话,就让警察叔叔来把你抓走。久而久之,对孩子们而言,"警察"两个字终于成了一个可怕的存在。爱看电视剧的李微微想象了一番被警察抓捕后的景象——在黑漆漆的审讯室里,一盏灯直射在脸上,让她睁不开眼,口气威严的警察对她进行充满恫吓的审讯。坦白从宽,抗拒从严。她如果不说真话,就会被上刑——用竹板夹手指,用烧得通红的烙铁在身上烫出滋滋的声响,把头摁进冰冷的水桶里……最后会被关进暗无天日的牢房,凄凄惨惨,失去自由,直到死亡。

她叹了口气,下了床,打开卧室的门,来到客厅。说是客厅,其实是一家小店的堂食区域。这套两居室在一楼,当初爸爸妈妈把它租下来,他们一家三口共住一间卧室,另一间卧室堆放工具和食材,客厅则布置成了可以堂食的早餐店。每天早上,父母会在五点左右起床,和面、熬粥、剁馅、煮茶鸡蛋,为小区居民供应简单的中式早点。这些活儿差不多要一直做到上午十点才收工。休息到下午,他们又开始为晚上的消夜生意做准备。傍晚五点半左右,一家人吃完晚饭,六点准时出门,推着三轮车在小区外面的十字路口卖炒饭炒粉炒面,直到凌晨一点,回家再睡三四个小时,继续起床干活,周而复始,非常辛苦。爸爸去世之后,双倍的辛苦落到了妈妈身上。

不过,无论是在居民区底楼无证开早餐店,还是在小区外面摆摊弄消夜,都不符合城管规定,为了生计,她们不得不打起了游击,好几次还被逮住处罚过,但好歹生存下来了。

此刻妈妈不在家。说来奇怪,最近上午关店之后,妈妈经常独自外出,她问过几次去哪儿,妈妈显然不愿意告诉她。客厅中央的五张小桌子空荡荡的,在从窗外射进来的光线照耀下,显得异常宁静。一想到母亲辛苦的样子,李微微就难过极了。如果自己被抓去坐牢，妈妈肯定会伤心死的。

这么说一点也不夸张。一年前，她还在读小学五年级，那天下暴雨，数学课堂上潮湿而压抑。不知道是不是大雨的缘故，那天她老是走神，注意力无法集中，老师叫她起立答题，她也完全不会。她心烦意乱，总觉得有什么重大的事情会发生似的。

她的预感残忍地应验了。班主任突然出现在教室门口，跟数学老师耳语了几句，便招手让她出去。她心慌地走到门口。班主任表情严肃地说道，她家人出事了，赶紧收拾书包去医院。

在医院走廊，她看见了坐在地上、已然崩溃的妈妈。妈妈看见她，猛地站起身冲上前将她一把抱住，撕心裂肺地大哭起来。那天中午，爸爸骑电瓶车去买菜，遇到暴雨，回来的路上，就在小区门口，被一辆失控打滑的小轿车撞了，送到医院没多久就去世了。随后，她在妈妈的牵引下来到了停尸间，看到了爸爸。他就直挺挺地躺在那里，双目紧闭，看上去十分安详。很多人都说她像父亲，尤其是那张瓜子脸，除了皮肤色差大，简直就像是一个模子里刻出来的。死去的父亲的脸终于白了，白得跟她一样了。

事后，交通部门认定肇事司机全责，法院判其赔偿102万并负担全部诉讼费用。然而，这个人声称自己没钱，给了10万块丧葬费后，就再也不给钱了，无论法院怎么下通知催促都没用，成了名副其实的老赖。母女俩把父亲的遗体运回老家，办了一场简易的丧事，就地安葬后，又回到了这座城市。

李微微听说当时很多人都劝妈妈不要再出来干活了，就在乡下过一辈子算了。他们说，一个女人带着一个孩子太辛苦，撑不下来。但妈妈义无反顾地出来了。不仅如此，她还坚决不搬离这个租金不低的小区——玫瑰园无论居住条件还是人文环境都算很不错,她想让女儿在这里成长。她说,近朱者赤,近墨者黑,人要往上走才有希望。

李微微很清楚,妈妈这么做都是为了自己。只是妈妈的负担显然更重了,以前两个人的工作全落在她一个人身上了。为了帮助妈妈,她会早起,一直到上学之前都在帮忙打下手;在学校她会努力读书,用年级第一的好成绩来回报妈妈的付出;晚上做完作业,她也会去消夜摊帮忙干活。母女俩齐心协力,靠着自己的辛苦换来了暂时的安稳生活,好不容易熬到了小升初,结果出了这种事,眼看着这一切的一切都要被毁掉了。

想到这里,李微微的身体再次颤抖起来,不过很快,另外一个问题从她脑海中蹦了出来:那个被狗砸中的人到底怎么样了?从天台逃离到现在,她一直在这里一个人瞎想,想来想去,都是在想自己如何如何,完全忘记了那个受害者。我什么时候变得这么自私和冷漠了?如果逃避而不去负责任的话,和那个撞死爸爸、不给赔偿金的无赖又有什么区别?她轻拍脸颊,决心无论如何先去打探一下情况,再看下一步应该做些什么。

叮咚。

手机微信响了。作为四个孩子中年龄最大的,她是唯一一个有手机和微信的人。妈妈每天很忙,有时候顾不上她,便把爸爸生前的那部手机留给了她,方便联络。除此之外,一些生活中的小事,比如交电费之类的,现在都是线上支付,基本上都交给李微微去做了。她解开屏幕密码,是业主群里有人在说话。

"大家都听说了吗? 38号楼砸死人了!"

"是吗?"

"真的假的？"

"骗你们干啥，我就在现场。给你们看看！"

接着，群里连续出现了几段十秒左右的短视频，拍得比较粗糙，但大致可以看出现场已经被警戒线围起来了，几名穿制服的警察正在现场取证和询问。

"怎么就看出砸死人了？"

"对啊，尸体都没见着……"

"我亲耳听见警察说的，有人把一条大狗从上面扔了下来，正好砸中一个路人，那倒霉蛋头先着地，送医院后就死了，太悲催了。"

"你说什么？被一条大狗砸的？"

"对啊，就是一条大狗。"

"这事太诡异了，把一条狗从楼上扔下来啊……"

"是啊，挺恐怖的……"

"谁干的？这得抓去坐牢吧!!"

"这是谋杀啊，牢底坐穿！"

"枪毙算了……"

"赞同。"

……

李微微已经不敢看了。她把群设置为消息免打扰，然后赶紧关闭了手机屏幕，同时感到一阵无力的慌张。妈妈你在哪儿啊？怎么还不回来？我杀人了。我怎么会杀人呢？妈妈，我成杀人犯了，要坐牢……她又快哭了。

不过这次她控制住了眼泪。她想到一起犯事儿的其他三个小伙伴。他们或许还不知道现在的情况有多么糟糕。事实上，这个主意是她出的——她自作聪明想出这个通过扔狗来吸引警察上门调查的点子，为了说服小伙伴们，她骗他们说是从一部香港电视剧里看来的。现在小伙伴们都被她拉下了水。实在是太糟糕了。是我害了他们。不，不可以这样。她决定了，现在就去找警察，一个人承担所有责任。

但总得告诉妈妈一声吧。

她再次拿起手机，尽量不去看微信，而是从通讯录里找到妈妈的电话，打了过去。

关机了！

竟然关机了！

她把手机放到一旁，心如死灰。

怎么办？

我该怎么办？

她望着空荡荡的屋子，发了一会儿呆。最后，她叹了口气，回房间找到自己的书包，从笔记本上撕下一张纸，然后从文具盒里拿出了那支金色的英雄牌钢笔。这支笔是她十岁时，爸爸送给她的生日礼物，希望她好好学习，成为一个优秀的人，现在她却要用它来写一份留言，一份认罪书。

亲爱的妈妈：

我犯了错误，杀了人，现在要去警察那里自首了。我很后悔，恨自己不该去做那件事情，害死了人，也害了自己，辜负了你对我的期望。我知道，你会很伤心、很难过，但我希望你照顾好自己，保重身体，好好活下去。我如果被枪毙了，会在天堂为你祈祷的。希望你一辈子健康、幸福。我永远是你的好女儿。
爱你的微微

想到这一辈子再也不能见到妈妈,李微微的情绪再也抑制不住了。眼泪夺眶而出,吧嗒吧嗒落在了纸上,蓝色墨水晕出了一些好看的蓝色花朵。为了不让自己反悔,李微微擦干眼泪,猛地站了起来,快步朝门口走去。打开门之后,她再次看了一眼这平静的屋子,一咬牙,转身走了出去。

屋外并不比她回来时更凉爽。李微微低着头,行走在小区中,心情非常低落,完全体验不到热浪的侵袭。路过一座小木桥时,她猛然记起第一次来到这个小区时的情景:中介带他们一家三口在小区里走了一圈,也是路过这座小木桥,眼前的景色瞬间就把他们给征服了。高大的楼宇之间,一处人工建造的中心水域被植物环绕,水面波光潋滟,岸边绿草茵茵,几个年轻妈妈推着婴儿推车在岸边散步,呈现出一幅安静、祥和且具有现代化秩序的美好画卷。后来见到那个底楼两居室,妈妈几乎没有犹豫就决定要租下来了。自搬进来的那天起,妈妈就时常告诉她,只要努力,总有一天买得起这里的房子,永远在这座城市扎下根来。

不到两年的时间,一切都改变了。

父亲的去世是一个转折,而这次的事件则是梦想的终结。

不知不觉,她已经来到了 38 号楼前。现场拉上了警戒线,线外有几名警察正在做现场调查,线内有一个穿白大褂的人蹲在地上检查血迹以及那条大狗的情况。这人应该是法医。此外,还有警员在拍照,在搜集证物。她犹犹豫豫,一时间不知道该怎么办才好。

突然,她察觉到似乎有一双眼睛在盯着自己。她抬起头,视线撞上那道锐利的目光。是一个老头,个子高高的,有一些白发,看上去挺精神的。他目不转睛地盯着自己,全然不顾旁边有人在和他说话。这人是谁?是警察吗?为什么没有穿制服?

她一阵惊慌,想走开,但又迈不开步子。她想起自己来这里的目的了。她是来自首的,如果现在走了,不就是逃避吗?再说,逃避根本没用,他们是警察,一定能找到蛛丝马迹,然后发现这一切就是他们干的。不是有句话叫"天网恢恢,疏而不漏"吗?被他们抓住的后果显然比自己主动认罪要严重得多。想到这儿,她深吸一口气,朝前迈开了步子。

"微微!"

一个熟悉的声音叫住了她。她回过头,看见妈妈从围观的人群中挤了出来,快步走到她身旁,一把拉住了她的胳膊。

"你怎么在这儿?"很快,她看见了眼前的画面,"哟,这是怎么了?"

"这里……"

"哎呀,地上怎么有血呢?"妈妈被吓了一跳,"是不是有人跳楼啊?"

旁边人告诉她,不是跳楼,是有人高空抛物砸死了人。

"天哪,这也太吓人了。微微,咱们走吧,这种事情没什么好看热闹的。"

接着不由分说,拉起李微微就走。李微微根本没来得及解释,就被妈妈拖离了现场。

就这样,李微微被妈妈拽着往家的方向走。不知道为什么,她感觉今天妈妈的手腕特别用力,把她的胳膊都拉疼了。一直走到一处人少的草坪前,她实在有点受不了了,便用力甩开妈妈的手,站住了。

"妈!你干吗啊,这么用力做什么?"李微微揉搓着自己的胳膊,埋怨道。

"先跟我回家,我有事跟你说。"

"什么事啊?"

"回家再说。"

李微微看了眼妈妈的脸,这才发现她严肃得有点吓人,与平时那个喜欢开玩笑的妈妈不太一样,心里不禁咯噔一下。难道她已经提前回了家,看到自己写的留言了?所以她才特意赶过来,把自己拉回去,为了不让自己自首?完全有这种可能。但妈妈身上背着挎包,她可能还没有回家。无论如何,她现在已经没有了主动权,只有先回家再商量对策。

"走吧。"

妈妈没有再拉她的手,而是快步先走了。走了几步,见她没动,又低吼一声"快走!"。李微微吓了一跳,心想妈妈今天这是怎么了,干吗那么凶呢。

到了家门口,李微微看见妈妈低头在包里翻找钥匙,心里一阵紧张。门开的一刹那,她趁着妈妈拔钥匙的空隙一边喊着"我要小便",一边抢先挤了进去,冲向餐桌,并在妈妈进门的一瞬间把那份认罪书抓在手里,用力捏成了团。

"你在干什么?"

她转过身,把手放在背后,脸上挤出尴尬的笑容。

"手里拿着什么东西?"妈妈步步逼近,"给我看一下。"

"没什么!我快憋不住了。"

说着，她撇下妈妈，快步朝卫生间冲去。进去后，她立刻反锁了门，把那个纸团扔进马桶，按下冲水键。又在卫生间里待了一会儿，李微微才打开了门。妈妈正虎着脸站在门口。

"妈，你干吗啊？"

妈妈不说话，把她扒拉到一旁，走到马桶边往里瞧。当然是什么也没瞧见。她回过头盯着李微微的脸，后者则故作轻松地把脸看向一边。

"你给我过来！"

李微微自知理亏，老老实实地跟着妈妈回到客厅。妈妈在桌旁坐下，然后指着对面的椅子。

"坐下！"

她乖乖坐下。

"老实交代，你今天干什么了？"

"我没干什么啊。"

"没干什么？我出去这几个小时，你都在干吗？"

"我就在小区里玩，和几个小伙伴。"见妈妈好像不相信自己，她又强调说，"真没干吗！"

"那你刚才把什么东西扔马桶冲了？"

"屎吧。我刚拉屎了。"

"编！你就使劲编吧你！这么小年纪，就跟我撒谎，要是你爸爸在世，看他怎么收拾你。"

提到爸爸，妈妈叹了口气。李微微默默地看着她。

"妈妈，你刚才去哪儿了？"

"能去哪儿？还不是为了你上学的事。"

"什么？"

"我问你一句话,你还想继续在这里上学吗?"

"当然想啊。"

"我看你不想!说,是不是有哪个男生给你写情书了?"

"妈!你女儿才十二岁!"

"知道就好!我一直在考虑,还要不要让你继续在这里上学。"

"我想啊。"

"你想有个屁用。我今天去市一中找了校长,你的成绩是能上这所重点中学的,但咱们的户口不在这里,也没有房子,政策规定,得先安排了有户口有房的,才轮得上咱们。现在招生已经快结束了,校长也跟我明说了,还有最后一个录取名额,但有三个孩子都想上。你呢,成绩是三个中最好的,校长想录取你,前提是需要交一大笔钱做建校费,另外那两个愿意交钱,但成绩一般,被校长卡住了,校长想等我们,不过也只给我一星期的时间凑钱。我现在是真愁啊。"

李微微不说话了。她知道在这座城市上重点初中有多么重要。班主任说过,本市的高中录取率不高,所以只有念重点初中,才有大的概率升上高中。而像她这种没学区房没户口的外地孩子,如果不想办法,很可能会被随意分配到五公里外的民办中学去,麻烦就大了。首先上学不方便,甚至有可能考不上高中,用妈妈的话说,要真是这样,还不如回乡下念书。那样一来,爸妈这些年来的努力就全白费了。要知道,他们之所以坚持留在这里,都是为了她。想到这里,李微微愧疚极了。一旦妈妈知道她犯了罪,会痛苦成什么样子?一时间,她打定主意,不说了,不自首了,找机会逃避!

"你在想什么?"

"没,没什么。"

"唉。"妈妈又叹了口气,"总之我去想办法。你呢,最重要的是好好把书读好,不要相信那些鬼话,说什么女孩读书没用。微微,我相信你可以和其他人一样取得成就的,答应我,好好读书,好吗?"

李微微眼里噙着泪水,用力地点点头。

"去吧。我要休息一会儿。"

李微微回卧室,拿了一样东西塞进口袋,然后跟妈妈打了个招呼,又出了门。她没走远,而是走进单元楼道,坐电梯上了顶楼。出了电梯,走上天台。

她找了个毫无遮挡的位置,然后拿出了口袋里的东西。

那是一块化妆镜。

她打开它,借着光的折射,朝不远处一间房子的窗户照过去,然后不断用手阻隔光线,形成闪烁的效果。

这是他们几个小伙伴之间传递信号的方式。

她想告诉大家,在晚上七点集合之前,不要出门,不要去现场。

她下定决心把这次的错误隐瞒下去。

3

方磊打算从 38 号楼的顶层开始往下一户户排查。既然死者是在经过这栋楼时被砸中的,那么犯罪嫌疑人有很大可能性就住在这楼里,而且如之前物业经理所言,大概率是 10 层往上。刚刚,他已经通知法医以及鉴证科的人员到场了,他们正在现场检查线索（包括"凶器"大黄狗），而他则开始侦查行动，从上到下排查一遍，看看到底是哪个缺德的（他暂时还是把这认作一次高空抛物的意外）酿成事故又不敢出来承认。

首先需要排查的是天台。然而，当他和物业王经理站在天台大门前时，发现上面挂着一把弹子锁。

"这个天台一直锁着的，差不多有大半年没有开了。"王经理解释道。

方磊上前查看了一下锁孔。果然，孔内存在积灰现象，锁确实已经很久没有开过了。

"所有天台都这样吗？"

"倒也不全是。"王经理支支吾吾。

方磊知道，现在在很多物业怕麻烦，都会把天台的门锁上，以防业主上去晒被子，占用公共空间。

"可是你们不用上去搞卫生的吗？"

"哎呀，我们人手不够。没有什么人上去，自然也就不会有什么脏东西。几个月才搞一次。"

方磊想了想，决定还是上去看看。

"打开吧。"

"警官，没这个必要吧，这一看就没人上去过。"

"我让你打开就打开。"

物业经理只好从包里翻出钥匙串，找到钥匙，去打开门。

"这钥匙就你这儿有吗？一共有几把？"

"就两把，一把放在物业，一把我工作时随身带着，下班后就锁在保险柜里了。"

方磊"嗯"了一声。

锁被打开，卸下，接着门便被推开了。一道强光射了进来，刺得方磊一时间睁不开眼睛。适应了一会儿后，他压低帽檐，跨了出去。

这个天台有三四百平方米，四四方方，四面都是一米二高的水泥围栏。四周的楼有高有低，错落有致。天台的地面铺了深色的沥青，因为高温，踩上去软软、热热的。四角有排水地漏。此外，除了一处一米见方的排风口和高空电缆之外，什么也没有。方磊走到北面临路的那一侧围栏，探身朝下望——事故现场已经趋于平静，围观居民少了很多，警务人员已经结束了现场勘察工作，正在收拾工具，准备打道回府。

"警官，咱们下去吧，这里太晒了。"王经理手搭凉棚，一脸苦相。

方磊点了点头。天台没有凶手可以躲藏的地方，四周的楼间距太大，也不可能从此处逃去其他天台，再加上门是锁着的，因此基本上可以排除狗是从天台丢下去的。他转身，准备朝大门走去。刚走到一半，一道亮光突然从他眼前划过，像是镜面的反射光。他连忙检查四周，却没发现异常。

"走吧。"

他们走出天台，随即，王经理再次将门落锁。

这栋楼一共有 31 层，一梯两户，基本上都是一百四十平方米的户型。选择这种户型的，通常都是三口以上的家庭。S 城作为经济发达的新一线城市，不同于北上广深等有大量年轻人的超级大都市，这里区域不大，人口不够密集，尤其适合以家庭为单位的居民生活和定居。所以即便是星期一白天，3101 和 3102 家里有人也不奇怪。

3101 开门的是一个打扮朴素的女人。她四十多岁，长得很壮实，说一口安徽口音的普通话，一听对方是警察就有点紧张。方磊进屋后转了一圈，除了摇篮里有个可爱的小宝宝之外，并无其他可疑人员。女人解释，自己是住家阿姨，孩子父母白天都要上班，她除了看孩子还要负责一家人的饭菜。

"我根本不敢偷懒啊，时时刻刻被人盯着。"

方磊这才注意到，客厅和每个房间的天花板上都装着摄像头，也就是说，阿姨的一举一动都在远程的监控下，他们这会儿进屋应该也被看见了。现在保姆虐待孩子的负面新闻层出不穷，装个家用摄像头是为了某种安全感，可以理解。为了不让对方担心，方磊主动对着摄像头打了招呼，然后拿出警官证晃了晃，表示自己问几句话就走。

"你今天一直在家里吗？"

"在。因为有小孩，我走不开，偶尔会在下午三四点下楼一趟，去取菜。前后不会超过十分钟。"

"取菜？"

"对啊。孩子小，我去不了菜场买菜，小区里有送菜的储物冰柜。我的女东家会提前一天在网上把菜买好，菜定时送来，她只要发来取件密码让我去取就好了。这样大家都方便。哦，对了，我这会儿就要去拿菜了。"

"可是你这一走，家里的小孩怎么办？"

"所以我十分钟内必须回来。那个，警官，正好你们在这里，我下楼去拿个菜，很快就回来。帮我看一下孩子呗。"

"……"

"谢谢啦。"

说完，保姆就立刻出门了。方磊和王经理面面相觑。

"方警官，这……"

"嘘。"

方磊示意王经理不要说话，缓步走到了摇篮边。宝宝正在酣睡。他看着那孩子的脸，突然想起了两个女儿这么大的时候，也是这么可爱。那时候他发誓，要好好把她们养大，自己绝不能出事。没想到的是，孩子们大了，自己也老了，离曾经设想的父女温情画面反而越来越远。

就在这时，小宝宝醒了，张开眼睛看见是一个老头子，竟哇哇大哭起来。方磊一时手忙脚乱，想尽办法想逗她开心，但越逗她哭得越厉害。方磊一着急，把小宝宝抱了起来，一手托着她的屁屁，一手拍她的后背，嘴里"哦哦"地安慰。可惜完全没用，孩子依然哭个不停。他看了眼王经理，但后者假装没看见，把脸别到一边，欣赏墙上户主夫妻俩的结婚照。这下，他真不知道怎么办才好了。幸运的是，阿姨回来了，她手里果然拎着一大包菜。她一个劲儿地说"抱歉"，放下菜后，赶紧过来从他手里抱过宝宝。卸下重担的方磊这才发现自己急得一身是汗，心想这也太难了吧。

"今天你在家里有没有听到什么异常的声音？"等孩子停止哭泣，方磊又继续询问起案情来。

阿姨摇摇头。

"你知道这栋楼里谁家养狗吗？"

"有是有，具体是哪家我不清楚。楼里的人相互之间不怎么来往的，我就是有次在电梯里看到有人牵着一条大狗，当时我正好抱着宝宝，差点吓死。"

"有多大?"

"这么大。"

阿姨一比画,方磊倒觉得没有多大。

"是一条黄狗吗?"

"不是,是一条黑白色的,耳朵大大的。主人是一个男人。"

"有没有看过一条大黄狗?"

阿姨再次摇摇头。

"你在干吗呢?为什么囡囡会哭成这样?"

音箱里突然传来了一个女人的声音,把大家吓了一跳。

"没事了,我刚才下楼去拿菜了。"

"屋里是不是有警察?出什么事儿了?"

阿姨简单解释了一下。

"行吧,我快下班了,今天早点做饭,我晚上还要去看电影。"

说完,音箱就再也没有发出声响。方磊注意到,这个阿姨一脸难堪。他不再询问什么,随即退了出来。

3102 的装修风格和对门的完全不同,客厅里全是大家具,实木的沙发和柜子,灰色的大地砖,四处东西堆得不少。屋里住着一对上了年纪的老人。据了解,他们是外地人,孩子在上班,孙子在上学。他们在家里的客厅堆满了硬纸板,方磊敲开门的时候,两人正在打包硬纸板。

"你们是?"

"我是刑警队的。"方磊说明来意,见对方跟自己年龄差不多,觉得应该好沟通,"你们这是在干什么?"

"打包纸箱啊。这是我们这星期收来的,一会儿要拿到小区门口卖掉。每天下午都有人专门在收废品。"

听到他们这话，方磊再次打量了一番这间房子，露出不解的表情。

"这房子是你们买的吗？"

"我女儿给我们买的。她自己的房子就在隔壁楼，方便我们接送孩子。"

"以我对玫瑰园小区的了解，这房子老值钱了吧，至少在五百万以上。"

"没事，咱女婿有钱。"

"您女婿做什么生意的？"

"医药生意的。"

"既然这样，为什么还要收硬纸板呢？这才赚几个钱，在家好好休息不好吗？"

"我们这些从农村出来的人，在家闲不住的。"见方磊很吃惊，老人继续说，"我们这不算什么，这楼里有个搞卫生的阿姨，家里七套房，拆迁户，还有别墅，她每天还在这里搞卫生，一个月赚个一两千。她图什么，不就是因为闲不住吗？"

"行吧。你们今天有没有听到或者看到什么？"

"你是说那狗砸死人的事情吗？"

"你们怎么知道人死了？"

"群里说的呀。"老人把手机给方磊看，方磊一看，糟了，消息很快在小区里不胫而走，嫌疑人也会看到，也许人已经逃走了。

"我们什么都没看见。"

"哦，是吗？"方磊有点失望，正准备离开，那个老头又说话了。

"不过，我们见过那条狗。"

"是吗？在哪儿见过？"听到狗的线索，方磊一下子来了精神。

"就在小区里。这狗是流浪狗。"

"你确定吗？"

"非常确定，有一次我拖着一大包纸箱去小区门口的时候，遇见了它，它还朝我狂叫呢。真是狗眼看人低。"

方磊心想谁叫你们明明有的是钱，却弄得跟收破烂的一样呢。在屋内走了一圈，确认他们不太可能是扔狗的人，方磊便道了谢，退了出来。就在这时，他接到一个电话。

"老杨啊，咋样？"

老杨是法医，现在就在楼下现场。

"老方啊，我是法医，不是兽医，你叫我来到底是干吗的？"

"我觉得那条狗死得有点蹊跷，你帮我看过了吗？"

"看了，有个信息你必须知道——它在落下来之前就死了，而且超过十二个小时。死亡时间大概在前一晚的凌晨一两点左右。而且……"

"而且遭到了虐待，对吧？"

"对啊。嘿，老方，你这是算学会抢答了！"

"谢谢鼓励。"方磊开玩笑道，"对了，现场弄完了吗？"

"差不多了。"

"那就拜托你了。我想今晚就看到死者的尸检报告。"

"死者不是被砸死的吗？"

"是被砸死的，但你不是法医吗？既然是意外死亡，作为刑警，我有必要对他的死因提出疑议。"

"哦？你觉得有蹊跷？"

"先检查吧，保险起见。对了，还有那条狗。"

挂了电话，方磊在原地踌躇了一会儿。虽然他已经有心理准备，但确认狗遭受了虐待时还是有些难过。他和妻子养过狗，一直到孩子出生前，狗狗都还在身边。后来有一天，那条叫哪吒的金毛突然就倒地不起了，吃也吃不下，看上去很痛苦。送去看病，医生说是肾衰竭，治不好了，于是他们送了它最后一程。那天清早，它吐出一口恶气，就合上了眼。他们开了很远的车，在郊区的山上，找了棵树把它埋在树下了。从此以后，为了避免承受同样的悲伤，他们再也没有养过狗。

"那个，方警官，"王经理略显不耐烦，说道，"我这会儿还有很多工作要处理，业主群里都炸锅了，都把矛头对准我们物业。您看我是不是可以先撤了？"

"去吧。有事我再找你。"

方磊有点同情物业经理了。如今的业主几乎什么事都找物业，遇到点麻烦都怪物业没做好，动不动就要更换物业，有的还拖欠物业费，自己的利益至上，无视他人的工作和付出。人与人之间的关系什么时候变得这么紧张了？人都变得只考虑自己，不考虑别人的感受，那种叫作温情的东西已经消失很久了，在这样一个小区里，很多人恐怕连对门住的是谁都不知道。小区就是整个社会的缩影。

"哦，对了。"王经理刚准备把脚迈进电梯，又缩了回来，似乎有话要说，"我突然想起了一件事。"

方磊等着她继续说下去。

"最近经常有业主投诉，说这个楼里有人往楼下扔卫生巾。"

"什么？"

"卫生巾，"王经理原本觉得对一个老头说这个有点难为情，但一想到他是警察，就没有顾忌了，"而且还是用过的。"

方磊当然知道"用过的"是什么意思。他觉得有点恶心，但又想不明白为什么。家里不是有垃圾桶吗？为什么要从楼上往下扔？

"我和您一样，搞不清为什么这人要这么做。"

"你们是怎么处理的？"

"还能怎么做？只是提醒，也张贴了禁止高空抛物的告示，还是杜绝不了。投诉的人住一楼，所以从理论上讲，楼上的人都有嫌疑。我们能做的只有贴告示劝诫，投诉人也打过110，民警只是过来看一下，做个记录，不可能在这种事情上投入太大精力。业主最终只能把怒火发泄到物业身上。"

方磊点点头。不过说实话，这条信息对他目前在办的这起案件，一点价值也没有。

"这起投诉还没结，又出了高空抛物砸死人的事情。唉，说到底，最倒霉的是我们物业，搞不好死者家属还要找我们赔钱呢。算了，不说了。"

"嗯，还请帮我查一下死者的身份。"

"放心吧。我尽力配合。"

这时，电梯门又开了，她跟方磊道别之后，走了进去。

现在就剩他一个人了。一般出警都会配一个搭档，两人一组协同破案，但今天整组人都在忙那起凶杀案，腾不出多余人手来。再说了，他很清楚，没有人愿意和一个快退休的老头子搭档。

接下来的走访让方磊意识到这样的工作有多艰难。

从30层到26层，一共有10户，家中有人的只有6户，其中 2 户还死活不肯开门。方磊说他是警察，在调查案件，但对方从猫眼里见是一个穿便服的老头，根本就不相信他是警察，就算出示警员证也无济于事，最多隔着门回答他的问题。他觉得对方这样做无可厚非，但为了工作，他还是要求对方把门打开。不过，没有用。

经过询问和入户查看，可以判断，另外 4 户都与案情无关。但凡碰到女性住户，他都会忍不住多看几眼。那起乱扔卫生巾的投诉不时冒出来干扰他。他记下走访的信息，包括那 2 户不开门以及 4 户不在家的户号，想着后面再去调查。

就这样，一个多小时过去了。方磊感到有点累了。电梯时常要等，为了节省时间，他每探访完一层都选择走消防楼梯下去。然而没想到的是，下楼梯也会让他产生疲惫的感觉。他终于意识到自己老了。多年以来，他以身体好耐力强在警队著称，没想到上了年纪竟然也和常人一样。妻子在世的时候，每年都会督促他去做一次全身检查，但自从她走了之后，他就再也没有去过医院。还是应该去体检，他想，毕竟自己身体底子好，下楼梯都累似乎不太正常。

2501 住着一对中年夫妻。丈夫在国企上班，这会儿还在单位。妻子也在国企，说是今天有点不舒服，在家休假。一开门，听说方磊是警察，女人立马来了精神，一个劲儿地邀他进屋坐，又是端茶倒水，又是递果盘，搞得他很不好意思。不过既然来了，正好休息一下，缓解疲惫。

"没有，我之前一直在家睡觉，你来之前，完全没听到任何声音。我这人睡得很死的。"

说到最后她还加了这么一句。方磊这才注意到，她穿了一件丝质的连衣裙睡衣，年过四十，保养得非常好。她离方磊比较近，洗发水的香味飘到了方磊鼻子里。

"你们家小孩呢？多大了？"

"哦，他不在家。今年读高二了。"

"没放暑假？"

"放了，送去夏令营了。要去半个月，昨天刚走。"

"你有没有养宠物？"

"宠物？"女人突然大笑起来，弄得方磊莫名其妙。

"怎么了？"

"哦，没什么，就是想到一件比较好玩的事情。没有，我不喜欢猫猫狗狗，嫌麻烦。我更喜欢人。"

方磊觉得尴尬极了，于是站了起来。

"那，既然什么也没听到，打扰了。"

"这就走了啊？"女人明显有点失望，"要不要再坐一会儿，我给你讲讲那个宠物的笑话，可好玩了。"

"不必了，我还有很多人要去探访。"

走到门口，方磊突然想起什么。

"哦，对了，你知道这楼里哪家养狗吗？"

"养狗啊，不太清楚。不过，警察同志，如果你非要怀疑，我倒是想举报一个人。"

"哦？谁？"

"对门的男人。"

方磊回过神，盯着她的眼睛。

"为什么？"

"为什么？"女人做作地哼了一声，"我觉得他可能是个变态。"

4

傍晚时分，玫瑰园小区逐渐热闹起来。

微风将白天聚集的热量吹散，留下一个可供休憩和玩耍的凉爽之地。那些躲了一整个白天的居民如同夜行动物一般，纷纷从各自的巢穴里冒了出来，在暮色中游荡。大妈们聚在一块儿，声音洪亮地聊天，在外接音箱前唱歌跳舞；孩子们骑自行车，玩滑轮或滑板，在小道上尖叫和欢跳；中年人要么跳绳，要么打羽毛球，企图消灭掉肚子上的赘肉；在中央草坪上，聚集着一群遛狗人士，他们松开了狗绳，任由狗狗们自在地追逐打闹——那些狗在家里憋了一天，这会儿正是消耗过剩精力的时候，哪怕累得气喘吁吁、舌头拖地也在所不惜，因为它们知道，要不了多久就会被主人唤回去，重新套上狗绳，依依不舍地被拖拽回家。

在不远处的角落，有一双眼睛正漠然地望着这一切，视线在那些狗狗身上扫来扫去。在这双眼睛下面，一只戴着白手套的手正紧握着一把锋利无比的美工刀，大拇指来回推拉着塑料锁扣，使那刀尖不断从卡槽里探出头来。过了一会儿，神秘人便悄然离开了。

对此，那些养狗人毫无察觉。他们只知道今天中午有一条大狗被人从楼上扔了下来，砸死了一名路人。有人说，那条狗生前遭到了虐待，这让大伙儿紧张起来，纷纷唤回自己的爱犬，回家去了。

就在他们离开后不久，做完家务的李微微从家里出来，来到隔壁单元一楼的宠物店，拨开塑料门帘走了进去。这家叫"三只柯基"的宠物店是由三个二十多岁的小伙子经营的。据传闻，他们曾是汉语言文学专业的大学同学，毕业后发现这门专业很难找到工作，于是各自问家人借了点钱，在小区里开了这家宠物店，算是创了业，除了卖狗粮和宠物用具之外，平日还帮人照看宠物，其中包含托管与遛狗业务。由于人手有限，后一项业务他们安排给了李微微。李微微特别有宠物缘，狗狗到她手里都服服帖帖的，他们也就放心把这份并不容易的工作交给她。

对于李微微而言，这是一个赚些钱补贴家用的好机会。遛一次狗，能赚二十块钱。

"今天怎么有点晚？"

说话的是宠物店店主之一颜平。颜平瘦瘦高高的，戴副眼镜，看起来很斯文，他主要负责接待和收银。

"帮我妈弄晚上的串串。"李微微回答，"大头和曼巴哥哥呢？"

大头和曼巴是另外两个店主，据说他们是一对堂兄弟，但李微微觉得他们长得一点也不像，她只知道他们的外号。

"在后面分装狗粮呢。去吧，孩子们都快憋坏了。"

李微微把狗子们一条条从笼子里牵出来。一共有五条，都是小区居民寄养在这里的。一见可以出去玩了，它们都激动得不行，又是摇尾，又是跳跃，直到李微微发出"安静"的指令后，它们才逐渐平息下来，听话地挤在一起，仰着头，等候出发。李微微一把抓起五根绳索，准备出门。

"微微，等一下。"

李微微回过头，看见大头不知道什么时候出来了，手里拎着一个黑色的塑料袋。

"这是客户打电话订的，麻烦顺便帮我送一趟吧。地址写在包装上了。"

李微微接过来，打开看了一眼，里面放着一包未开封的狗狗洁齿小饼干。平时除了遛狗，她还会帮店里配送客户预订的狗粮或者宠物用品。

出了宠物店，李微微牵着五条狗绳，慢悠悠地在小区里游荡起来。不过在旁人看来，说她在遛狗，不如说是那五条狗在遛她。这群狗走在她的前面，并驾齐驱，就像五匹小马朝前拉着，而瘦弱的她则尽量把身体朝后仰着，以保持自己的力量能与那几条狗匹配。幸运的是，这些均是小型犬——两只柯基、一只雪纳瑞、一只贵宾和一只比格，否则以她一米五几、不到80斤的身躯，要牵住它们可有点困难。

这是一个总面积一万平方米左右的大型社区，分为东西两个区，中间被一条商业街隔开。东区是楼盘的一期和二期，建于十年前，西区为三期，建于五年前。社区位于S市经济开发区的中心位置，开发商来自新加坡。上世纪九十年代初期，S市与新加坡合作开发设立了这个经济开发区，城市规划和经济政策均借鉴新加坡经验，得到了当时政府的鼓励与支持。很快，农田变成了外资工厂和现代化小区，一座座摩天高楼拔地而起，开阔的八车道公路快速铺设，使得开发区从本来不受本地人待见的"乡下"，变成了聚集高精尖企业和海归人才的新城。高档商场、豪华酒店、高级西餐厅、甲级写字楼不断涌现，房价也在数年内翻了好多倍。

玫瑰园就是其中之一。这个大型社区里面聚集了各类人群，人口结构复杂。一部分是早期的拆迁户，他们拆了地，分了房，再拿补偿款在这里交了首付，由土生土长的普通农民变成资产过千万的城市居民；另一部分则来自古城区，他们眼红这里新建的居住环境和精英氛围，卖掉了老房子搬来；当然，更多的则是外地人。外地人有两类，一类是海归与老外，他们是被本地政府和高端企业以丰厚的薪资待遇吸引而来的，高素质、高学历、高收入，属于社会中产阶层；另一类则是在此做生意发了财的外省人，他们财大气粗，房子好几套，开着保时捷，在各类消费场所挥金如土。

李微微一家哪类人群都不是。她和妈妈靠着不断挥洒汗水赚取微薄的收入，租户型最小的底楼毛坯房，过省吃俭用的日子。妈妈选择这样的小区，是为了让女儿接触到"更高端"的人群，耳濡目染，自我要求，进而变得更加优秀。

李微微很清楚妈妈的想法，她也确实在朝着妈妈的期待往前走，目前看来还算顺利。她成绩优异、性格外向、社交能力强，而且还具有一定的领导力。如果她坚持下去，将来说不定真有机会走出一片自己的天地。

在小区里绕了一圈后，李微微给狗狗们清理了粪便，出了一身热汗。她看了眼手机，六点半，和小伙伴们约定的时间将近，赶紧送完狗饼干，就可以把狗带回店里交差了。当她打开那个黑袋子，看了一下饼干包装纸上面用黑色粗线笔写的房间号，不禁愣住了。

38-1901。

38栋正是今天中午大狗砸死人的那栋楼。绕了一大圈，现在又要回到现场，李微微不禁感到一阵毛骨悚然。她想象力丰富——现在是晚上，万一那个被砸死的人化作鬼魂回来索命怎么办？也不知道警察走了没有，她一旦出现会不会引起怀疑呢？她想起了下午那个老警察的眼睛，那可是一双能看穿人心的眼睛啊。要不现在就回宠物店，跟老板说客户不在家。

但很快她就否定了这一想法。这个谎言太容易被拆穿，店主只要打个电话或者发个微信就会知道她在撒谎。要不还是去看一下吧，没准可以趁机了解一些情况，对自己对伙伴们都有好处。经历了中午那件事，小伙伴们肯定都吓坏了，一会儿就要和他们见面了，作为联盟的老大，她必须拿出一些魄力来安抚他们才行。

胡乱琢磨着，李微微已经来到了 38 号楼前。案发现场已经被保洁人员清理过，在夜幕的掩饰下，完全看不出地上的血迹，自然也看不出这里曾发生过惨案。李微微把五条狗拴在单元门前的枇杷树干上，然后拎着那袋宠物小饼干走向单元门。

单元门锁着，需要有门禁卡才能进入。她按下了 1901 的对讲机，但响了十几下，依然没有人应答。她又看了一眼时间，还差十分钟就七点了。

"忘带门卡了？"

身后突然响起的声音把李微微吓了一跳。她慌慌张张地转身，发现身后站着一个中年男人，四十来岁，个子高大，穿着旧旧脏脏的 T 恤和牛仔裤，戴着鸭舌帽和口罩，看不见样貌。

"你不住这楼吧？"男人再次问道。

"我，我找 1901 的。我给他送狗饼干。"

说着，李微微把袋子举了起来，表示自己没有说谎。

"哦。"

男人拿出门卡在磁区刷了一下，门"吧嗒"一声开了，他拉开把手，往里面走去。

"叔叔，等一下。"

男人站住了，不明所以地看着李微微。

"叔叔，请问您住几层啊？"

"25。"

"25……叔叔，我跟您一起上去吧。"

"你不是去19层吗？"

"19层我按视频通话没有应，也许人在卫生间。我没有卡，跟您到25层，再走楼梯到19层，很快的，也不费劲。"

这个小区的电梯都需要刷卡，每一户只能刷到自己所住的楼层。

男人看了看李微微。

"你进来吧。"

"谢谢叔叔。"

李微微跟着男人进了楼，随后又进了电梯。

嘀。

男人刷完卡，果然25层的灯亮了。随即，电梯门缓缓关上。

电梯开始上行。

两人在狭窄的空间里一左一右站着。李微微想通过面前不锈钢电梯门上的反光悄悄观察旁边的男人，一抬头发现男人帽檐下的眼睛也正在看着自己。那冷酷的眼神射出一道寒光，吓得李微微顿时不敢动了。她看过一些新闻，说是有色狼会在电梯里猥亵女孩，万一这人是色狼……后果真不堪设想！她开始后悔跟着他上来了。

然而电梯继续上行，什么也没发生。

叮。

25层到了。门打开，男人率先走了出去。门外一团漆黑，在李微微看来，他就像进入了一个深不可测的洞穴，里面充满着未知和危险。李微微犹豫了，她不确定要不要走入那片黑暗。

两秒钟后，电梯门缓缓关上了。

就在这时，一只手挡在了即将关闭的门之间。电梯门再次打开。戴帽子的男子出现在电梯外。

"怎么不出来？你不是要去 19 层吗？"

他的声音从黑暗中飘了过来。

"我……"

男人没有再说话，而是把手缩了回去，再次消失在黑暗中。接着，她听见钥匙开锁的声音。

也许是自己多虑了。李微微咬了咬牙，一狠心，在电梯门再次快关上的时候迈步出去。

电梯门关上了。电梯间一片漆黑。她用力跺了跺脚，也没能让灯亮起来。

"感应灯坏了。"

那个男人边说边打开了 2502 的房门，随即开了客厅的灯。白色的光线从屋内照了出来，原本漆黑一片的电梯间有了光亮。她借此看清楚了消防通道的位置，快步走过去，打开门，拍了一下巴掌，楼梯间的感应灯就亮了，照出向下的台阶。她刚想回头说声谢谢，身后传来"哐当"一声，门关了。男人进了屋。电梯间再次陷入了黑暗。

没有停留，她迅速朝楼下走去。

1901 家里没人。她想了想，直接把那袋狗饼干挂在门把手上。只有本层的住户才能刷卡上来，应该还是比较安全的。住户晚上回来，就能看见门把手上的宠物小饼干了。

做完这一切，她便下了楼——往下的电梯不需要刷卡，走出单元门，来到了那棵枇杷树下。有一个矮矮胖胖的大妈正在用手机给那几只狗拍照，而那几只狗明显受到了惊吓，正对着她狂叫。李微微连忙上前，说了声"对不起"，解下狗绳，准备离开。

"小姑娘，下次别再把这些畜生拴在这里了！"大妈阴阳怪气地说道。

原本准备离开的李微微突然站住了，回头看着大妈。

"你说什么？"

"我说，这小区是给人住的，不是给畜生住的。"

"你怎么这么说话？"

"我就这么说了，怎么了？这些低等生物就不应该出现在这里。"

李微微不说话了。她看着大妈的脸，攥紧了拳头。

"怎么了？不服气？"

"你……"

"李微微！"

李微微正想发怒，听见有人喊她。她一回头，看见草坪的小土坡上，两个小伙伴正在朝她招手。

"快过来！"

李微微白了那大妈一眼，牵着狗来到小土坡上。

"就等你了，怎么还不来？"长得像洋娃娃的小女孩说道。

"我在遛狗呢。这不还没到七点吗？"

"快点吧，今天我爸让我早点回去。"洋娃娃说道。

"我爷爷也是。"小胖子说道。

"怎么了？"

"还不是因为中午那件事。"

李微微一下子就明白了。因为发生了命案，小区里现在人心惶惶，生怕再出什么事。要是这些家长知道是自家孩子干的，非得疯掉不可。

"贾斯汀呢？"

"他还在上钢琴课，一会儿就到。"

"那你们等我一下，我马上就来。"

"你快点吧。"

李微微牵着五条狗迅速回到了宠物店。她对颜平解释订小饼干的客户不在家，她把东西挂在门把手上了。颜平若有所思地说了声谢谢，就忙别的去了。李微微离开宠物店，再次赶到那处小土坡——他们四个经常聚集的地方。等了几分钟，之前那个大男孩也来了。

"怎么样？"叫贾斯汀的男孩说道，"我收到李微微发射的信号，就赶紧把信息传给大家了，大家应该都收到信息了吧。"

下午，李微微在屋顶用小镜子通过阳光的反射把信息发给了贾斯汀，贾斯汀传给了那个"洋娃娃脸"兰小美，兰小美传给了小胖子胡飞，才有了今晚七点的这次聚会。按照之前的约定，他们并没有把事情说出去。

"听说那人死了。"贾斯汀一脸紧张，"我害怕了一个下午。"

"你没有说出去吧？"

"怎么可能，我是不会出卖朋友的。"贾斯汀说这话的时候看了眼李微微，"但我觉得我们是不是应该去自首？"

"我也觉得。"说话的是小胖子胡飞，"我们还未成年，犯了罪应该不会被抓去坐牢的。再说了，这次是意外。"

"但是会留案底。"李微微吓唬他们说，"有了案底，我们这辈子就算完了，读书、找工作、结婚，什么都完了。"

"那我就不结婚呗。"

"反正会是一辈子的污点。"

"等等,你的意思是,我们就这么装作什么事都没发生?"兰小美用一种不可思议的眼神看着李微微,"我不同意。而且就算躲,警察也会查出来的。我爸说过,现在的技术很发达,只要你做了一点坏事,警察都能查出来。那句中国话怎么说来着……"

"天网恢恢,疏而不漏!"

"对,就是这句话。反正我不赞成躲起来逃避。"

"你是美国人,当然不怕了,出事了大不了回国。我们就惨了。"贾斯汀说道。

大家都不说话了。

"微微姐,你说怎么办吧?"

望着大家期待而惶恐的眼神,李微微动摇了。她不能那么自私,应该站出来承担全部责任。于是,她深吸一口气。

"这样吧,自首是可以的,但你们都不用出面,就我一个人去,把整件事情都扛下来。"

"啊,那怎么行?"

"对啊,我们都参与了,怎么能让你一个人扛!"

"别说了,就这么决定了,与其大家都陷进去,不如我一个人把事情扛下来,这样也能最大限度地减少损失。再说了,主意本来就是我出的,跟你们没关系。我是主犯。"

李微微突然感觉自己获得了某种力量,内心坚定起来。是因为勇敢吗?

"可是……"

"你们平时都听我的,这次也听我的,好吗?"

大家沉默不语，都在考虑自己的事情。李微微这样做也许是最好的办法。

"不过，"李微微说道，"我有一个心愿。"

"是什么？说吧。"

"去自首之前，我想先抓住那个坏蛋。本来，我们做这件事的目的就是抓他，现在人没抓住，却把我们自己给搭进去了。说实话，我很不甘心。"

"我们也不甘心。"

"对！"

"我支持你！"

"那好！"李微微眼睛里泛着光，"让我们一起去抓住那个虐狗的变态狂吧！"

四只小手再次搭在了一起。

5

方磊回到家时已是万分疲惫。整整一下午，他一直奔波在小区里寻找线索，从31楼到底楼挨家挨户地探访，骨头几乎散架了，却并没有太多收获。物业把死者照片发到了各个楼的业主群，竟没有一个人认出他是谁。尸检报告还没有出来。暂时先这样吧，慢慢来，他安慰自己。

不过，也不是所有人都没有可疑之处。

2502住的那个男人就有些古怪。当时，那个女人说对门住着个变态，问理由，却说自己凭的是直觉，这让他并没有把她的话当回事儿。他接待过很多报案人，说某人就是凶手或者坏人，根本没有证据，事后证明只不过是胡乱猜测。

然而，第一眼看到那男人，他不由得愣了一下。男人四十岁左右，皮肤黝黑，胡子拉碴，头发看上去像是很久没洗了，穿着洗了无数次、皱巴巴的白色T恤衫，破洞牛仔裤，脚下是一双人字拖。他双目无神，浑身酒气，看上去颓废不堪。

"你找谁？"

男人用一双惺忪醉眼直直瞪着方磊。

"警察。"方磊亮了一下警官证，"方便进去看一下吗？"

男人盯着他又看了一会儿，才不大情愿地让到了一旁。方磊走了进去。

"怎么了，警官？"

方磊不答话，只是四下打量。屋内家具简陋，四白落地的装修，客厅的茶几上则横七竖八倒了一堆酒瓶和易拉罐，烟灰缸里烟头堆积如山，空气中弥漫着一股难闻的烟酒混杂的味道。

"你一个人住？"方磊漫不经心地问道。

"对。"

"租户吧？"

"嗯。"

方磊回过头来看着对方，这才发现男人个子很高，也很健壮，长期没有规律的生活让他看起来显得不那么健康。他判断了一下，以这男人的体格，把一条大黄狗从楼上扔下去应该绰绰有余。

"身份证拿出来看一下。"

男人"哦"了一声，然后从茶几上拿起皮夹克，从里面掏出证件递给方磊。方磊接过来快速看了一眼。

"陶军？"

"嗯。"

方磊用手机拍下了他的身份信息，然后把证件还给他。

"云南人？"

"嗯。"

"来本市做什么？"

"工作。"

"什么工作？"

"演员。不过最近没什么活，现在在家待着。"

"演员？"以方磊有限的经验，这样的职业他接触不多，尤其是在经济开发区这种文化氛围不浓厚的地方，"演什么的？"

"舞台剧。"陶军已经有点不耐烦了，"我是文体中心特聘的演员，但最近他们那台戏停了，所以我暂时在家待着。不信可以去查。"

"我会去查的。"

"还有什么事吗？"

"你结婚了吗？"

"警官，我想知道你为什么要问这些……"

"你只要回答我的问题就行。"

陶军叹了口气，摊摊手。

"离了。"

"嗯，看出来了。"

方磊走到朝北的阳台，拉开铝合金窗，朝下看去。下面的案发现场人员依然在忙碌着。他蹲下来仔细查看瓷砖，想看看有没有可疑的东西，比如狗毛。

"那人怎么样？"

"死了。"

"死了?!"

方磊眉头一皱,站了起来,面对陶军。

"怎么了?你反应这么大?"

"没什么。"

方磊眯缝着眼看着他。

"看来你很关心这事儿?"

"不,我不怎么关心。"

"哦?是吗?你就不想知道是谁扔的狗?"

"那是你们警察的工作。"

陶军说着重新回到沙发跟前坐下,打开电视,旁若无人地一边看体育比赛,一边开始喝啤酒。

方磊把阳台仔细检查了一遍,确实没有什么发现。他回到客厅,再次打量屋内的情况。

"既然这样,那我就先走了。如果你有什么线索,可以随时拨打报警热线……"

就在这时,卫生间里传来了一阵轻微的声响。方磊立刻警觉起来,侧耳倾听。

"警官……"

"嘘!"方磊示意陶军别说话。

很快,又传来了一声,像是什么东西被打翻了。他见陶军要起来,立刻用手指着他。

"别动!"

他一边盯着陶军,一边朝卫生间快速挪去。卫生间门下的缝隙里显示有影子在晃动。方磊一手抓住门把手,深吸一口气,猛地朝内把门推开。

一条狗从里面钻了出来。这是一条黑白相间的可卡犬,大大的耳朵垂在脑袋两侧,出来后不停地嗅方磊的鞋子。方磊越过狗,踏进卫生间,看见地上一只不锈钢狗盆被打翻了,狗粮撒得满地都是。除此之外,再没有其他生物。

"它叫布丁,是个女孩。"

陶军不知什么时候已经出现在了他的身后。只见他蹲下身,把那条叫布丁的可卡犬抱在了自己怀里,用手不停地抚摸它的头部,就像在安抚一个闹觉的婴儿。布丁对他的回馈就是在他手上舔个不停。

"我和妻子离婚,什么都没得到,包括我的女儿。布丁是我唯一能带走的。"

方磊走出卫生间,来到客厅。他现在知道为什么这个家看起来如此破败了:这是一个失意的中年文艺男人的家。有那么一瞬间,他对这个比自己小二十岁的男人产生了一丝怜悯。

"那就不打搅了。哦,对了,你演的那出戏叫什么?"

"《猴变》。不过,"陶军耸耸肩,"你可能永远也看不到了。"

方磊的家位于距离开发区十几公里外的古城区。他是土生土长的S市本地人,之前一直待在古城公安分局的刑侦支队。几年前,局长把他叫进了办公室,说新成立的开发区缺人手,想让他过去,带带新兵,但在他看来却有"流放"的意思。不能拒绝,命令就是命令,他打包了办公用品后便来到开发区分局报到。他谢绝局里给他安排的宿舍,坚持每天花一个小时从古城区坐地铁过来上班,下班后再花一个小时回去,数年如一日,没有任何抱怨。

现在，他混在一大拨下班的年轻人中间，坐上了回家的地铁。从玫瑰园小区出来后，他本想把今天的侦查情况汇报一下，但队长蒋健不在局里，于是他就先下班了。虽然这个案子有人身亡，但从性质上来讲，毕竟只是一起高空抛物引发的意外悲剧，跟组内其他成员正在侦办的杀人抛尸案不可相提并论，因此晚一天汇报不影响什么。

在地铁上，有一个年轻的女孩起身给他让座，他客气了一下，然后心安理得地把屁股放了下去。拒绝别人的好意有时候并不是一件值得称道的事情。

大概六点半左右，他出了地铁，在全家便利店买了一只面包和一小盒光明牛奶，是第二天的早餐。结账的时候，他又顺手拿了一罐三得利啤酒。他喜欢日本啤酒那种清淡的味道。随后，他拎着塑料袋，慢悠悠地回到了自己家所在的小区，走向一幢建于上世纪八十年代的老房子。

这是他父母留给他的一件了不起的遗产，虽然只有八十几平方米的面积，但独门独户，上下两层，带一个二十平方米左右的小院。二十年前，为了买学区房，妻子曾经想过把它卖了，但最后在他的坚持下没有卖。现在看来，这是他这辈子做过的最英明的决定之一。在这幢小楼里，他已经生活了差不多六十年，经历了母亲的死、妻子的死，未来这里也将承载自己的死。他想好了，退休后，每天就坐在院子里，泡一杯茶，看一本书，平静地走向生命的终点。他对宁静的渴望已经很多很多年了。

今天推开院门，他却愣住了。院子里闹哄哄的。两个孙女正在打闹追逐，两个女儿则面对面坐着，一边打毛衣一边聊天。透过一楼厨房的窗户他看见女婿们正在烧菜,浓厚的油烟不断从油烟机管道冒出来。

"哟,爸,回来啦。"说话的是大女儿方小艾。她这一喊,所有人都停了下来,笑着朝他拥了过来。

"爷爷!爷爷!"

两个外孙女一人一边抱住了他的两条腿。在江南,孩子们管爷爷叫爷爷,管外公同样也叫爷爷,仿佛一提"外公"就见外了似的。

"你们怎么都来了?"

话一出口,方磊便想起这屋子的钥匙除了自己,两个女儿也各自配了一把。也就是说,她们只要愿意,可以随时来,然后自作主张地搞这么一出。

"爸,您忘记今天是什么日子了?"

"什么日子?"

"您的生日啊。"

"是吗?"方磊一时间糊涂了,"我的生日不是下个月吗?"

"下个月我们怕人凑不齐,就提前给您庆祝了。来吧,快进来。"

方磊在女儿们的牵引下进了屋子。长期冷清的家里突然热闹起来,中心嵌大理石的红木八仙桌被搬到了屋子中间,上面铺了一块透明的一次性台布,四道凉菜、碗筷勺、醋碟、啤酒都摆放妥当,厨房里飘出来一股香香辣辣的味道,惹得他直想打喷嚏。

"上菜咯!"

厨房里刚传来这么一声,就看见大女婿端着一大盆小龙虾走出来。

"来，爸，尝尝我做的小龙虾味道如何。"

方磊没有动。

"不急，菜烧好了，你也快坐下来吃吧。还有陆晨，赶紧上桌吧。"

方磊的这两个女婿，一个叫周晓峰，一个叫陆晨，是民政局的同事，工种虽不同，但职位相当。小女儿方小梅与老公先确立恋爱关系，然后周晓峰见家里还有个未出嫁的大姐，又把自己的同事陆晨带了过来，吃了顿饭，结果一拍即合。两姐妹年纪本来相差不大，干脆选在同一天结婚，方磊给她们大操大办一番，在亲戚朋友中挣回了一点面子。只是这可苦了那些同事，因为同时要出两笔份子钱，不停嚷嚷着下次一定要方磊把钱吐出来。这对连襟在单位里也是好朋友，经常一起喝酒打牌，周末一起钓鱼，带家人一起户外郊游、野餐，这也使得两姐妹的关系非常好。反正成家之后，方磊就没听说这姐妹俩红过脸，小时候那可是每天一架。

晚餐吃了不到十分钟，方磊便通过自己并不出色的推理能力，逐渐搞清楚了这顿饭真正的用意。原来，他们两家同时看上了一套别墅，双拼，两家人正好可以一边一套，只要把中间的院墙打通，就能拥有一个超大的共用院子。

"这是一套终极房子。"大女婿说。

"没错。我们都很喜欢。"小女婿说。

他们目前的计划是，先把各自的房子卖掉交首付，但这样一来，就没钱装修了，因此各自还需要五十万左右的金额，想找老丈人挪一挪。

"我哪有这么多钱？"话虽这样说，但方磊已经猜到他们其实是想让他把老宅卖了。果然，这话一出，女婿们就低下头不说话了，转而变成两个女儿的轮番轰炸。她们建议卖老宅。当然，她们言之凿凿地表示，只是问他借，等有了钱就会还给他的。另外，老子你不是马上要退休了吗？你看这样好不好——搬过去跟我们一起住，今天住住这家，明天住住那家，大家在一起生活，就像一个大家庭，多热闹啊，你可以在院子里种花种菜晒太阳，你可爱的乖孙女们可以在院子里茁壮成长。

"不。"方磊说道。

"什么？"

"我退了休也不跟你们住，我想一个人待着。"

"可是，爸，你年纪大了，需要有人照顾。妈妈都走了这么久，你一个人在家，万一有个三长两短，你叫我们这些做儿女的怎么放心啊。"

"我习惯了。再说，这房子是你们妈妈生活过的，这里有我们很多美好的记忆，我住在这儿就能经常惦念起她来，我不要住什么大别墅。"

"可是爸，你不为你两个女儿着想，也得为你两个外孙女着想啊。她们还这么小，有个大院子对她们的成长来说绝对是好事……"

"那些没有大院子的孩子都不成长了？"

"话这么说就没意思了。再说了，您一个人住这么寂寞，这要是再遇上个什么忘年情，这房子……"

"那也跟你们没啥关系。除非我死了，否则休想让我把这房子卖了！"

"爸，您这又是何必呢？"

方磊站了起来。

"我其实已经吃过饭了,现在出去散步。等我回来,希望你们都走了。"

他拎起那个全家便利店的塑料袋,头也不回地走了出去。

夏天的夜晚凉爽怡人。

方磊拎着塑料袋来到护城河边的万年桥下,找了个台阶坐下,看着悠悠河水,吹着凉风,一边喝啤酒,一边发呆。他想起了很多两个女儿小时候的事情。那时候,他三十多岁,为拥有了两个宝贝而欣喜若狂,整天就想和她们待在一起,给她们读故事,陪她们一起跳舞、说笑,带她们去吃好吃的。他还记得,她们从小喜欢吃番茄肉酱意大利面,他会用叉子把面条切成小段,她们则用勺子舀着往嘴里送,常常弄得满嘴满身都是番茄酱,小脸鼓鼓、油油的,非常可爱。

然而这一切在她们的青春期发生了逆转。小时候太过听话的她们,突然在十四五岁的年纪变得超级叛逆。早恋,旷课,逃学,抽烟……事后方磊回想起来,也许是那段时间自己的陪伴不够,才出了问题。那短短的两三年是他职业生涯中唯一的奋斗期。他天真地想要做出点成绩,给孩子们树立榜样,几乎把所有的精力投入到刑警的工作中,以至于忽略了家庭。

幸运的是,自己有个好妻子,孩子有个好妈妈。在这位了不起的女性的带领和感染下,两个孩子的叛逆个性在十八岁之前都被扭转了过来,先后考取了还不错的大学。大学毕业后,大女儿做了教师,小女儿做了护士,都是还不错的职业。小女儿在医院认识了现在的丈夫。

即便如此,方磊却认为她们对自己"感情不深"。她们只记得妈妈的好,而轻视了方磊在她们小时候的陪伴。在她们的记忆里,爸爸永远在外面，晚上很晚回家或干脆不回。对她们而言，做警察的爸爸只有在老师和同学的议论中，才能让她们脸上有一点光，绝大多数时间，她们只记得妈妈的辛苦操劳和爸爸的缺位。

这与方磊的记忆恰恰相反。他认为自己为了孩子们放弃了事业，远离危险，增加了在家的时间。他什么时候缺位了？

不管怎样，事实就是，女儿们长大后跟他不太亲。这种状况在妻子去世后更明显了。成家之后，她们本来就回来得少，与这个爸爸又没有太多共同话题，回家的次数屈指可数。方磊偶尔也想过改善一下父女关系，但收效甚微。

因此，这次他们两家人同时出现，还劝他卖房子，说实话让他感到伤痛不已。自从妻子去世之后，他已经很久没这么伤心过了。伤心之后便是落寞，落寞到深处乃至孤独。

他感到孤独极了。

一仰头，他发现易拉罐不知不觉已经喝空了，于是放在一旁，准备等下扔去垃圾桶。这时候，几米开外的草丛里有什么东西在挪动，吸引了他的注意。他盯着仔细看了好一会儿，才意识到那是一只小狗。它看起来可能才一两个月大，黑色，身上的毛有点卷，黑黑亮亮的眼睛胆怯地望着他，小尾巴摇个不停。方磊从塑料袋里拿出那个准备当早餐的面包，朝它发出"啧啧"的声音。

它试探了几步，就跑过来了。

方磊把面包掰成小块，放在自己的掌心里。小黑狗警惕地靠近，伸长脖子，用舌头将面包卷进了嘴里，弄得他掌心痒痒的。他笑了，撕下更多的面包喂它。它终于放开胆子吃了起来，简直像个小饿死鬼。方磊朝四周看了看，并没发现它的主人，这才意识到它是一条流浪狗。方磊摸着它的头，不断告诫自己，坚决不能收养它，否则会非常麻烦，会想起那些伤心事。

过了一会儿，他的手机响了。

是法医老杨打来的。

"你现在有事吗？赶紧来一趟法医中心。"

他没有解释原因就挂断了。方磊起身，把剩下的面包都撒在小狗面前，然后看了它一眼，走回路边打了一辆出租车。

很快，他到了法医中心，换上防护服后，走进解剖室。老杨正埋头从显微镜中观察着什么，见他进来，朝旁边一指。他这才看见，两个解剖台上分别摆了两具尸体：一具是成年男性，一具是大黄狗。方磊觉得这画面有点荒诞。

"怎么样？"

"还不是你非要尸检这条狗，否则不会花这么长时间。"老杨说道。

"辛苦了。下次请你吃火锅。"

"算了吧，每天都对着这些，看着生肉我都要吐了。"

方磊笑了笑。

"这么急叫我过来，是不是有情况？"

"你想先听哪个，狗还是人？"

"先狗吧。"

"那行。"老杨走到那条狗旁边，掀开白布。方磊脸上露出极为难看的表情。解剖之后，大黄狗的模样更凄惨了。

"首先，通过胃部的消化物可以确定，这是一条流浪狗，因为检验出来的全是垃圾和腐烂物，没有一点狗粮或正常食物。"

方磊点点头，示意他继续说下去。

"身上的创口多达四十多处，皆为利器所伤，每一处伤口虽不深,但足以让它流血和疼痛。"老杨说着停顿了一下,像是在强忍着悲愤。方磊知道他是一个非常有爱心的人,家里收留了四五只流浪猫,每次来上班,他都得在浴室洗半小时以上的澡,避免把猫毛带进来。但即便如此,方磊还是有点惊讶,这样一位解剖过上千具尸体、做了半辈子的老法医会在解剖一条流浪狗时,情绪如此波动。"你再看看它的左后腿,膝关节部位粉碎性骨折……"

"会不会是摔下来导致的?"

"不是。它从二十米以上的高空坠落,砸在了人的身上,相当于有了一个缓冲,不可能摔成这样。而且,最关键的是,不仅仅是左后腿,右后腿也是如此,同样的部位,同样的粉碎性骨折!"

方磊现在知道老杨为什么会这么生气了。他仿佛看见一幅画面:这条大狗的两条后腿完全断了,只能前爪用劲,拖着自己浑身是伤的身躯,一边发出痛苦的哀嚎,一边朝前蠕动。极有可能是遭到了人面却禽兽不如的物种的疯狂虐待。

"死因呢?"

"如你想的那样,头颅被钝器击破,流血而死。"老杨咬牙切齿地说道,"这个杂种,真希望有人能治治他!"

方磊明白他的意思。国家目前只有拯救珍贵濒危野生动物的《野生动物保护法》,普通动物并未纳入保护范围,所以对于虐待普通动物的行为,很多情况下甚至不能称之为违法犯罪。很多虐猫虐狗事件,难以从法律层面予以规制,只能在道德层面谴责。实在要上升到法律层面,对动物的伤害也仅能以"财物价值"来衡量,如果被害动物价值不高,只需向动物主人承担民事侵权责任。像这样的流浪狗,没有主人,所以既不属于民事侵权,也无法算成侵犯财产的行为。

"找到虐狗的嫌疑人了吗?"

方磊脑海中立即浮现出2502那个叫陶军的男人。随即,他摇了摇头。

"还在查。"

"一定要查出来,让这家伙付出代价。即便不能以虐狗的罪起诉他,他高空抛物砸死人,也能好好关一段时间。"

"放心,他跑不了。对了,死者身上有什么发现?"方磊相信法医这么匆忙把他叫来,绝不只是因为虐狗的事情。

"过来吧。"

方磊跟着他走到了那具尸体旁边。老杨只掀开了局部的尸布,让脸部继续被遮盖着。

"死者身上没有其他明显的外伤,死因也很明确,头部撞在地上,裂开口子,失血休克致死。也就是说,他的确是死于高空抛物。"

"那就没什么好说的了。"

"鉴于死者身上没有找到任何身份信息,我的这个发现也许能帮你缩小查找范围。"

"是什么?"

老杨拎起尸体的胳膊。

"你自己看看。"

方磊俯下身去,很快发现了异常——胳膊上面布满了密密麻麻的红点。

"针眼?难道……"

"没错。他的血液中检出了吗啡和可待因。"老杨轻松地说道,"这家伙是个长期吸食海洛因的瘾君子。"

6

自从发生了那件事情,贾斯汀感觉天都要塌了。

他今年十一岁,在本地一家私立双语学校读五年级,是老师和家长眼里一等一的好孩子、好学生、好宝宝。长这么大他都被鲜花和赞美包裹着,所有人都对他寄予厚望,几乎所有人都认为,凭他的个性和智商,前途不可限量。

一开始,他自己也是这么认为的。至少在五年级前,他对此都毫不动摇,充满自信。那时候他完全按照父母给他设定的路线学习和前进,重理轻文,参加奥数班,学习编程与人工智能,课余还读过专门为精英家庭孩子设计的"经济学之小小总裁班",一早就确立了对金钱的观念和看法。他在班上也确实是佼佼者,不仅成绩拔尖,学科之外的素质教育也胜于他人,以至于学校要拍什么招生宣传照时都会叫上他,叮嘱摄影师把他放在最显眼的位置。课后,哪位同学要开生日会了,他常常在被邀请的行列,哪怕自己和对方平时都没说过几句话——妈妈告诉他,是对方的家长指定要他去参加,为的是让自己的孩子与优秀的他成为朋友。这些宠爱多多少少令他养成了一种傲娇的个性,但出于父亲口中强调的修养,他能做到藏而不露,对人对事保持谦卑的姿态,顶多只把自信的微笑挂在脸上。

他受到的第一次打击,发生在五年级开始的第一个星期。因为学制,也为了锻炼大家的社交能力,学校每一学年都把全年级的学生重新打散分班。也就是说,班上除了四五个老同学外,绝大多数都是新同学。贾斯汀高估了自己的受欢迎程度。课间活动时,他看见新班级的几个男生在玩足球,便凑了上去想加入,结果遭到了拒绝。

"除非你让你爸给你改个名字。哈哈。"那群同学刻薄地说完后嘻嘻哈哈地跑开了,把他晾在一旁。

贾斯汀在原地呆了半晌,也没想明白自己的名字究竟有什么错。的确,他是取了一个外国人的名字,但这有什么问题?他父亲姓贾,而他的妈妈曾是贾斯汀·比伯的超级粉丝,于是在生下一个男孩后便任性地取了这个名字。中国孩子叫外国谐音名的并不少。再说了,这是一所私立学校,有很多外国小孩,一定也有叫贾斯汀的,他们凭什么拿名字开玩笑呢?

这么一想,他也就没太当回事儿了。该干吗干吗,他想,反正过一段时间,你们就知道我是谁了,到时候,你们父母会排着队来邀请我去参加你们的生日会呢。

然而那些男生越来越疏远他、孤立他。终于有一天,他在厕所里偶然听到的一段话,让他明白了问题出在哪里。

"你瞧他那副傻样,肯定觉得自己特了不起吧。"

"是啊,我特讨厌这种自以为是的人,觉得将来会高我们一等。"

"他现在就觉得自己高我们一等呢。每次看到招生广告封面上他那装模作样的傻笑就想吐,恶心死人了。"

"就是,关键还取了个蠢名字,贾斯汀,真不知道他到底是中国人还是外国人。我看啊,还不如叫贾宝玉好听。"

"你这也太损了。不过像他那副厌样,也就只配跟女孩玩。"

"这话可别被他听见了,说不定会哭哭啼啼去老师那里告状呢。"

"去好了,我才不怕他呢……"

一直等到这些声音彻底消失，贾斯汀才缓缓从卫生间里出来。他既吃惊又难过。原来大家讨厌他，最大的原因并不是他的名字，而是他的"优秀"和"自信"。他完全没想到，父母一手塑造的光辉形象，竟然让他走到大多数人的对立面。他简直委屈得要哭了。

回到家后，父母看出他不高兴，问他怎么了。多年来，他养成了任何事情都跟父母倾诉的习惯，或者说，父母一直是这么教他的：好孩子就应该凡事和父母分享，他们才是他最好的朋友。

他毫无保留地说出自己的苦恼。妈妈葛燕气得拍桌子，说要去找老师，还问他知不知道是谁说的，要把他们揪出来好好批评一下。他摇摇头。爸爸贾天明则冷静得多。他首先安抚妻子情绪不要太大，以免动了胎气——葛燕怀上二胎已经七个多月了，然后他告诉儿子，真正优秀的人都是孤独的，是不会被人轻易理解的，也永远不会和低级的人在一起，受他们影响。优秀的人具有应对庸俗评价的勇气和决心。贾天明还说，这或许是对他的考验，而他必须经受住非议，提升抗压能力，才有可能得到成长，从而迈向成功。

虽然爸爸说得冠冕堂皇，很有道理，贾斯汀表面上也认可，表示自己不会在意，但内心深处还是动摇了。他人生第一次质疑爸爸的话——如果成功、成为人上人，意味着需要放弃自我，与大多数人为敌，那这样的成功还有什么意义呢？

那天晚上，贾斯汀失眠了。他打破了父母给他制定的"必须在九点半之前入睡"的习惯，在床上翻来覆去直到凌晨两点多。对此，他恐惧极了，担心爸爸如果知道他熬夜，会对他做些什么。多年来，爸妈一直希望他按照设定的道路前进，给他制订严苛的学习计划，用各种办法充实他的课余生活，把他当未来的精英培养。他们坚信精英是可以培养的，人生不进则退。爸妈希望他比他们更有出息——他们已经够有出息了，在新加坡念书，通过海归人才引进拿着高薪，享受政府补贴，受尊重，在玫瑰园这样的小区顶楼租住一百八十平方米、视野极佳的大平层。

然而，怀疑就像暴雨日子的堤岸开了个口子，水不断渗透进来。那天之后，他开始有意识地做些小改变，比如，收起自信的笑脸，又比如，上课回答问题时故意答错，让自己显得"笨"一点。他意外发现这样的方式是有效果的。同学们不再当他自以为是了。他很高兴，又试着多做一些转变，甚至在小测试的时候故意划水，让自己显得不再那么无所不能、那么优秀。

只是这样一来，同学们是亲近了，老师却不乐意。班主任洪老师怀疑他遇到什么事了，要么就是家庭出了问题。以她的判断，贾斯汀的能力完全可以解出那些题，错误实在太低级了。在百思不得其解之际，她给贾斯汀的父母写了一封言辞恳切的邮件。

看了邮件后，爸爸妈妈再次震惊了。他们把贾斯汀叫到客厅，非常严肃地跟他进行了一次谈话。他们一边引诱（下一次考全班第一给他买电子产品），一边恐吓（五年级再不好好学习，就没机会读书了，将来只能去送外卖），要求他集中注意力，不要被与学习无关的事情干扰，重新找回自己的学习状态。

聊到这里，贾斯汀已经完全清楚，父母本质上是无法交流和沟通的。他们期望孩子成材的愿望盖过一切。他是个懂事的孩子。为了不让父母伤心，他决定把他们期待的角色扮演下去，变回那个优秀的好学生。只是他再也不信任"成功"这种东西了。

情况在这个暑假的一天又有变化。

某个周末，父母听了场大师的钢琴演奏会，回来后突然对音乐产生了强烈的兴趣。尤其是妈妈。她想起追星的岁月，决定给贾斯汀加设课外音乐班——这真是破天荒了，要知道，之前的兴趣班可全是跟理工科有关。她在小区的妈妈群里听说小区里有一位钢琴教师，平时在家里教课，于是带着贾斯汀找上门去了。

试课的时候，贾斯汀紧张极了。他在那一刻才知道自己五音不全，对音乐毫无感觉。但一节课下来，他爱上了钢琴课。在这里可以离妈妈远一点（葛燕送他过来就回去了），而且这个叫金灿的年轻老师真的很好，讲话温柔，不给他施加任何压力。最初的紧张感很快就消失了，取而代之的是松弛。在清亮的琴键声中，在这个散发着淡淡清香的房间里，他感到舒服极了。在这里，他终于不用再遵守父母的规矩，整个人彻底放松。

之后每一次上课，都是他的快乐时光。妈妈怕麻烦，课后不再接他，让他自己回家，于是自由活动的时间也变多了。独自回家的这短短一段路程，同样给他带来了无尽的自由和欢乐。

有一天，他正在弹琴，有几个音节总是弹错，于是金老师让他起立，给他示范。钢琴上方是一扇对开的窗户。他走神了，目光被窗外的景色吸引。

一个瘦弱的女孩正站在窗外的树下，原地不动，似乎在听音乐。在她的脚边，有几只小狗在地上打滚、嬉戏。

他被她吸引住了，搞不清楚因为什么。那个女孩就像是他乏味生活中的一束光，照在他心中那头孤独已久的小兽身上，令它在幽暗中抬起了头。

"贾斯汀！"

金老师的呼喊让他回过神来，满脸尴尬。

"你在看什么呢？"

"没，没什么。"

"有没有好好听我讲课？"

见贾斯汀不说话，金老师也站了起来，顺着他的眼光，朝窗外看去。她一眼就看到了那个女孩。接着，她离开钢琴，朝门口走去。很快，她走到那个女孩身边，对后者说了几句话。贾斯汀注意到，女孩有些紧张，脸红扑扑的，但也更加可爱了。

接着，不可思议的事情发生了。

女孩把狗拴在树上，跟着金老师走了。

她们进屋，来到了他的身旁。他慌乱不安，根本不敢看那个女孩，仿佛只要看一眼，心中的秘密就会被揭露。

"贾斯汀，这是李微微。微微，这是贾斯汀。以后你们就是同学了。"

同学？贾斯汀呆住了，不知道该说什么。

"金老师，"李微微同样慌张，"我，我交不起学费。"

"没关系。我见你在外面听琴不是一次两次了。还记得我刚才问你的那个问题吗？"

李微微没有犹豫，点点头。

"我最后再问一次，你真的想学钢琴吗？"

"想。"

"那就行了。反正我每天都在家里，你一有空就来找我，我教你。"

"可是学费……"

金老师不再说什么，坐回钢琴前的椅子上，任手指在琴键上飞扬。李微微开始和贾斯汀一起学钢琴。贾斯汀缺乏艺术细胞，再加上激动，每次都错误百出，但他是幸福的。这个不满十二岁的男孩每次只要站在李微微旁边,闻到她柠檬味洗发水的香味,就意乱神迷。

于是,上钢琴课成了他生活中最重要的事情。几次接触下来,他渐渐和李微微熟络起来。课后,如果有时间,他会和其他几个小伙伴一起帮李微微遛狗。在李微微的感染下,他也喜爱起了这些可爱的小生命。

但这引发了一个严重的问题:他从新加坡回国、规则意识极强的父母,完全不赞成他跟小动物接触。首先是卫生问题,他们固执地认为这些猫猫狗狗身上不干净,有细菌,容易侵入小孩的身体,再加上妈妈现在怀孕,所以坚决禁止;其次是爸爸有一套"养宠物就是玩物丧志"的奇怪理论,认为这不仅会耽误学习,也会让他沉溺在情感泛滥的泥沼中无法自拔。他们希望贾斯汀成为一个极度理性、具备极高效率和时间管理能力的人。

因此,在他们的诸多规则中,不与小动物亲密接触是比较靠前的一条。在贾斯汀看来,他们对规则的膜拜已经有点走火入魔。比如有一次,贾斯汀和爸爸去街心公园的游乐场玩,滑梯的侧面写着限制年龄为三到八岁,而贾斯汀当时已经九岁了,即便他很想玩,还是被爸爸毫不客气地拖走了。

李微微的出现让他萌生了打破这种规则感的想法。他对父母隐瞒了自己与狗狗接触过的事,总是在进门之前就把身上的狗毛和狗味处理干净,进屋后立即去卫生间洗手,尽量不让父母觉察出一点端倪,父母在场时,则故意表现得对狗狗敬而远之。他从这种用表演的方式忤逆父母的过程中获得了极大的乐趣,甚至可以说,他揣着两副面具,一面是在父母面前守规则、努力上进、听话的好孩子,一面是在李微微面前真实的自己。

这是属于他的秘密。

只是现在这个秘密,很可能会因为之前的那件事暴露。

他不仅玩狗,还杀了人。

最起码是这起意外杀人案的参与者。

这无疑是一个他根本无法承担的结果。被毁掉的不仅仅是他自己,还有父母的梦想。

但他能怪谁呢?只能怪自己。

自从和三个小伙伴结成"正义联盟"之后,他们之间聊得最多的话题就是狗。除了李微微,其他两个也是非常爱狗的孩子。狗成了他们相互信赖的起点。因此,当他们发现小区里有人虐狗的时候,可以想见心里的愤慨有多强烈。

"真是个王八蛋!"

这是他们第一次遇见一只受伤的流浪小狗时,兰小美的咒骂。他们之前见过这只被他们取名为"小白"的串串狗。它身上有很多真菌引起的脓疮,又脏又臭,遭到了小区住户的远离和厌弃。后来,他们几个一起凑钱去宠物店给它买了一支除菌膏,涂了之后,小白明显有好转。但他们知道自己能做的到此为止。流浪狗太多了,即便想收留,父母也是绝不允许的。

但他们再次看到它时,全都惊呆了。它的脸似乎被烫伤了,毛全部卷在一起,黑黑的,烂烂的;鼻子也被腐蚀了,眼睛更是只能张开一半,非常凄惨。他们小心翼翼地把它招呼过来,喂了点吃的,然后将它带到了宠物店。宠物店的大头哥哥看了后,也是一脸心疼。

"是硫酸。"大头哥哥说道,"有人朝它的脸上泼了硫酸。"

"是谁干的?!"

这是一个没有人能回答的问题，也是一个无法挽救的悲剧。简单处理后，他们只能再次把狗放走。

"我们去查监控吧，看看是谁干的。"

"没用的。"大头哥哥说，"只有警察才有这个权利。唉，真是造孽啊。"

"那报警呢？"

"更没用了。警察不管这事。再说，你们还是小孩，说的话没效力。"

"难道这种事就没人能管吗？"

没有人再说话。他们灰心极了，从宠物店出来后心情很压抑，聚集在树下发呆。小区的中央水域有一片乱石浅滩，不少家长带着自己的孩子拿网兜在里面捞蝌蚪和小鱼，看起来很开心的样子。但他们不开心。

"我们得保护这些狗狗。"兰小美说。

"我赞同。"

"赞同。"

只有他没有说话。

"你怎么了？贾斯汀？"

"不知道。我觉得这件事很可怕。这人可能是个变态。"

"所以呢？"

"不知道，就是有点害怕。"

李微微走到他面前，低下头。

"这些流浪狗很可怜。如果连我们都不帮它们，就没有人帮它们了。"

他知道李微微说的对，而且她的坚定给了他力量。他终于点了点头。

"那太好了，我们现在就组成一个联盟，来帮助被虐待的小动物吧。"

"好啊。叫什么呢？"

"我看就叫正义联盟吧。"

"没问题，正义联盟。"

"要不要想一句口号？"

"我想想……"李微微走来走去，"这样，大家看行不行——保护狗狗，打倒变态，我们是正义联盟！"

大家都觉得不错，跟着李微微又念了几遍，然后把手搭在一起，算是正式结盟。从那天起，他们一有空就在小区里转悠，寻找蛛丝马迹，试图保护其他的流浪狗。但很遗憾，虐狗事件依然时有发生。有的狗被泼了硫酸，有的被打断了腿，还有的被倒吊在树上，发现时已经奄奄一息。

他们感到十分愤怒，但一点用也没有。而且他们逐渐意识到，孩子的身份阻碍了他们抓坏蛋，因为夜间无法出门。他们几乎敢断定，那个变态一定是在晚上出现，暴力虐狗的。他们很生气，但也无可奈何，不知究竟要怎么抓住他。

他。

在孩子们心里，这个死变态一定是个男的。

就这样过了一个多星期，直到发生了那件事。

一条大黄狗被虐待致死，头上全是血，两条腿也断了。看到这一幕，大家都哭了。他们决定不能再放任不管。

"你们快看这里！"

李微微眼尖，看见地上有一张小票。是一张外卖小票，但因为大部分被撕掉了，只能看出一点点信息：38号楼。没有姓名，没有具体地址。

"凶手在38号楼！"

"可你怎么确定这是凶手掉的呢？"

"纸这么干净，显然是才掉不久。而我们是最先发现狗狗的，那么小票只能是凶手留下的。"

"不管怎样，这算是一个线索。但问题是我们怎么去找他呢？总不能去38号楼一家家问吧，就算问到了，他也不会承认，反而把我们暴露了。"

贾斯汀的话让大家又陷入沮丧，不知道怎么办才好。

"我有办法！"李微微说道，"可以让警察去找他！"

她的计划是，把狗从38号楼的天台上扔下去，然后报警说有人高空抛物，让警察一家家去查。这样的话，凶手很可能就会被查出来。

"只要他虐狗了，警察来问狗的情况，他就一定会露出马脚的。"李微微胸有成竹。

"这样真行吗？"贾斯汀疑惑地说道。

"行的，我看过一部电视剧，里面就有这样的情节。相信我啦。"

"好吧，"贾斯汀依然很困惑，"但我们要怎么上到38号楼的天台呢？据我所知，那扇门被物业锁上了，上不去的。"

"我有办法。"

兰小美看着大家，露出了自信的笑容。

7

整个上午，方磊都守在警队技术室，反复观看从玫瑰园物业取回来的案发当日的监控。

他讨厌监控，尤其讨厌过度依赖监控。

一是因为他年纪大了，查看文件和视频都需要佩戴老花眼镜，而长时间盯着不断变换的电脑屏幕对他的眼睛确实是极大的考验和折磨。他不得不看一会儿，休息一下，取下眼镜，仰头滴几滴眼药水，才能稍稍缓解过度用眼导致的疲惫；另外，他是个老派的刑警。

所谓老派，就是他的办案方式还停留在二十年前。那时候，没有天网，没有无处不在的摄像头，更没有如今各种先进的刑事科学技术手段。那时候，刑警办案靠的是腿，靠的是敏锐的观察力和强大的推理能力，再加上技术的辅助，一步步逼近真相，然后把那些犯罪分子绳之以法。

现在办案效率大大提高了，无论发生什么案子，第一件事就是查监控。

监控，监控，查监控！

他对此厌烦透顶。试想有一天，全国的监控都失灵了，难道警察就都要失业了吗？要是以前，他会去走访死者的社会关系，去挖掘出杀人动机，把凶手从茫茫人海中揪出来。现在则反过来了，先上科学工具，监控拍到了谁，就是铁一般的证据，于是把人抓过来，通过审问撬开对方的嘴，破案定罪。

所以，他落伍了。

他被包括队长蒋健在内的其他同事排挤到警队核心力量之外。

比如今天一早,他把"死者有吸毒史"这个信息汇报给蒋队长的时候,后者的第一句话就是,有没有查监控?方磊听了非常生气,想当场反驳,但还是忍住了。他告诫自己,这把年纪了,不应该为了这种事情跟人吵架,何况对方还是自己的领导。他突然想明白了,自己为什么这么多年来都是这个状态,没有做出成绩,没有当上队长,没有再上升一步。他终于知道问题出在哪里。以前他总以为是自己性格不够圆滑,不懂得钻营,学历也不高,很多事都不愿意妥协,再加上上进心不足,所以才会这样。不,他搞错了。他最致命的问题是不愿意变化,一直守着自己那套观念,任其老化、僵硬,最终被世界淘汰。

想到这里,他感到一阵悲凉。还有不到一年,他就要退休了,改变已经太晚,既然如此,还有什么必要为这样一起高空抛物案跟人较劲呢?让我查监控是吧?行,我就去查呗。

然而,在技术室里坐了一上午之后,他又开始对这一套东西产生了深深的怀疑。任何有价值的线索都没有发现。他让技术员把案发时的监控翻来倒去,依然没有进展。唯一可以确定的是,这个死者是真倒霉。当时他正好从路边绿化带的一条小路钻出来,就遭到了大黄狗的"袭击"。说实话,要是他走大路就躲过了。最后,技术员都被弄烦了,声称肚子不舒服要去趟厕所,教了他几招简单的操作方式(也费了不少劲),便拿上烟盒和打火机离开了。他戴着老花眼镜,又在屏幕上捣鼓了半天,终于绝望了。他摘下眼镜,上下揉搓着鼻梁,内心一阵懊恼。得,想偷懒都不行啊,还是得站起来,拖着一把老骨头去多多走访,找找看有没有新线索。

他给信息部门的同事打了电话。昨天从38号楼出来,他就把陶军的身份证照片发给了同事,请对方帮忙核实信息,但直到现在,那位姓陈的同事也没给他回电话。几声之后,电话接通了。

"这个陶军的身份信息是正确的,我还查到,他的确是一名话剧演员,一个多月前刚到S市,离了婚,现在处于失业状态,没有任何前科。还有什么想问的?"

方磊握着手机,琢磨着对方最后这一句是什么意思。

"这些信息你早查出来了?"

"是啊。"

"那你为什么不早一点回复我?"

"我一看没什么价值,你也不着急,就忘了。"

"忘了?我这是在查案啊。"

"不就是一起高空坠物意外事故吗?"

对方的轻描淡写瞬间点燃了方磊的怒火。

"什么意思?小陈,你以前不这样啊,是不是觉得我快要退休了就开始敷衍我?"

"老方,别这样,我没这个意思……"

"得了吧!再见!"

说完,他用力摁掉了电话。一种极为失望的情绪蔓延全身。现在不仅仅是刑警队,整个公安局的人都不待见自己了,就好像他是一匹老得快不行的骡子,干了一辈子毫无意义的拉磨工作,现在已经到了卸磨的时候。

好啊,越是这样,我越要单枪匹马把这个案子给破了。方磊被这么一激,陡然来劲了,起身准备离开技术室,然而就在这时,显示器屏幕上的静止画面吸引了他的注意力。他注意到之前忽略的一个细节。两秒钟后,他立刻冲出技术室,跑到天台,把正在跟人抽烟聊天的技术员生生拽了回来。

"干吗呀?"技术员非常不满,坐在椅子上瞪着方磊。

"快,这里,把它放大。"

"哪里?"虽然有点不高兴,但方磊的样子看似很紧急,技术员也打起了精神。

"就是这个地方!"

方磊指着画面的右上角。画面停留在死者被砸中的那一刻,在他身后二十米处,是另外一个单元的玻璃门。在玻璃门上,倒映着一张人脸。显然,死者遇害时,有人就在他后面不远处。

也就是说,这个案子很可能存在目击者。

技术员显然也看见了,他操控键盘和鼠标,不断放大画面局部,最终停留在玻璃门上的那张脸上。但因为是镜像,再加上放大后像素太低,不清晰,看不清样貌。

"能把它处理得更清晰吗?"

"我试试吧。"

技术员又是一顿操作,那张脸清晰了一点,但不够,依然看不清。

"很抱歉,最清楚也只能这样了。"

方磊一阵失望。刚才这个发现,让他对监控系统产生了好感,但到这一步,还是看出了这个技术的局限。

不对,等等。

他的视线移到了那张脸下方的地面上,有样东西映入了他的眼帘。随即,他笑了起来。

他知道这个人是谁了。

半小时后，方磊再次坐到了这个人的家里。依然那么凌乱，空酒瓶、堆积如山的烟头，以及弥漫在空气中的脚臭和泡面味混合的味道。唯一不同的是，那只叫布丁的狗没有被关在卫生间，而是一直在他的脚边闻来闻去，似乎想搞清楚这个老头究竟是来干吗的。

"够了，布丁。过来。"

陶军一声招呼，布丁便跟着他走进卫生间。接着，是关门的声音。可怜的小狗又被关进了黑暗潮湿的监狱。

"没关系，让它在这里好了，我不怕狗。"

"说吧。找我什么事？"

陶军好像有意让那条狗避开似的，仿佛它能听懂人话。他在方磊对面坐下，拿出一根烟点燃，但没有礼节性地散一根给方磊。

"我这次来，是有一件事想跟你确认。"

"还是扔狗那件事吧？我上次已经说过了，跟我没关系。"

"我知道跟你没关系。"

"那你还来找我？"

"我记得上次问你，扔狗的时候你在哪儿，你跟我说你在家里睡午觉？"

"可能是吧。"

"那，你能解释一下这个吗？"

方磊拿出那张视频监控截屏的打印照片，放在陶军面前。把证据砸在说谎的人面前，感觉还挺不错的。

"这是你吧？虽然脸看不清楚，但你手上牵着的那条狗，就是布丁。"

陶军瞄了一眼，并没有伸手去拿，只是默默地抽着烟。气氛僵住了片刻，终于，陶军将抽了一半的香烟掐灭在了高如富士山一般的烟灰缸里。

"是我。不过，"他欠了欠身，让自己更舒服一点，"这不恰好说明，我没有作案时间吗？"

"作案时间……"方磊在脑海中咂摸着这个词，随即点点头，"你说的没错，你确实没有作案时间。"

"那不就得了。"

"你既然没有作案时间，为什么要撒谎说自己在家里睡觉呢？"

"我撒谎了吗？"

"你说呢？正常人面对警察询问时都不可能撒这种没必要的谎吧。"

"可能是记错了，我当时在遛狗。"

"记错了？案发到我遇见你，不到三小时，你会记错？"

"可能是最近酒喝多了。"

"哦，原来是酒后失忆。"方磊做出恍然大悟的样子。

"是啊，方警官，"一提到酒，陶军突然来了兴致，指着桌上那堆啤酒罐，"您平时不怎么喝酒？千万要少喝啊，这玩意太伤身体了。"

"案发时就在死者身后不到二十米的位置，什么也没看见？"

"没有。我失忆了……"

方磊站起身来。

"既然这样，那打扰了。"

"不再坐会儿？"

"不了。不打搅你喝酒。"方磊走到门口，突然转身，"陶军，听着，我知道你没跟我说实话，你好好想想吧，到底有什么事情要隐瞒警察。还有，从现在起，不管怎样，我都会一直盯着你的。"

"方警官，你是不是对我有什么误会？我什么坏事都没做啊。"

方磊没有说话，戴上遮阳帽，走了出去。刚一跨出去，陶军家的门便被关上了。他走到电梯口，按了向下键，开始等待。电梯从一楼缓缓往上爬。耳边只有电梯缆绳发出的吱呀声。方磊突然有一种感觉，一道目光正从陶军家门上的猫眼里射出来，在自己的身上扫视。

叮。

电梯门开了。

他走了进去。

电梯门合上了。

他没有动。

在这个四面都是镜子的不锈钢盒子里，他默默等待着什么。

砰！

天台的门被踹开了。方磊走了出来，从黑暗中走到烈日下。

刚才，他迅速做了一个决定。他出了电梯进了消防通道，爬楼上了天台。根据他上次的观察，这个天台的门锁合页早已老化，于是估算了一下自己的力量，朝后退了几步，冲上去一脚就把门踹开了。他完全可以再叫物业经理跑一趟，用钥匙开门，但考虑了一下，觉得还是不要再惊动物业。

天台和上次一样，不仅空荡，而且热气逼人。沥青被烤得有点发烫，踩上去软绵绵的。站在烈日下，他感到口干舌燥，汗如雨下。

他压低了帽檐，缓缓来到天台边缘，然后蹲下来，耐着性子仔细观察地面。上一次因为门锁，他听信了物业经理的话，觉得不可能有人上来，所以并没有太过仔细地搜查。但刚才在电梯里他临时改变了想法。人往往会被先入为主的印象引导走向错误。比如，自己第一次见陶军，对其产生了偏见，然而监控显示他完全没有作案时间——为什么这个词从陶军嘴里说出来会那么别扭？虽然他撒了谎，但最起码排除了他的嫌疑。

这次他决定再上来检查天台也是受此教训。他从口袋里掏出老花眼镜，试着集中注意力，以分米为单位，一点点扫视地面，查看可能出现的线索。

遗憾的是，并没有什么重要的发现。这里很干净，不像有人上来过的样子。他不甘心，干脆跪在地上，上半身趴下去，对抗着高温的侵袭，鼓起腮帮子，用力去吹开沥青上积压的厚厚灰尘。

灰尘扬起。下面没有可疑痕迹。

此时，他已是满头大汗。他深吸一口气，一手撑地，一条腿试图用力把自己从地上撑起来。然而意外发生了。

他突然眼前一黑，脑袋一歪，倒在了地上。

不知道过了多久，方磊感觉身体左侧像被火烧一般灼痛。他强咬着牙，睁开眼睛，发现自己躺在天台的沥青地上。他的身子整个朝左侧压下，裸露在外的手臂皮肤被滚烫的沥青烫伤了，又红又痛。他挣扎着想站起来，但浑身无力。

一群穿白衣服的人从门口冲了进来。在他身边蹲下，问他怎么样了。他知道他们是医务人员，想回应，却说不出口。他感觉自己被抬上了担架。阳光依然很热烈、刺眼。很快，他再次闭上了眼睛。

他躺在冰冷的地砖上，旁边是洒了一地的牛奶和葱油饼。这是自己家。他听见有人在喊自己。

晓楠！晓楠！

不，不是在喊自己，是在喊妻子的名字。

可是那声音……

一个人走了过来，蹲在自己旁边，并把脸凑近。

啊，这个人不正是我吗？那么，我又是谁？

他看见那个像方磊的男人拿起手机，开始拨打电话，报出家里的地址。接着，男人再次跑到他身边，问他怎么样了，他什么话也说不出。

终于，男人把他扛了起来，背在肩上。他感觉自己很轻，越来越轻，但对那个男人而言，他是一个极大的负担。男人的腰都压弯了。

男人背着他出了门，来到院子里。他撇过头来，看向院子的角落。那里有晓楠种的绣球花，蓝色的、黄色的、白色的……真是美极了。不知为什么，他有一种感觉，这是自己最后一次看到它们了。

男人一直背着他往前，朝巷子口走去。他很想提醒对方，院子门都没关上呢。但他说不出话来。他感觉男人的脚步更沉重了。

坚持住，晓楠，坚持住！

他感到很奇怪，但又无法纠正。

路过一户人家窗户的时候，他照了照。他真的变成晓楠了。可他似乎并不惊讶。

到路边后，男人把他放下，拿出手机焦急地打电话。他没了依靠，直接倒在了马路牙子上。男人似乎还在跟120沟通，没注意到他的情况。等男人打完电话，才发现他已经躺倒了，又急忙过来搀扶。

等了一会儿，救护车还没有赶到。

男人一咬牙，再次背起他，沿着马路跑了起来。他看见男人脸上眼泪横流，看见漫天的黄沙飞舞。这天的天气糟糕极了。

跑过一个路口时，雨水从天上砸了下来。

雨水砸在他的脸上、他的心坎上，他觉得自己像一个泥人，在那个男人的背上逐渐融化。他哭了，不知道脸上是雨还是泪。他感觉男人也哭了。男人一边向前艰难地跑，一边抽动着肩膀，像一头悲伤的大象。

一个趔趄，男人朝前倒去。他们一起倒在了路边。男人大叫了一声，然后抱住他号啕大哭起来。男人哭泣的样子看得他很难受，他想让男人别哭，太伤心对身体不好，但依然说不出话。

他的听觉越来越差，世界的声音越来越小，男人离自己越来越远。他从身体里飘了出来，浮在半空中，看到晓楠躺在方磊的怀里。

他知道自己已经死了，对这个世界已经无能为力了。

就在这时，传来一阵救护车的声音。

方磊再次醒来的时候，身处医院病房，手臂上打着点滴，身边站了几个人。是队长蒋健和王副局长。他发现自己满脸是泪，于是尴尬地赶紧用衣袖擦拭干净。

"你们怎么都来了？我这是在哪儿？"

"你都忘了吗？在天台上，你昏倒了，要不是120及时赶到，你恐怕要出事。"蒋队长解释道。

"哦。"方磊试着坐起身，但浑身无力。接着，他问："谁打的120？"

"不知道。120说对方没有通报姓名，只是说有人在玫瑰园38号楼天台上昏倒了，让他们赶紧过去救人。"

"奇怪？谁会知道我在那儿呢……"

"好啦，老方，"王局长把话接了过去，"你啊，就好好休息，别想太多。昏迷的时候，医生顺便给你做了一个全身检查，身体倒是没什么问题，可能是年龄大了，在地上蹲太久，血压有点高，差点突发脑出血。"

方磊点点头。

"对了，局长，高空坠物这个案子……"

"案子我交给其他人去办了，你就好好休息。"蒋队长说道。

"交给别人？为什么？"

"老方啊，你先好好休息，等出院了我再安排你的工作。我们还有事，记住我这句话，养好身体，好吧？"

不等方磊回应，他们就一起走出了病房。方磊还想说什么，但门下一秒就被撞开了。女儿女婿们带着外孙女冲了进来，吵吵嚷嚷地询问他的情况。

方磊默不作声。他心想，幸好自己这次没死，否则那房子还不得瞬间被他们像对待一块巧克力蛋糕一样瓜分吞食掉。

在喧闹声中，方磊慢慢滑进被窝，转过身背对他们。他试图思考犯罪嫌疑人是怎么在不开锁的情况下出入天台的，以及他（她）这么做的目的究竟是什么。

但他发现自己根本集中不了注意力，满脑子都是晓楠临死前那一幕幕。

他想她了。

8

兰小美和他们都不一样。她是外国人。

准确点说,她是个混血儿,爸爸克里斯来自美国得克萨斯州,妈妈叫兰伊莲,是中国江苏人。十一岁的兰小美出生在美国,一年前随父母来到 S 城,目前在爸爸工作的学校读五年级。她和贾斯汀同年级,但不同班。

十岁之前,兰小美都生活在祖父得州的农场里。作为牛仔的后代,她三岁就跟着父亲学习骑马牧牛,五岁就能独自驾驭着一匹小马在得克萨斯的大草原上狂奔了。她的祖父是个地地道道的牛仔,个性硬朗,从不服输,深受当地人尊敬和爱戴。不幸的是,八十岁生日那天,因为非要去降服一匹受惊的野马,他从马背上跌落,摔断了脊椎,再也没有爬起来。

她的父亲也是牛仔,十七岁就获得了达拉斯骑牛大赛的冠军,家里的墙壁上至今还挂着他怀抱金色大奖杯、笑着露出一口白牙的照片。然而,十八岁那年,他突然对牧场产生了极度的厌倦,执意要离开家乡,去纽约这样的大城市读大学,看看繁华世界。

十年后,当他拖着疲惫的身躯和破旧的行囊回到牧场时,身边多了一位姑娘。中国姑娘。是他在纽约大学历史专业的同学。据他后来回忆,念书期间两人交流并不多,没有给对方留下什么印象。毕业几年后的一个下雨天,两人意外地在大都会艺术博物馆遇见了。当时他们在看同一尊唐代的易县三彩罗汉塑像,由于太过专注，肩膀不小心撞在一起，随后欣喜地认出了对方。

几个月后，热恋中的他们在牧师的见证下结为了夫妻，随后租了一辆产于1987年的凯迪拉克敞篷轿车，开始了环美自驾游。从东部沿海一路往北，抵达蒙特利尔之后，又往西而去，途经克利夫兰、芝加哥、丹佛、盐湖城，最后进入了风光怡人的加利福尼亚州。在洛杉矶，他们每天被美妙的海风与充裕的阳光包裹着，失去了继续前行的动力。他们在海边租了套公寓，就此住了下来，深居简出，读书写作，思考着人生的意义。

直到某个清晨，从睡梦中醒来的克里斯听见卫生间传来妻子的晨吐声。

为了即将出生的孩子，为了挚爱的中国妻子，是时候回家了。

于是，在某个黄昏，他们迎着夕阳，驾车驶入阔别十年的大牧场。父母自然是欢喜得不得了。他们布置了美丽的婚房，尽心呵护，一家人过了一段快乐的日子。

半年后，孩子降临。是个女孩。他们给她取名 Blue Bonnet，中文翻译是蓝帽花，是得克萨斯州的州花。据说，蓝帽花是上天派往人间的信使。除此之外，孩子妈妈提议再给她取一个中文名，跟自己姓兰，叫小美。大家对此没有任何意见。

小美出生后，家里人就把她当牛仔养，尤其是克里斯，他太爱皮肤白皙、满头黑卷发的女儿了。他每天把她带在身边，带她去骑马牧牛，带她去打猎，教会她各种野外生存技能。

小美从小就想成为一名像爸爸那样厉害的牛仔。她最大的梦想是像爸爸年轻时一样，去参加一年一度的达拉斯骑牛大赛，战胜所有人，夺得冠军。她想象自己穿着牛仔裤和皮靴，头顶牛仔帽，衬衫塞进裤子里，双腿夹紧牛肚子，一手按住帽子，一手抓紧缰绳，在发令枪响之后冲出围栏，在围观人群的喝彩声中，在前后跳跃的野牛背上坚持不掉下来，最终战胜大牛，站上领奖台接受众人的欢呼。

八岁的时候，她已经是个女勇士了。虽然个子不大，小小瘦瘦的，但极为灵活，能轻松上马、徒手爬树，也会布置各种陷阱，抓捕猎物。克里斯从来就没有担心过她——牛仔总是放任自己的孩子在户外野蛮生长，在大自然中千锤百炼。

在她九岁那年，祖父去世了，意外发生时她就在现场，而随后那场盛大而庄严的入土仪式是她第一次目睹死亡的全过程。

十岁的一天，她和爸爸骑马回来，老远就看见妈妈伫立在门口，一脸忧愁地望着自己的丈夫和女儿。她告诉他们，自己母亲的身体出了状况，查出癌症，她得立刻回去。在老家，虽然还有一个比自己小十来岁的弟弟，但她是大姐，遇到这种事情必须在场，否则就会背上不孝的骂名。她希望克里斯能理解中国女性的苦衷。

克里斯表示理解。不但理解，他还全力支持她回去。一周后，他们就打包好行囊，全家坐上了飞往上海的国际航班。

对于这次远航，兰小美异常兴奋。她不止一次想象过这个神秘的东方古国，素未谋面的外公外婆是什么样的人？人们从一个地方去另一个地方是不是骑马？她非常喜欢《西游记》，尤其崇拜孙悟空。她为自己身体里流淌着一半中国人的血液而自豪。当飞机上天，在白令海峡上空划过时，她喋喋不休地把无数问题抛给妈妈：中国有什么好吃的、好玩的？中国人见面是怎么打招呼的？有没有什么特别的传统和信仰……

兰伊莲耐心作答。事实上，从小到大，她都对女儿实施着中式教育。不管克里斯每天带女儿出去玩得有多么疯，回来后都得按照她的要求，洗手、换衣服，保持女孩子的矜持。她教孩子识汉字、说普通话、练书法、下围棋；告诉孩子站有站相坐有坐相，要有礼貌，要守规矩。她认为中华民族的文化里有着积极美好的品质，并试图传递给女儿。

对此，无论是丈夫还是公公都举双手赞同。与其说他们希望兰小美成为一个融汇中西文化的孩子，倒不如说他们是真的无所谓。他们并没有像孩子的妈妈那样，企图把自己认为对的那一套强加在孩子身上，只是单纯地希望她快乐和健康。这次的中国之旅，克里斯同样备感期待。

遗憾的是，从下飞机的那一刻起，他的期待和好心情就逐渐被瓦解了。国际化的浦东机场、雄伟的高架桥、市区拥堵的交通和尾气、现代化的摩天大楼、蚂蚁般的人群……让他感觉自己仿佛置身纽约而非上海。出国十多年的兰伊莲却不断感慨，中国变化如此巨大、如此现代化，从城市建设来看，完全不逊美国，她甚至在家人面前露出了一丝自豪的笑容。

随后，他们租的商务车离开上海，往江苏而去。下了高速，窗外的景色稍稍缓解了他们之间的紧张气氛。人间四月，江南最好的时节。当兰小美远远看见江南特色的粉墙黛瓦点缀天边、金黄的油菜花开遍田野、乌篷船在纵横交错的河道上缓缓划过时，她兴奋不已，发出了阵阵欢欣的大叫。

终于，汽车在一个看似荒芜的村子前停了下来。他们下了车，踏过泥泞的小路，急匆匆地往家赶，最后抵达一幢新建的三层楼房。房子贴满了灰色的瓷砖，没有院子，里面黑乎乎的，像个危险的洞穴。兰伊莲完全认不出这就是她出国前住过的家，有点疑虑不敢进去，只是在门口用家乡话喊爸爸妈妈。很快，两位老人笑着从里面走出来。

母亲什么病也没有。

之所以打电话把女儿叫回来，理由很简单：小儿子要结婚，还没有房子，让她回来想想办法。

"就这点事？"兰伊莲不敢相信自己的耳朵。

"什么叫就这点事？这是你弟弟的人生大事。"这个面目看起来很慈祥的老太太说。

"那你在电话里说不就行了吗？"

"电话说不清。再说了，我们还没见过女婿和外孙女呢。"还是自己的老妈在说话。兰伊莲注意到老爸在她回来后还没开过口，只是蹲在一旁不停地抽烟。

"你们没钱吗？这不还盖了新房子？"

"这房子是我们用家里最后一点钱盖的。本来听说是这片要拆迁，想着赶紧重新盖一下，增加点面积，到时候能多分点拆迁款和装修费，没想到村里又说暂时不拆了。这样一来，我们哪儿还有钱啊，都花光了。"

"那不正好，有套新房子，给小华和他媳妇住呗。"

"可问题是儿媳妇家是城里人，亲家发话了，让你弟弟必须在市里买套房子，否则这婚结不成，我都快愁死了。"母亲停顿了一下，"你美国老公应该很有钱吧？我记得你说过他家有农场。"

说着，老太太把视线转向不远处的田间。克里斯和兰小美父女俩正在田埂上，饶有兴致地看人在锄地。

等兰伊莲从家里出来，问题已经解决了。她从自己的积蓄里拿出五十万，支援刚参加工作的弟弟做新房的首付款。她毫无保留地把这件事告诉丈夫。克里斯听完觉得不可思议，但看到妻子憔悴的脸就把质疑的话吞进了肚子里。

几天后,他们决定离开,去周边转转。一家三口去了千年古镇,参观了古典园林、博物馆,接触了想象已久的中国文明。虽然过程中遇到了一些因为文化差异而产生的摩擦,但总体而言算是愉快的旅行。就在他们准备回美国之时,出岔子了。

由于不放心父母的身体,兰伊莲带着他们去了趟医院,做全身检查。一查便查出了问题。父亲肺部查出了肿瘤。用他自己的话说,这是之前撒谎的报应。

得知体检结果之后,兰伊莲召集丈夫和女儿,开了家庭会议。

"我想暂时留在中国。"

兰伊莲打算在父亲去世之前,都留下来尽孝。于是全家留了下来。为了不耽误孩子的学习,他们在城里租了房子,将兰小美安排进了当地一所私立双语学校读书。克里斯找了工作,他原本是学历史的,但发现自己教不了这边的孩子,便做了体育老师。

兰伊莲则选择不工作,每天除了接送兰小美,就是去医院照看父亲。她并不希望丈夫和女儿卷进这种家庭内耗,于是让他们尽量不要来。这样一来,兰小美就有了更多私人时间。

就这样大半年过去了,克里斯对中国的热情被消耗殆尽。他讨厌朝九晚五地上班,讨厌教小孩子做无意义的运动(他曾试着带孩子们爬树,结果被家长以"不安全"为名举报,罚了他半个月的工资),讨厌这里宽阔的大马路、井井有条的城市规划和规则。当然,他最讨厌的还是自己居住的这个小区。在他看来,这个名为玫瑰园的小区里面不仅没有玫瑰,而且密密麻麻地住了带刺的人,公共空间非常小,即便他们租住在小区前排一个带有五十平方米院子的叠拼别墅里。他无比想念自己在得克萨斯州的大牧场，想念那匹名叫皮特的棕色老马。他好几次提过想回去，妻子却不答应，说一定要等到父亲过世之后。可问题是，这位老人生命力顽强，肿瘤切除手术之后竟奇迹般地活了下来。没有办法，对于这一切他只能忍受，因为他爱自己的妻子，不想让她的生命留下遗憾。

女儿兰小美倒不觉得小区无聊。母亲不在家，爸爸要上班，她成了自由自在的独行侠。她喜欢冒险，哪怕是在这样一个看起来有点无趣的现代化小区里，她也能找到冒险的项目。

比如，爬树。

比如，钻地下通道。

她仿佛土生土长的小精灵，上天入地，快活逍遥。最关键的是，她能说一口流利的普通话，混血儿的漂亮外表以及外向的性格，为她赢得了很好的人缘。几乎所有人都喜欢她。

她之所以加入这个小团体，原因也和其他人不一样。

她是真爱动物。

李微微跟狗接触，最初是要赚遛狗的钱，后来才慢慢与狗培养出了感情；贾斯汀也爱狗，但更多还是因为李微微，他之前并没有养过狗，是一种爱屋及乌的情感。

而兰小美不同。她从小到大就是一个狗奴。或者说，她喜欢动物喜欢到了痴迷的程度。

在得克萨斯的牧场，她拥有一匹叫爱丽丝的小马驹，她还经常跟一头叫莉莎的奶牛聊天。但她最好的朋友，是一只叫查理的金毛犬。

查理被抱过来的时候还不到两个月，毛茸茸，圆乎乎，非常可爱，也有点调皮。从她三岁起，查理就一直陪伴在她身边，她喂它牛奶，和它一起散步，后来大了一点，还带着它去打猎。

有一次，她在草原上遇到了一匹郊狼。她非常害怕，大声呼唤着查理的名字。本已经跑远的查理飞速返回，与之搏斗，打败了对方。但它也付出了沉重的代价——它的一只耳朵被咬掉了，头上和身上全是暗色的血。

从那以后，两个好朋友的感情更加深了。每次看到查理那只受伤的耳朵，她都会莫名感动。她知道只要它还活着一天，就会奋不顾身地保护自己一辈子，这是一种友谊的力量。即使它不会说话，彼此对望时，她也能感受到那种温和的爱。她不知道举着手对上帝发过多少次誓，要永远和查理在一起。

因此，当妈妈说暂时不回去的时候，她非常难过。她知道与查理的相聚又被推迟了，只期盼着能早点回家，回到好朋友的身边。

然而没想到转眼大半年过去，她在此地上学了。她不太喜欢学校，因为这边的规矩非常多，学习内容也和她以前接触的不同。她经常上课时发呆，或者看着楼下的足球场，想象那是一大片草原，查理在上面欢快自由地跑来跑去。

在小区里，她看到那些狗狗，常常会上前去摸摸、逗它们，以解内心对查理的思念之情。也就是这样，她认识了遛狗的李微微，很快和李微微成为好朋友。她喜欢李微微身上那种自然朴素的气息，那种穷孩子早当家的韧劲与笃定。李微微则喜欢她身上的野性，能上天入地的勇敢和天真、毫无矫饰的纯真品质。

后来，那两个男孩加入了。

她曾经把虐狗的事情告诉了爸爸妈妈，爸爸当即就打电话报了警，但发现竟然一点用也没有。她看到爸爸生气极了，嚷嚷着要赶紧离开这里。

兰小美倒不这样想。她认为逃避不能解决问题，最重要的是抓住那个变态，给流浪狗们一个安全天地。她一直不理解为什么要把狗狗叫作宠物，它们都是一个个鲜活的生命，理应被尊重和平等对待。

直到大黄狗被虐待致死，她心中的怒火才彻底发泄出来了。

也许是因为毛色，她不自觉地把查理代入大黄狗，一直对它偏爱有加。没想到，它被人虐待死了。看到它僵硬的尸体时，兰小美大哭了一场，哭得那么伤心，仿佛死的就是查理。

接着，她便发誓要报仇。她把凶手想象成荒野中的那匹郊狼，那个咬伤查理的坏蛋跨越时间和地域回来了。

计划一开始进行得很顺利。通过那张小票，他们将那家伙的家锁定在了38号楼。但随即出现的意外，让他们陷入绝望。李微微让大家都先回去，躲起来，不要出门。兰小美却偷偷溜回了现场。在警察问话的时候，她就躲在人群中，仔细观察每一个人，猜测谁有可能是虐狗狂。

后来，她还真发现了一个人。那个男人只在现场待了不到十分钟，就退了出来，从自行车棚进入地下车库。她悄悄跟上去，目送男人进了电梯。电梯最终停在25层。

就在小美转身准备离去的时候，她瞥见车库黑暗的角落里有一辆车在微微晃动。出于好奇，她轻手轻脚走上前去，看见那辆红色轿车后备厢的盖子朝上掀开着，刚要走上前看看，"砰"的一声，厢门被用力关上了。

一个男人的脸露了出来。

"小美？"

"贾老师?"兰小美看到对方的脸后松了一口气。是教他们班数学的贾老师。他还有个身份——贾斯汀的爸爸。

"你怎么在这儿?出什么事了吗?"贾老师问。

"我……"兰小美一时间不知道怎么解释。

"正好,你一会儿回去跟你爸说一声,后天晚上去你家聚餐,我们一定准时到。"

"哦……"

"那再见了,兰小美同学。"

贾老师笑着便拿起背包,朝电梯间走去。与此同时,汽车"嘟嘟"两声被遥控钥匙锁住了。

兰小美望着他的背影,正欲离开,突然,地上有一样东西吸引了她的目光。她弯腰捡起来,是一条白金项链。一定是贾老师掉的。她刚想喊,抬头却不见老师的踪影。

下次见到再还给他吧。

她把项链塞进牛仔裤口袋,想着25层那个神秘的家伙,心事重重地回家去了。

9

当天再一次进专案组,方磊依然坐在最角落的位置,依然是个没人在意的局外人。他只在医院休息了一会儿就走了,回来后局长单独见过他,告诉他高空坠狗致人死亡案已经安排其他人去办了,而之前那起凶杀案迫在眉睫,让他回组,听候安排。于是他就来了,试图很认真地听着,不时点点头,尽量让自己投入。但事实上,没有任何人跟他解释这个案子的来龙去脉以及目前的进展情况，也没有谁对他坐在这里提出疑问。

"……情况就是这样，大家还有什么问题？"

队长蒋健发完言之后环顾四周。

"没什么问题的话，大家就去干活吧。"

"我有问题！"

刚准备起身离去的一众专案组成员纷纷停下来，朝后看去。只见方磊微微举起了一只手。

"哦，是老方啊，"蒋健笑了笑，"我都忘记你在这儿了。说吧，有什么问题？"

"我的任务是什么？"方磊一脸认真地问道。

"你的什么？"

"任务。我的任务。"

"哦哦……"蒋健恍然大悟，夸张地一拍脑门，"瞧我这……那个，你对这个案子熟悉吗？"

方磊摇摇头。

"那这样，小王啊，你先把本案的卷宗给老方复印一份，让他熟悉熟悉案情。下次咱们开会的时候，再看看你能干点啥。你看这样行吗，老方？"

方磊点点头。这样的安排正合他意。

方磊拿着小王递过来的案情卷宗，默默地回到自己的办公桌前，泡了一杯碧螺春，戴上老花镜，翻开了卷宗。

这起案子比玫瑰园小区里的坠狗案要残酷得多。

半个月前，某私立学校的舞蹈老师顾新月发邮件跟学校请假，声称家里母亲病重，要回老家一趟。学校给她批了半个月事假。据了解，她的老家在河南开封，有将近一千公里的路程。

半个月过去了，学校联系顾新月，想问她是否准备好要回来上课（五年级只有她一个舞蹈老师，学生已经落下两堂课了），结果发现她失联了。电话打不通，微信和邮件也不回。学校负责人觉得奇怪，想方设法联系上了她老家的父母，得到的答复大大出乎意料。她的母亲根本没有生病，顾新月也从来没有回去过。不仅如此，顾新月跟父母关系也不太好，已经大半年没有联系他们了。学校觉得不太对劲，立即打电话报了警。

警方随即找到了顾新月在本地的出租屋——距离学校不到五百米的一个居民小区。破门进去后，警方发现屋内收拾得很干净，衣橱里和床上都空荡荡的，牙刷、毛巾等日常生活用品都被清理掉了，但书籍、家用小电器、手机充电器、健身器材却留了下来，冰箱里也有吃剩的饭菜、水果和酸奶。没有顾新月的踪迹。

随后，警方在反锁的储物间里发现了一只小型贵宾犬的尸体。它是被活活饿死的。碗里的狗粮吃得精光，门和柜子都被它用爪子扒坏了。据法医判断，它死了至少一周。

警方试图去物业调取本栋楼的监控，得知物业的监控录像只保存一个星期，系统就会自动删除，故没有多大价值。保安倒是记得顾新月这个大美女，但对她最后一次出入小区毫无印象。

接下来就是一些常规的侦查结果：手机关机了，定位不到；虽然她实名买了车票，但并没有上高铁（无检票记录）；所有在本市的朋友或同事半个月内都没有见过或联系过她；她的微信朋友圈也停更半个月了——在此之前，她是一个非常热衷于发朋友圈的女孩；酒店网吧等需要登记身份信息的地方均没有她的记录；银行卡、支付宝、微信近半月内均无任何取现或消费记录。所有的信息都在证明一件事情：她已经失踪半个月了。

通常来讲，一个成年人消失有很多原因——失恋或者心情不好，把所有通信设备关掉消失一段时间，要不了多久就又回来了。即使狗狗被饿死在屋内，也不能完全排除这一可能。顾新月是个年轻人，她或许还没完全弄懂对一条生命负责究竟是什么意思——有同事反映，今年年初曾在医院妇科走廊遇见过她。当时她一个人，看起来十分虚弱，见到同事后显得很尴尬，招呼都没打就离开了。警方事后的调查也证实了这一点，她曾堕过胎，但没有人知道孩子的父亲是谁。

还有一种可能性：她自杀了。距离本市三百公里的另一座城市靠近东海，她完全有可能搭乘出租车去到那里（可能是用现金支付的车费，这样就能解释为什么没有消费记录），然后像电影中演的那样，把行李扔到沙滩上，独自一人走向无尽而致命的滚滚海浪。本地警方已经跟沿海城市的公安部门取得了联系，对方已经派人到海岸边排查，截至目前仍没有发现可疑的人员或者尸体。

当然，按照刑警队内大多数人的推断，这个叫顾新月的舞蹈老师很有可能已经遇害了。依照现今的刑事技术水平，除非运用高超的反侦查手段有意掩盖证据，否则不可能让一个大活人在光天化日下消失。但确实没有发现尸体，所以案件初期只能按照失踪案处理。

案情再起波澜是三天前。

前一天本市气象部门发布橙色预警，通知有暴雨将至，提醒市民尽量不要出行，关好窗户，避雨防灾。当晚，倾盆大雨如期而至，下得惊天动地，电闪雷鸣，仿佛天上开了一个口子，天河里的水泄洪一般降下。

大雨来得猛去得也快，第二天清晨便停了。一个中年女人带着自己的爱犬去市郊的天平山徒步。山路湿滑，女人好几次都差点摔倒，但狗却被清新的空气和晨露弄得兴奋异常，健步如飞。就在快要接近山顶的时候，那条身形健壮的奶白色拉布拉多突然停住了脚步，对着一棵树下的小土堆狂吠不止。狗主人好奇走近一看，竟发现土堆的另一侧有一张女人的脸孔朝上，双目紧闭，面色惨白。狗主人吓得一屁股坐在地上，反应过来后迅速打了110。

经确认，死者正是顾新月。方磊打开法医现场勘察报告，尸体腐烂程度结合盛夏的气温，判断死者至少死亡十天以上。也就是说，半个月前失踪时，顾新月可能已经遇害。

此外，案发地并非凶案的第一现场，她是被人杀死后埋尸于此的。山上并无摄像头，周边道路以及公共场所的监控存储时间同样只有一周。前一天那场暴雨，让所有痕迹被冲刷干净，找不到任何线索。这具尸体到底是何时、如何被运上来的，成了一个巨大的谜团。

由于尸体高度腐烂，伤痕已经无法鉴别，唯一可以确定的是，死者的后脑勺遭到了钝器敲打，头骨都被敲碎了。初步怀疑，她是被人从身后袭击，敲击导致失血休克而死的。

现场没有找到她的行李箱和衣物。

案发后，市局领导高度重视，立刻成立了专案组开始调查。方磊还参加了第一次的专案组会议，但正好那天发生了高空坠狗案，于是他被派离了专案组。不过昨天下午，案情有了新的进展。

不知道什么人把死者的照片发到了网上，说是坊间传得沸沸扬扬的天平山凶杀案的主角。顾新月长得很漂亮，加之各类不靠谱的谣言，事情迅速在网上发酵，微博转发过万，营销号纷纷撰文分析，使其迅速成了近期的热点事件。对此，警方倒不是很在意,他们没费多少力气就查到发照片的人是死者生前的同事,对其教育一番之后,就到此为止了。

但照片迅速传播开了。不久,一个电话打到了警察局,对方声称看到照片,想起见过女孩。消息提供者表示自己是开火锅店的,几个月前的某个夜晚,死者曾经和一名男子在他店里吃过火锅。之所以会记得这么清楚,是因为当时两人发生了口角,那男的端起火锅就要往女孩脸上泼。店主发现后及时制止了,并询问女孩要不要报警,女孩说不用了。警方记下那个男人的外貌特征,发现此人在侦查名单中出现过。

早期的排查,几乎调查了死者所有的同事、朋友和同学。其中有一个男人叫刘辉,是死者的同学,也是河南老乡,在本地一家生鲜超市从事配送工作。警方质询时,他声称和顾新月在同学聚会上见过一次,之后很少联系,不熟。确实没有证据能证明他们之间有联系。当警方再次找到刘辉的工作单位时,负责人说他已经辞职一星期了。结合这一系列的证据,专案组将刘辉列为本案的第一嫌疑人,刚刚结束的那次专案组会议,就是在布置对刘辉的抓捕行动。

看到这儿,方磊把头抬起来,取下老花镜,轻揉眼睛。他感觉又累又渴,想起泡的茶一口都没喝,已经凉了,便端起茶杯,咕咚咕咚大口喝起来。喝到一半,他突然意识到了什么,连忙放下茶杯,再次拿起案卷,翻找了起来。很快,他就看到了自己要找的内容。

在这份案卷中有两点,他觉得非常熟悉。第一,狗。他不止一次在卷宗中看到"狗"这个字。第一次是死者家里养了一只棕色的贵宾犬,由于主人的离开,被活活饿死在储物间;第二次是晨练的女人养了一条奶白色的拉布拉多犬，是它发现了尸体，并朝之狂吠，才引起了主人的注意。他立刻联想到，那起高空坠狗致人死亡案也与狗有关。仅仅是巧合？他试图比较两起案子中有关狗的描述，很遗憾，并没有发现什么相似之处。

其次让他感到惊讶的是被害人的死因。她是被人从身后敲破脑袋失血休克致死的。巧合的是，这居然与那条被虐待的狗的死法一模一样。虽然某种刑警的本能告诉他，不应该轻易把两个毫无关系、完全不同类型的案子联系在一起，但相似点让他不得不生出疑惑，而作为专案组的组员，有必要把这些疑惑提出来。

他起身走向蒋健办公桌所在的位置，发现对方不在。他询问一旁的同事，同事说好像看见蒋队去局长办公室了。他点头言谢，然后朝局长办公室走去。

局长办公室的门虚掩。他刚准备推门进去，突然停住了脚步。里面有人在说话，提到了他的名字。他从门缝朝里看去，看见蒋队背对着门坐着，而局长则身陷在靠背椅里。方磊进退两难。

"……真不合适，"是蒋队的声音，"不是我不想让他参与，只是……"

"只是什么？"局长问道。

"只是他明年就要退休了，就让他好好在办公室待着，看看报纸、养养花草。对了，他还买了本菜谱在看，这不正适合他吗？挨到退休，颐养天年，多好的事。这舒坦，我想要还要不到呢。"

方磊像被人当面扇了一巴掌，打在脸上，痛在心里。

"可人家这不还没退休吗？"

"是没退休。但即便他再年轻十岁，也就跟现在差不多。"

"我说蒋健，你是不是对老方有什么意见？"

"没。我能对他有什么意见啊,犯不着。"

"是吗?难道不是因为去年那事儿?"

去年,蒋健和女朋友在街上吵架,两人推推搡搡,女孩摔倒在地,这一幕正好被路过的方磊看见了。蒋健也看见了他。方磊只是看了他们一眼,什么也没说就走了。没多久,局里的人都知道了,队长不尊重女性,在街上跟女朋友吵架,还动手。

"去年?去年什么事?"蒋健故意装傻。

"你别装了。我还不知道你这个人,就是太记仇,何况那件事跟老方一点关系都没有。"

"怎么没关系?不是他造的谣,局里的人会风言风语在背后议论我?"

"好啦,你也就这点出息。我跟你说啊,老方是队里的老同志,你必须给他一些尊重,另外……"

"老方!"

方磊吓了一跳,回头一看,是行政小陈。

"你怎么在这儿?"

"我找局长有事。"

"哦。好吧,有你一份快递,我给你放桌上了。"

"好,知道了,谢谢。"

等小陈过去,方磊回头,看见局长正透过门缝看他。惨了。他咳嗽了几声,硬着头皮走了进去。

"你来了怎么不说一声?"局长的话里带着一点责备。

"我,我也刚来。"方磊尴尬地说道。

蒋健呼地一下站起来了。

"那局长,先这样,你们聊,我还有点事……"

"蒋队，"方磊连忙说道，"我来呢，本来是来找你。"

"找我？"

"对，我发现了本案的疑点。"

方磊拿出那份卷宗，找到画线的部分，然后当着蒋队和王局的面，说出了之前的两个疑点。听完后，蒋健看着他。

"所以呢，你的看法是什么？"

"我也不确定。总是觉得这些事情太巧合，就想跟你汇报一下。"

"行了，我知道了。"

说着，蒋健转身准备朝门口走去。

"蒋队？"方磊喊道。

"怎么？"

"这就好了？"

"好了啊，你汇报的情况我知晓了。"

"不是，你不觉得有什么……"

"有什么？疑点吗？"队长突然来了脾气，又转了回来，走到方磊面前。他个子高大，阳刚气十足，又比方磊年轻二十来岁，浑身散发着咄咄逼人的气势。"老方，你难道看不出来吗？一个是杀人抛尸，一个是高空坠物，一边是女性受害人，一边是大土狗一条，你跟我说说看，这里面有什么关联性？"

"倒也不是说一定有，只不过……"

"只不过你想证明自己罢了。"

"蒋健！"局长想打个圆场，但已经来不及了。

"老方，反正你刚才也听到了，我也不用再藏着掖着了。实话实说，你已经老了，就应该认识到自己老了，而不是挡在年轻人面前，倚老卖老。"

"我没有……"方磊刚想解释就被蒋健打断了。

"这个案子我们花费了大量心血，做的功课、投入的精力比你多一百倍不止，你千万不要以为你只花一个小时扫了眼案卷，就能开天眼似的找出我们没发现的疑点。怎么，当我们是什么，废物吗？你方磊是福尔摩斯？这么说吧，你要真是福尔摩斯会混成这样，一把年纪了还是一名小小的侦查员？"

"够了！"局长一拍桌子，站了起来。

蒋健看了看局长，又看看方磊，然后一言不发地走出了办公室。方磊愣了半天。

"老方，你别放在心上，他这个人啊，就是情绪太大……"

"他说的对。"

"什么？"局长很意外。

"王局，他说的对，他们花了大量时间，我只花了一个小时。我这样的做事方式确实不够严谨，也不够尊重他们的工作。"

"咳，你也别太较劲了。"

"也许他是对的，我老了，不应该再参与这样的案子。交给他们年轻人去办吧。也许那个高空坠狗案更适合我，要不我还是……"

"你怎么能这样想！"这次轮到局长生气了，"你还没退休，当一天刑警，就要以刑警的标准要求自己。作为领导，我不允许你自我否定，说这些丧气话。"

方磊张了张嘴，想反驳，但他决定不说了。

"好吧。"

"老方，你要相信自己，如果觉得什么地方有疑点就去查，我既然让你重新回到这个专案组，肯定有我的理由，我相信你有能力把案子办好。这个跟年龄没关系，跟履历也没关系，只跟你的工作态度有关系。就看你想不想抓住凶手、为受害人讨回公道了。"

"当然想。"

"那还有什么好说的，放手去查吧。别在意别人的看法，好吗？"

方磊点点头。

"去吧。有什么困难直接向我报告。"

"明白。"

方磊走到门口，拉开门，又回过头来。

"王局。"

"咋了？"

"蒋队和他女朋友的事情，不是我说的。"

说完，方磊就推开门走了出去。王局愣了一会儿，叹了口气，拿起桌上的电话拨打起来。

方磊回到办公桌前，上面放着一份快递，宽宽扁扁的，像是书本。没有寄件人信息。他猜可能是某个杂志寄来的样刊——妻子刚去世那段时间，为了排解无聊，他在网上订了一些杂志，想用各种信息来填满时间，每个月他都会收到好几份期刊。不过，因为确实没心情看，他很快就对这些超额的信息感到厌倦了。他没有拆快递，拉出抽屉，随手把它扔了进去。

下班后，他坐地铁回到老城区，在护城河边吃完了中午剩下的饭菜。

天已经昏昏暗暗了，他独自一人朝家的方向走去。路过巷子口时，他听见垃圾桶后传来一阵窸窸窣窣的声响。出于好奇，他悄摸摸走了过去，轻轻移开那个垃圾桶，看见了藏在后面的一只小黑狗。正是上次遇到的那只。比上次大了一点点，毛茸茸、脏兮兮的，正在认真地吃着垃圾。

方磊伸过手去，一把将它抱了起来，抚摸着它。

五分钟后，他把它放在客厅的地砖上，去厨房找了个不锈钢器皿，倒了一碗干净的清水。等他回到客厅的时候，小狗不见了。他低下头，四下寻找，结果在垃圾桶旁找到了它。

它打翻了垃圾桶，正在埋头吃里面掉出来的东西。

他笑了笑，在它旁边的地上坐了下来，看着这只可爱而贪吃的小生物，感到一阵心酸的愉悦。

10

胡飞犹豫了半天，决定打开冰箱下层冷冻区，把家里最后一个可爱多拿出来，迅速消灭了它。这已经是他今天吃的第三个冰激凌了。幸运的是，今天才周一，爸爸妈妈还有四天才回来，而爷爷奶奶根本管不了他。即便周末妈妈回来问起，他也可以说不知道，逼急了就说是爷爷奶奶吃掉的。妈妈顶多骂他两句贪吃鬼，而爷爷奶奶会过来帮他说话，说不是孩子吃的，是我们吃掉的。再说，就算是他吃的也没什么，小孩喜欢吃甜食很正常，不必苛责。到时候妈妈只能叹口气，一脸无奈地说，唉，这孩子都是被你们惯坏了。大人们嘻嘻哈哈一通，这事也就过去了。

他吃这么多甜食是有原因的。

他紧张死了。

书上说，人一旦紧张，就想吃点甜食，因为糖能缓解紧张、减轻压力。这本书是他在妈妈的床头柜上找到的，好像叫《如何管理自己的情绪》。

他喜欢看书，什么书都看。从小到大，和他相处最久的就是书。

三岁的时候，妈妈每天在家，会经常带他出去玩，睡觉前靠着枕头给他讲故事。妈妈是图书公司的编辑，做过很多书，所以家里的书也很多。妈妈说，读书是性价比最高的娱乐。

他不懂什么叫娱乐，但他喜欢书，喜欢听那些奇奇怪怪的故事，并且经常沉溺在自己的想象中无法自拔。从五岁开始识字到现在，他看了很多书，遇到不认识的字就跳过或者查字典。妈妈在家的时候，他会缠着她给自己讲。

他最喜欢的一本书是《玛蒂尔达》，作者是罗尔德·达尔，讲的是一个可怜的小女孩玛蒂尔达的故事。玛蒂尔达和他一样，也是个喜欢看书的孩子，看很多很多书。不同的是，玛蒂尔达的父母不喜欢她，对她不好，但自己的父母对他很好，只是他们在上海上班，只有周末回家才能见上面。最让他羡慕的是，玛蒂尔达有用意念移动物体的神奇魔力，虽然知道这只是一个虚构的故事，但他还是学着玛蒂尔达的样子，尝试着集中注意力，用"意念"去移动东西，当然没有成功过。

他觉得自己和玛蒂尔达一样孤独。

自从胡飞开始上小学，妈妈便离开了他。她去上班了。从她和爸爸吵架时说的话里，他知道妈妈受够了在家里带孩子的生活，想要去寻找女性的价值。他不懂什么叫"女性的价值"，只知道一直陪伴在身边的妈妈现在每周日下午要去上海，周五晚上才能回来，而且每次回来时他都已经睡了，只有第二天早上醒来，才能看见妈妈的脸。爸爸也在上海上班，但他一点也不想他。他们父子俩关系一般。胡飞觉得他是那种特别无聊的人。

比爸爸更无聊的，是爷爷和奶奶。

爷爷奶奶原来在乡下生活，妈妈去上班后，他们便住进这个家，说是来照顾他的。一开始，胡飞还为家里多了两个人而高兴，但很快，他发现自己比以前更加孤独了。两位老人除了给他准备一日三餐、上下学去接送他，和他没什么交流。很多时候，胡飞都听不懂他们在说什么。而且，他们似乎也并没有像他们说的那样爱胡飞。妈妈在家的时候，他们表现得很积极，但妈妈走了之后，他们便过起了自己的生活，不陪他玩，也不回答他任何的疑问。他不喜欢他们，却也没什么办法，只能不断吃甜食来排解内心的孤独和烦闷。

短短一年，他迅速长成了一个小胖子，全身肉嘟嘟的。爷爷奶奶有一点好，就是对他言听计从，他说什么就是什么，想吃什么都尽量满足他。但他并不感激，反而更加厌恶了。他要的是朋友，而不是一对老仆人。

他没有朋友。

幼儿园的时候，他还有一两个玩伴，那时候妈妈每周都会想方设法与对方的妈妈约好，刻意制造机会让他和别人玩。当时，他天真地以为这就叫朋友。

可上了小学后，那些所谓的朋友就再也没有一起玩过。大家不在同一所学校，平时根本约不上，再说他们已经有了新同学，建立了新的朋友关系。

他也有新同学，只是他们都不怎么跟他玩。一方面是他性格比较内向、胆小，不太敢主动找人说话，即便别人叫他，他也紧张得沉默以对。另外他变胖了。在这个年纪，小胖子通常会受到嘲笑和欺负。

他不喜欢，但也无力反抗，于是干脆躲到一边，随便他们怎么说吧。就这样，他逐渐失去了同学和朋友，成了孤独的孩子。他根本不敢主动去交朋友，即便有人对他示好，他也会自卑地逃走。他渴望朋友，却完全没有交朋友的能力。可是每当妈妈问起他学校的情况时，他都会笑着说很好啊，同学们喜欢我，我有很多好朋友呢，比如某某、某某，还有某某。

他学会了撒谎，欺骗父母。他也不知道自己为什么要这样，想来想去，可能是不想让大人操心？偶尔他也会安慰自己，大人每天都在撒谎，这又不是他们的专利，凭什么他们可以我就不可以呢？他用各种谎言把大人们骗得团团转，尤其是两个老人，根本不是他的对手。

但这依然无法解决他没有朋友的问题。

直到有一天，他在小区里看到几个正在遛狗的孩子。他被他们的快乐吸引，以至于没注意到一只挣脱绳索的小狗朝自己冲了过来。他吓得摔倒在地，当那个大姐姐朝他伸过手来、询问他"有没有事"的时候，他呆住了。他忘记了哭泣，被一种神秘的力量紧紧抓住了。他意识到，这是一个获得朋友的绝佳机会。

他从地上爬了起来，拍拍自己身上的尘土，一脸满不在乎地说没事。他鼓起勇气上前摸了摸狗，说自己非常喜欢动物。为了证明所言不虚，他说了一些狗狗行为背后的含义（凑巧的是，他前不久刚看过一本《狗语大辞典》），并且对养狗知识对答如流。

他轻而易举就获得了他们的认可,被邀请加入了这个小团体。

现在,他有朋友了。是真的朋友。他们对他很好,都很照顾这个八岁的弟弟,总把他带在身边,有什么好吃的都和他分享。他们真的相信他是个爱狗的人,非常想拥有一条属于自己的心爱小狗,只不过他的爸爸妈妈嫌麻烦,才没有养狗的机会。而他呢,明知道自己在撒谎,却不得不把这场戏演到底。他非常害怕这些朋友知道自己在撒谎而离他远去。

因此,当李微微提出要执行那项计划的时候,他毫不犹豫举手赞成,并且表现得非常积极亢奋。他完全没有意识到其中存在的风险。他只是简单地认为,大家在一起干一件正义的事情(抓住虐狗的坏蛋)。"一起"比什么都重要。"一起"让他感到不再孤独。

意外发生后,他有一种无法描述的惊慌,但很快便将它抛诸脑后了。是的,有个人被他们砸死了,可他年龄尚小,对"死亡"还没有概念,只从那些看过的故事书中知道这件事很可怕。仅此而已。他甚至连要不要把这件事告诉家长的念头都没有产生过。不过,和其他小伙伴在一起的时候,他感受到了一件事——因为这起意外,大家更加亲密了,仿佛有了共同的秘密和目标。对此,他竟有种因祸得福的快乐。

因为快乐,他产生了一个奇怪的想法:要比哥哥姐姐们先抓到坏蛋。虽然他们不排斥自己,但他总觉得要做点什么证明自己,才能巩固自己的位置。他是团体中最小的孩子,能力也最弱,如果能先抓到坏蛋,大家肯定会对他刮目相看。

因此那天晚上和大家分开后,他没有马上回家,而是在靠椅上坐了一会儿。他已经八岁了,经常一个人待着,学会了独自思考。五分钟后,他想到一个办法:既然知道那个坏蛋住在38号楼,那为什么不直接去那里把他找出来呢?

想到这里,他站了起来,朝38号楼走去。

路上,他看了一下智能手表上的时间,已经是晚上七点半,通常玩到八点的时候,爷爷的电话就要打来,嘱咐他该回家了。这款手表是妈妈上班之前给他买的,一开始她还会每晚睡觉前给他打电话,问他今天过得怎么样,有没有吃什么好吃的,但现在已经打得少了,有时候两三天才来一个电话,而且每次都非常匆忙。

小区里的人依然很多。一路走来,他感觉很踏实。看样子那起事故并没有影响大家的生活。他是在这个小区里长大的,对小区环境了如指掌,这种熟悉给了他安全感,家长也放心他独自出来。他一边走一边唱起一首歌,是上学期班主任李老师教的,叫《萤火虫》。他非常喜欢。

"萤火虫/萤火虫/慢慢飞,夏夜里/夏夜里/风轻吹……"

他喜欢夏天。虽然因为胖,夏天会令他不停流汗,玩久了会气喘吁吁得难受,但这是一个有假期的季节。漫长的暑假不用上学,而不上学就能让他忘记自己在学校没有朋友的不快乐。现在,他多了一个喜欢夏天的理由:他有了新的朋友,并且将让他们为自己的表现大吃一惊。

不知不觉,他已经来到了38号楼的单元门口。

单元门关着。他站在门口等了一会儿,正好有人出来,趁着门没关上的那一刻,他飞快地冲上前去,侧身进去了。

门很快在他身后关上了。胡飞这才发现自己身陷黑暗。他"啊"了一声,楼道的灯便亮了。他在光明中踌躇了一会儿,直到灯再次熄灭，他还没挪动一下脚步。

他其实没想好到底用什么方法去找到那个虐狗的变态。一家家去敲门吗？问开门的人是不是虐狗狂？对方不是倒还好，万一真是呢？万一这坏蛋是一个大个子叔叔呢？对方会不会把他暴打一顿，或者干脆把他抓起来，像虐待狗那样虐待自己——在他身上割很多刀，再把两条腿打断，最后用榔头敲破自己的脑袋？

想到这儿，他才开始害怕。他意识到自己不应该独自来找坏蛋，太自不量力了。赶紧走吧，回家去，爷爷奶奶在等他。

这么想着，他转身就往门口走，刚走了几步，灯又亮了。光亮几乎一瞬间驱走了他内心的恐惧。他又不害怕了。我为什么来了？不就是来抓坏蛋吗？不就是来证明自己挺厉害的吗？这么一走，不就白来了吗？要是被小伙伴知道自己这么胆小，他们肯定会嘲笑我吧。不行，我不能走，我还是要去把那家伙揪出来！

可是到底应该怎么做呢？他想来想去，想到了一个好办法——一个找到那个坏蛋之后能全身而退的办法。接着，他转过身，朝楼梯口走去。

先从 1 层开始。他按响了 102 的门铃。没有人回应。可能不在家吧。接着，他上了消防通道里的楼梯，朝 2 楼走去。

101 不用问了，肯定不是，因为那是钢琴教师金老师的家。如果要在这个小区找虐狗的人，首先就应该排除金老师和她的男朋友。理由是金老师除了教孩子钢琴，本身还和男朋友养了一条可爱的柯基。而这条柯基是本小区的明星狗，干净又温顺，还经常被带去美容，很多孩子都认识，试问这样爱狗的两个人怎么可能虐狗呢？

201的门开了，一张满是疑惑的中年女人的脸从门后探出来。

"你找谁？"

"阿姨，你有没有看见一只白色的小猫呀？"胡飞满脸天真地问道。他的外表可爱，一脸稚气，说的话不会引起怀疑。

"白色的小猫？"

"是的，我的阿呆，哦，就是那只小猫的名字。它刚才跑丢了，我看见它进了这个单元楼，就过来问问。"

"没有哦。我们家门一直关着的，没看见什么小猫。"

"哦，这样啊，好吧，打扰了。"

女人关门的那一刹那，他从门缝里看见客厅的桌子边坐着一个小女孩。那女孩和他差不多大，却已经戴上了近视眼镜，正趴在桌上写着什么。胡飞觉得她真可怜，要是他妈妈也这样逼他学习，他绝对会疯掉的。幸运的是，妈妈上班去了。

没错，这就是他的计划：挨家挨户去敲门，看看有没有可能找出那个家伙。他对自己的撒谎能力有把握，演技也还可以，而他的鼻子又特别灵敏，能闻到对方身上的狗味。他想，如果一个人家里没有养狗，身上又有狗味的话，很可能就是他要找的人。只要找到这个人，他就撒个谎离开，等明天再见到小伙伴时，把这个消息告诉他们，到时候他也算大功告成啦。

202住的是一对老人。那个老头开门后，听到小胖子说要找猫，非常生气，觉得打搅了自己看电视的雅兴，气呼呼地把他骂了一顿，然后用力把门关上了。胡飞观察到这个老头腿脚有点不利索，不具备打死一条大黄狗的能力。

爬到3楼的时候，胡飞有点累了。他有点后悔自己平时甜食吃得太多，发誓以后要多锻炼，增强体能，同时把满身的肥肉减下去。

301 没有人应门。

刚走到 302 门口就听到里面有一阵狗吠，听起来像是那种小奶狗。他没有停留，直接上了 4 楼。还是那个道理，家里养狗的人不大可能虐狗。

401 倒是有点可疑。是个男人，一个人住。他偷偷从对方胳肢窝的缝隙朝屋内瞟了一眼，发现全是健身器材。这家伙肌肉发达，把白背心撑得鼓鼓囊囊的，凶巴巴地问他找什么，仿佛打扰了他。

"我家的猫不见了……"

"什么？猫不见了？你也喜欢猫吗？"一提到猫，男人的脸色一变。

"喜欢啊。"

"我也是。"

不等胡飞反应，屋里一下子冲出来三四只猫，男人连忙把它们一一抓住，然后把它们抱在怀里摸啊摸。

"我是个猫奴，已经收养了四五只小家伙。放心，如果找到了，我一定带给你。你是几栋的？"

胡飞摇摇头，说了声谢谢。不是他。猫奴肯定不是虐狗狂。他转身，伸手准备去按 402 的门铃，结果刚按下门就开了。

"你终于来了……"

话刚说到一半，开门的人愣住了。胡飞也愣住了。面前的这位阿姨年轻、漂亮，穿着一件黑色的睡衣，两条大腿露在外面。他低下头，看见她的趾甲涂得鲜红。

"小家伙，你找谁？"

"我家的猫不见了……"

"我这里没有猫。"

"哦。打搅了。"

说完,他就走开了。

"慢着!回来!"

他只好转过身来,但依然不敢抬起头看这位美女阿姨。

"你是谁派来的?"

"啊?"

"怎么?你不是他派来的?"

"谁?"

"真不是吗?"

"阿姨,你在说什么?"

"那是不是他老婆派来的?"

"我真的是家里的猫丢了!"

女人盯着他的脸看了半天,然后扑哧一声笑出声来。

"你等会儿。"

说着她就回屋去了,很快再次出现在门口,把几块巧克力糖塞进了胡飞的上衣口袋里。

"拿去吃吧。今天的事和听到的话,不要跟任何人说。知道吗?"

说完,她就退回屋内,关上了门。胡飞原地愣了半天。接着,他把口袋里的巧克力拿出来,放在门口的地毯上,转身离开。

501 住着两个姐姐,她们正窝在沙发上用投影看恐怖电影,除了对胡飞丢失猫这件事深表同情外,更多的心思都在白墙上。胡飞不敢看,就快速离开了。

502住着两个哥哥，体型健硕、个子高大，但人看上去比较温和。他们把胡飞请进门，给了他一根雪糕，然后把他领到了客厅中间，说是给粉丝们介绍一个小朋友——那里放着摄像机和电脑，周围音箱里不断有声音传出来。胡飞知道他们是在做直播，靠搞些稀奇古怪的事情在家里赚钱。他爸爸喜欢刷手机看直播。

到6楼的时候，他的智能手表响了。是爷爷打来的，但他没接。爷爷总是这么准时，说八点就八点，像个报时的机器人。他不想被破坏心情，干脆关掉了手表。待会儿回去爷爷问起，他就说手表没电了，反正这种谎他又不是没撒过。

整个6楼都没有人应门。他知道他们都在家，因为很清楚地听见了屋内电视的声音。奇怪的是，两户看的是同一个频道，里面有人在唱歌。唱同一首歌。

到了7楼，他已经彻底爬不动了。走了这么多户，他完全没想到这件事本身虽不可怕，但实在太耗体力。他上半身的衣服都湿透了。胡飞坐在消防通道的楼梯上，喘着气，想着要不今天就到此为止，坐电梯下去算了。

就在这时，他听到了一阵窸窸窣窣的声音。

是脚步声。

从下面传来的。有人正沿着通道楼梯上楼。

谁会不坐电梯而走楼梯呢？是那个变态！胡飞吓坏了，想赶紧从7楼出去，然而当他去拉消防门时，发现竟被锁死了，怎么也拉不开。顿时，他吓得腿发软，奋不顾身地继续爬楼梯。

那追逐的脚步却依然没有停止。胡飞越来越恐惧，他感觉腿使不上劲了。也不知道爬了多少层，那诡异的脚步声仍在下一层，而且越来越近。胡飞终于意识到自己快不行了，于是一把拉开消防通道的门,走进了电梯间。

他连忙冲进去,按下电梯下行键。电梯缓缓地从一楼上来了。他突然感到时间真是过得太慢了,就像电影里的慢镜头。他听见那脚步声近在咫尺,心想等电梯已经来不及,选了右边这家,按下门铃。

身后安全通道的门把手上,已经搭上了一只成年人的手。

门终于开了。那个变态马上就要进来了。

胡飞的心脏简直要从喉咙里跳出来。他开始狂按门铃。

求救的这扇门打开了。

他不管不顾地冲了进去,然后反手关上了门。

"你找谁?"一个男人的声音在他耳边响起。

胡飞抬起头,看了一眼男人的脸,心脏几乎停止了跳动。恐惧感没有消失,反而更加强烈。他现在无比后悔自己按了这一户的门铃。

屋外的门框上贴着金属制的门牌号:2502。

11

"姓名?"

"刘辉。"

"年龄?"

"二十八岁。"

"籍贯?"

"河南开封。"

"来S市多久了?"

"一两年吧。"

"一年还是两年？说准确一点。"

"不记得了。"

"再好好想想。"

"真不记得了！警官，你们一大早把我从床上揪到这儿来，到底是为什么啊？"

蒋健听到这里，示意旁边的记录员先停一下，随后拿起手边的一沓照片，起身走到被铐住双手的刘辉身旁，俯下身，直视后者，把那些照片一张一张拍在他面前的小桌板上，手劲恰到好处，就像羊角锤准确无误地击在了钉子头上，震得刘辉的身体一抖一抖的，眼睛眨个不停。

那些均是顾新月凶案现场的照片。

凄惨，恐怖，恶心。

刘辉重重地呼出一口气，把身体往后靠，尽量不去看照片。在蒋健看来，这个二十几岁的小伙子此刻的行为和表情已经说明了一切。他任由那些照片继续血淋淋地摊在刘辉面前，折回到自己的位置，坐下，示意记录员可以继续。

"警官，我上次已经说过了，我和顾新月不熟，只是普通的同学关系……"

"根据我们掌握的情况，"蒋健根本不想听这个家伙继续胡扯，打开面前的资料夹，开始念了起来，"你是2020年3月17日来到本市的。当时你坐的是一辆T字头的列车，到站后在车站旁的小旅馆住了三天。三天后，你入职了一家海鲜酒楼，开始做服务员，干了不到两个月就辞职了，去向不明。过了五个月，你的名字出现在一家房产中介公司的雇员名单中，这份工作你做得比较久，一年零三个月。也就是在这期间,你偶遇顾新月,随后与她发展成了恋人关系……先不要打断我,让我说完。你们在 2021 年 10 月以顾新月的名字在老城区租了一套房子,开始同居。一直到今年年初,你又换了工作,做生鲜超市的配送员。入职那天你搬进公司的宿舍,老城区那套房子也退租了,同一时期顾新月在学校附近租了套两居室。也就是说,从那时起,你们就再也没有交往了。你们为什么分手?"

"我不知道你在说什么。我和顾新月……"

"今年三月,有人目击你和顾新月在一家火锅店吃饭。当时你们发生了激烈的争吵,过程中,你端起了火锅想朝顾新月脸上泼……"

"别说了!"刘辉终于情绪失控了,戴手铐的双手在桌上用力一顿,发出巨大的声音。立在墙角的武装警员见状准备上前,蒋健抬手阻止了。经验告诉他,这时候最好不要打断嫌疑人的表达。

果不其然,刘辉崩溃了,望着面前那些惨烈的尸体照片泣不成声。

"我,我对不起新月,对不起……"

蒋健从口袋里拿出一包面巾纸——作为一名审讯高手,他总在口袋里放一包面巾纸,通常是为这一刻准备的——抽出两张,走过去,递给了刘辉。后者接了过去,擦干眼泪和鼻涕。蒋健收起照片,重新坐下,双臂环抱胸前,身体后靠,摆出一副胜利者的姿态。他对自己这套审讯技巧产生的效果相当满意。

过了一会儿,刘辉再次开口说话。

"是我害死了新月。"

"来吧,把整个过程交代清楚。记住,任何一句谎话都会影响你接下来的刑期。"

"新月是我最爱的人。"刘辉仿佛没听见蒋健的警告,自顾自地说了起来,"我做中介那段时间,因为完不成任务,不是被店长和同事排挤嘲笑,就是被隔壁的同行撬单,非常苦闷。很多次想放弃,离开这座城市,但因为新月,我咬牙坚持了下来。"

"因为她?那时候你们就在一起了吗?"

"没有。不过我是为了她才来这座城市的。"

刘辉沉吟了一番,开始讲起自己的故事。

他在初中和顾新月同桌时就喜欢她了。那时的她是班长兼文艺委员,自己只是一个各方面都很普通的学渣,因为深深的自卑感,他甚至都没跟她说过几句话。后来,顾新月考上了本地的重点高中,而他则去了一所计算机技术中专学校,两人再没见过面。

十年后,刘辉在自家开的复印店偶遇了曾经的初中同学,他才再一次听到顾新月的名字和消息。这个自己曾经暗恋的女神从艺术院校毕业后去了S市,在当地一家私立学校做舞蹈老师。那天晚上,他躺在床上辗转反侧,初中与顾新月同桌时的画面像幻灯片般一幕幕在眼前闪过。

两天后,他关闭了打印店,简单带了些行李前往S市。到了之后,他一边打工一边寻找顾新月的下落。幸运的是,S市并不大。他关注了本市所有私立双语学校的公众号和官方微博,每天刷新,半年后,他在某篇文章中刷到了顾新月的照片。

从那天起,每天放学时段,他都会站在校门口马路对面,等待顾新月走出来。他说不清楚自己这么做的原因,只是被一种想要见到她的冲动支配着,至于见到之后要做什么,他还没有好好想过。

那时他已经做了一段时间的房产中介了,但因为无心工作,业绩不佳,不得不承受低收入以及同事的鄙夷。每次从校门口失望而归的时候,他都想自暴自弃。他是一个脆弱的人,无法承受沉重的压力,却又总是因为一时冲动做决定。

来S市就是他这辈子做过的最糟糕的一个决定。来之前,他完全没有考虑后果,只是想到就去做了,而且义无反顾。但真到了即将面对顾新月的时刻,他又害怕得要死,担心对方一个冷漠的眼神就让自己毁灭。

就在这诚惶诚恐、患得患失的心境中,他等到了顾新月。她在所有学生都走得差不多的时候,独自一人出现在校门口。当时她穿着一袭长裙,戴着墨镜,斜挎着一只小包,看起来和十年前完全不一样,他却一眼就认出她了。就在他不知所措之时,她已经上了路旁的公交车,转眼消失在他的视线中。

下一次,他提前在公交车旁等待,跟着她上了车。他就坐在她后面,默默注视着她,并一直跟着她下车。他知道了她住在哪儿,随后利用自己做房产中介所掌握的资源,在她的小区也租了一套房。不久,在某个阳光明媚的周末下午,他克服了心魔,假装与她擦肩而过,大声叫出她的名字。

"顾新月!"

她停住了脚步,以一种疑惑的表情看着他。

"真的是你啊。太巧了!"他极力克制住紧张情绪,"你不记得我了吗?我是刘辉呀,中学时我们同桌过。"

"天哪……怎么是你!"她惊呼起来。在异乡遇到曾经的同桌,没理由不开心。

"你也住这个小区吗?"

"是啊,难道你也是?这也太巧了吧。"

"哈哈,是啊。"停顿了一下后,刘辉鼓足了全身的勇气,"那个,既然这么巧,你现在有空吗?一起喝杯咖啡?"

一切都是那么自然、那么完美。两人因为他刻意制造的"缘分"逐渐走到了一起。一个月后,刘辉退掉了自己的房子,搬进顾新月家。

"没想到你这人看起来老老实实的,还挺会耍手段。"蒋健冷冷地嘲笑道。

"你不懂。"

"嘿,这有什么不懂。"

"我和顾新月是真爱。"

"什么?你再说一遍?"

"真爱。"刘辉眼神中透着笃定。

正如刘辉所言,这对在异乡相遇的男女度过了一段还算甜蜜的同居岁月。最初那段日子,刘辉仿佛从爱情中获得了力量,积极热烈地投入工作。他手上成交了几套房子,得到了一笔不菲的佣金。在那年圣诞节前几天,他买了一只他承受范围内最贵的铂金钻戒,打算趁着平安夜晚餐,向顾新月求婚。他时刻被一种"要一辈子和她在一起"的执念所掌控着,每拖一天就会焦虑一天。他深信两人是天作之合,而顾新月只要嫁给他,一定会幸福一辈子。他为这一刻即将到来激动不已。

然而平安夜那天下午他接到顾新月的电话。她告诉他,学校要办圣诞派对,教职工必须参加,让他不要等她回家吃饭了。他虽然失望,但也理解,提出晚上去学校门口接她。她说不用了。

接着电话就挂断了。

刘辉嗅到了一丝不对劲的味道，整晚坐立不安。他独自吃了一大份酸菜鱼（顾新月的最爱）之后，又喝了两瓶青岛纯生，依然想往嘴巴里塞东西。其间，他给顾新月发了一堆微信，但没有收到一条回复，又试着打电话，听到的却是"您拨打的电话已关机"。直到晚上九点，他再也受不了了，穿上外套，拿上戒指，奔出门去。

顾新月并不在学校。事实上，学校当晚并没有举办圣诞派对——至少门口那个保安对此完全不知情。他想问顾新月的同事，发现自己竟然一个也不认识。顾新月从来没有带他参加过任何活动，也没有给他介绍过哪怕一个朋友或同事。直到这一刻，他才发现自己并不了解这个女人，对她所有的印象几乎都来自初中的朦胧记忆。这个发现令他惊讶不已、备受挫败。

再次见到顾新月是在那个被他们叫作"家"的出租屋。那天晚上，他一直在客厅等到凌晨三点多，才听到了门锁被打开的声音。顾新月浑身酒气。他质问她去哪儿了，而她冷漠地回答关你什么事。激烈的争吵之后，他被关在卧室门外，在沙发上度过了一个不眠夜。

第二天一早，他殷勤地做了顿丰盛的早餐，为凌晨的争吵道歉。一开始，顾新月看到煎鸡蛋、香肠和咖啡还表现得欣喜不已，可当他拿出戒指、单腿跪地准备求婚时，意外发生了。

她吐了。

顾新月把前一晚吃的牛排、蛋糕以及威士忌的混合物残忍地吐在了刘辉面前的地板上，以这样一种方式摧毁了后者的爱情，以及一切。

从那天起，两人虽然还住在一起，但名义上已经分手了。刘辉答应顾新月找到房子就搬出去，却迟迟没有动身。为了避免尴尬，顾新月每天回家越来越晚，而且一回来就进卧室，迅速关上门。两人的交流中断了。

接下来就到了新年。刘辉买了车票要回老家看望父母，顾新月则不打算回去。他打包了所有的行李，做好了一去不复返的准备。和顾新月在一起的这大半年简直像做了一场梦，现在梦醒了。临别时，两人相互拉黑了对方的微信。

可回家才待了不到三天，刘辉就反悔了。他认为自己搞错了，他和顾新月之间并没有完蛋，之所以造成目前的局面，完全是因为自己不愿意妥协。女人是要哄的嘛。只要自己放下身段，去讨好她，向她表示真心，她一定会找台阶下，重新回到自己身边的。毕竟两人之间感情没有问题，只是因为误会才闹到这一步。

差不多得了，他想。

事实上，他确实搞错了状况。两人关系的核心问题是他不了解顾新月。因此，当他过完年后把自己收拾得干干净净、捧着一束新鲜的玫瑰花站在两人曾经的小家门外时，久久没有人出来开门。顾新月已经搬走了，并且更换了手机号码。

他打电话到学校询问她的联系方式，但当对方问他的身份时，刘辉犹豫了。他不确定顾新月是否已经把他的名字列入了黑名单。他像以前那样守在学校门口，等着她出现，但再也没有等到。她一定在故意躲自己，他猜测着，看来一切确实已经结束了。

他重新找了工作，每天骑着电瓶车去配送生鲜。那段时间，他觉得整个人是没有灵魂的，只想用不断的劳作来填满内心的空虚。他每天完成两个人的工作量，没有任何怨言，下班后就一个人去酒吧喝酒，把自己灌得烂醉如泥。

过了一段时间，他觉得自己差不多已经走出失恋的沼泽地了，也升了小组长，看起来生活恢复正常。但这时，命运又开起了玩笑。

他在给一位客户配送生鲜的时候，在送货单上看到了她。顾女士。虽然没有写全名，但他知道就是她，因为只有她才会同时买一大包冰冻鱿鱼圈和一大瓶番茄酱。油炸鱿鱼圈配番茄酱是她的最爱。然而，当他兴冲冲地拎着一大包配送品来到那套明显比他们以前住的地方更加高档的房子门口，准备按下门铃时，屋内却传出一个男人的声音。他愣住了。几秒钟后，他放下东西，狼狈地逃离现场。

几天后，他给她打了电话，约她出来吃火锅。他从那份送货单上记下了她的电话。顾新月犹豫了一下，答应了。

那天晚上，他一开始还能控制住自己的情绪，彬彬有礼地询问顾新月能否再给他一次机会。顾新月明确地拒绝了他。她甚至还警告他，尽快停止对她的骚扰（手机号码是怎么得来的？），否则她要报警。他顿时怒不可遏。

"所以你就端起火锅准备泼人身上？"蒋健严厉地说道。

"我当时真是气坏了。我们好歹谈过恋爱，她把我刘辉当什么人了？跟踪狂？变态？"

"难道你不是吗？！"

"当然不是！我对她是真爱，怎么可能伤害她呢？"

"你少在这儿跟我装了。当时要不是店主及时制止，说不定惨剧就发生了。你还好意思说自己是真爱？"

"你不懂。"刘辉喃喃地说，"我现在是真后悔，如果当时我真泼下去就好了……"

"你说什么?!"蒋健几乎不敢相信自己的耳朵。

"要是我泼了,她现在顶多也就是毁容。一旦她毁了容,别的男人也就不会要她了,她也就不会死了。"

蒋健愣住了。这样的话从刘辉嘴里说出来,几乎把他弄蒙了。

"你是说,你后悔没将她毁容,而不后悔杀了她?"

刘辉一个激灵,猛地坐直了身子,瞪大眼睛看着蒋健。

"你说什么?"

"我说,"蒋健迎着刘辉的目光顶过去,"你难道不后悔杀了顾新月?"

"我……你怎么……我没杀她……我……"刘辉有点语无伦次。

"你没杀她?"蒋健轻蔑地一笑,"你刚才说了这么多,都在证明一件事:你和死者顾新月存在情感纠葛,你因爱生恨,约她到天平山见面,然后对她下了毒手,并把她的尸体就地掩埋。你以为自己能逃脱法律的制裁,我告诉你,刘辉,你这辈子完了,你这个无耻的杀人犯!"

"胡说!"刘辉情绪陡然激动起来,"我没杀顾新月。你说我杀了她,拿出证据来!"

"你刚才说的这些就是证据!都录下来了。你有充分的杀人动机,另外,我们已经调查过了,本月1号,也就是死者遇害的当天,你没去上班。"

"1号?7月1号吗?我生病了。那天我记得很清楚,我发高烧,所以请了假在家休息……"

"谁能证明呢?"

"我……"

"证明不了吧？你既有杀人动机，又没有不在场证明，所以，我劝你还是乖乖认罪吧。现在认罪，还能为自己争取减轻刑罚，否则，这样性质恶劣的杀人案，你可能要面临最严重的判罚。"

蒋健最后这句话让刘辉不禁打了个哆嗦。他低下头，不再说话，就像一只认命的即将被宰杀的老公鸡。等了一会儿，蒋健站了起来。

"你考虑一会儿吧。"

"等一下。"

刚走到门口的蒋健回过头，看着刘辉。后者缓缓抬起头，令蒋健吃惊的是，他的脸上满是泪水和恨意。

"我要请律师。"他用力地说道，"我没杀人，绝不认罪！"

蒋健呆呆地望着刘辉。但很快，他的脸上恢复了冷静，什么也没说，就拉开门走出了审讯室。

蒋健审讯刘辉的同时，方磊正在法医中心等待老杨从解剖室里出来。除了他，几乎所有组员都去围观蒋队的审讯了。自从刘辉的名字再次出现在侦查视野，大家基本上认定这起案子就要水落石出了。

但方磊依然无法对之前的那两个疑点释怀：狗以及敲碎头骨的作案手法。遗憾的是，他把案卷材料翻来倒去地看个不停，还是没有找到可以突破的点。到了中午，他想起昨晚收养的小黑狗（早上来上班之前，把它留在客厅了），担心它会出问题，于是把一口未动的午餐重新盖好盖子，快速离开了警局。

进屋之前，他设想过多种悲剧性的场景，他不大相信这只脆弱的小狗能在家里安全地活下去。然而，当他打开房门，狗已经等在门口了。不仅如此，它嘴里还叼着一只拖鞋，摇头摆尾，可爱至极。当他伸手拿拖鞋时，小狗却跑开了。

"哈，小捣蛋！"

虽然没出什么事，但屋内的情况还是让方磊皱起了眉头：满屋的屎和尿，被扔在地上的内裤，还有一卷扯了一路的手纸……他默默地收拾这些，开始怀疑自己收养一只狗是不是正确的选择。

好不容易收拾完，他和小狗坐在门槛上，分食饭盒里的食物。院子里安静得只听得见风声和咀嚼的声音。有那么一会儿，他内心非常平静，那种纠缠已久的孤独感仿佛消失了，取而代之的是某种情感的充盈。他把饭盒放在一旁，将小狗抱在怀里，温柔抚摸。

"忘记给你取名字了。叫你什么好呢？"他轻轻地说道。

狗只是傻乎乎地呼气。

"要不，叫你皮蛋吧。这个名字挺适合你的。"

皮蛋身上的毛黑黑的，肚子则是灰色的。

突然，他停止抚摸的动作，触摸着皮蛋那软软的黑毛。他想起一件重要的事情。接着，他把皮蛋放回地上，关上门。走上街，他迅速打了一辆车回警局。

从工位上的案卷里，他抽出那份顾新月的尸检报告。果然，有个地方存在明显的疑点。他拿着报告，立马去往法医中心。

一小时后，老杨终于完成了今天的尸检工作，从解剖室里走了出来。方磊迅速迎了上去。

"不好意思啊老方，让你久等了。找我什么事？"

方磊把那份尸检报告递了上去，指出自己关注的那个问题。

"这份样本还在吗?"

"当然。案子还没破嘛,证物都还在。你确定要看吗?"

"嗯。"

"那跟我来吧。"

方磊跟着老杨来到了尸检样本存放室。很快,老杨将一个小型的玻璃瓶拿在手上,然后拧开瓶盖,用镊子将里面的东西夹出来,放在检验台上,并将上方的白光调亮了好几倍。

"看吧。"

方磊把头凑近,仔细观察检验台上面的那样东西。

一根深棕色的毛。

"我看尸检报告上说,这是在死者的脚指甲缝里找到的,检验结果是非人类的毛发,对吗?"

"没错,这是狗毛。"老杨解释道,"狗的毛和人类的头发是很容易区分的。"

"能查出这是哪种犬类的毛发吗?"

"这你可就为难我了。虽然法医也具备一些动物知识,但犬的种类繁多,算是我的知识盲区。不过你这么一说倒是提醒我了,应该去补补课。"

"是这样,我们在死者的家里发现了她养的一只贵宾犬。"

"贵宾?"老杨皱起了眉头,"这根狗毛肯定不是贵宾犬的。贵宾犬又叫卷毛犬,通常来讲毛会又卷又软,而且不怎么掉毛,而这根狗毛又粗又硬,还是黄色……天哪!"

老杨和方磊对视了一眼。他终于明白方磊来找他的原因了。

接着,他迅速走到放档案的抽屉边,把另一份档案拿了出来。

经过比对,这根狗毛属于那条从天而降砸死人的大黄狗。

12

"你是说,你看见那个变态啦?!"

当李微微问出这句话时,她和其他三个小伙伴正聚集在一棵杨梅树下乘凉。在江南地区,杨梅成熟季通常在六月中上旬,成熟期很短,差不多只有一星期,而现在已经是七月中旬,杨梅果早已掉光,只留下不算繁茂的树冠为这些孩子遮挡午后烈日。事实上,这个小区果树种类繁多,除了杨梅树,枇杷树、李树、梨树、桑树等也会在相应的季节向居民们展现自己丰硕的果实,不过物业通常会在树干上挂一个牌子,上面写着:已打农药,禁止采摘。

"是的,我看见他了。"胡飞抿嘴、蹙眉,一脸严肃,"而且我还进了他的屋子。"

"天哪。"

"太可怕了。"

"你没事吧?他没有把你怎么样?"

"快,跟我们说说,到底发生了什么事情?"

胡飞鼓了鼓胖乎乎的腮帮子,讲起昨晚那场有惊无险的冒险。

"你找谁?"

男人的声音在胡飞耳边响起。他抬起头,被眼前的这张脸吓了一跳。蓬头垢面,胡子拉碴,脏兮兮的T恤配上高大的身躯,这与胡飞印象中的坏人形象完全吻合!一时间,他竟害怕得说不出话来了。

"你怎么了?"男人在他面前蹲了下来,胡飞立即就把脸转到了一旁。他害怕看到对方那双可怕的眼睛。"要不要喝点饮料？"

小胖子噤若寒蝉。

"可乐可以吗？我这里除了可乐，就只有啤酒。"

一听到"可乐"两个字，胡飞的心绪稍稍平静了一些。甜食能让人放松。他点点头，但还是不敢看对方。

那男人站起身，朝厨房走去。胡飞这才抬起头，打量起客厅来。可真乱啊，比我们家乱多了，他想，这叔叔肯定没有老婆。记得爷爷奶奶刚来的那段时间，屋子也很乱，他们什么都不舍得扔，旧纸板、塑料瓶、破衣服、烂抹布堆得到处都是，直到有一天妈妈回来看见，和他们大吵了一架，发疯似的把那些东西一股脑儿地全扔了出去。从那时起，爷爷奶奶就收敛了很多，不再随便往家里搬东西，每个周末在爸妈回来之前，还会搞一次大扫除。即使这样，妈妈每次回家还是对卫生状况不太满意。

脏大叔回来了，手里拿着一罐可口可乐。

"对不起，我没找到冰块。要不你将就着喝吧？"

说着，男人拉开了易拉罐拉环。咔嚓。泡沫从罐口冒了出来。紧接着，那罐可乐递到了胡飞面前。

"给。"

胡飞没有接。"对不起"？他怀疑自己耳朵出了问题，怎么会……这家伙竟然还礼貌地说了一句客套话？难道搞错了……

"快拿着吧。"

男人不由分说，就把可乐罐塞到了他的手里，随后转身走到沙发边，一屁股坐下，拿起一瓶喝了一半的啤酒，仰头对嘴喝了一大口，打了个嗝，笑嘻嘻地看着胡飞，用下巴点了一下他手里的可乐，示意他赶紧喝。

胡飞确实渴了。刚才爬了二十来层楼，再加上被恐惧支配，早已口干舌燥、满身是汗。但当他把可乐举到嘴边的时候，又停下了。

笨蛋！差点中了圈套！

他暗暗地骂自己。无数次，无数次，妈妈跟他说过，无论如何都不要喝陌生人的饮料。有一次，妈妈还给他看过一个小视频，说是有个女孩因为喝了陌生人递过来的饮料，被迷晕了，结果被人贩子卖到了很远很穷的地方，成了一个残疾人的老婆，每天被铁链拴着，被人又打又骂，还被迫生了一堆孩子，最后成了精神病。虽然他不是女孩，但被人卖掉，再也见不到妈妈，也是很恐怖的事情啊。胡飞啊胡飞，你怎么这么不小心？好险，还好没有喝。就说呢，这个人怎么这么好，又是给可乐，又是说客套话，分明就是想骗我！妈妈还说了：笑嘻嘻，笑嘻嘻，一看就不是好东西！

"想什么呢？快喝啊。"男人催促道。

哼，越让我喝，我越不喝。胡飞把可乐罐握在手里，不说话，也不动，琢磨着究竟怎么才能脱离险境。

"你这小孩，真是奇怪。"男人收起了笑容，冷冷地看着他，"对了，你还没回答我的问题呢，你是谁，为什么会跑来敲我家的门？"

突然，卫生间里传来了轻微的一声。

是狗叫！

胡飞立马就明白了，这个人就是那个可怕的虐狗狂！他刚才肯定是在虐待狗，结果被我的敲门声打断了。糟糕，我现在知道他的坏事了，会不会被他杀人灭口？不行，我得赶紧逃啊！

这样想着，胡飞便站了起来，倒退着朝门的方向去。

"喂，你去哪儿！"

男人已经站起来了。胡飞不知从哪里来的勇气，将手中的可乐罐像投掷燃烧弹一般朝那个大坏蛋扔了过去。

坏蛋轻松躲了过去，然后面目狰狞地朝他扑了过来。

"救命啊！"

胡飞大喊一声，转身朝大门跑去。他现在就只有一个想法，逃出这可怕的魔窟。

然而，当他跑到门口的时候，却发现门怎么也打不开。这种门和自己家的是同一款式，没道理打不开啊。他紧张地不断去拉门把手，可门就是纹丝不动。

一只大手已经搭在了他的肩膀上。

胡飞"呀"地尖叫一声，大哭了起来。与此同时，他感觉有一股热流顺着自己的裤裆，流进了裤筒里。

"哈哈，你是说，你尿裤子了？"兰小美打断了故事，大声嘲笑起来。

胡飞害羞地低下了头。

"小美，别打岔，人家正说到兴头上呢。"

"哦哦，对不起，你往下说。"

胡飞深吸一口气，继续把故事讲下去。

砰砰砰！

"开门！快开门！"

门外突如其来的喊声让屋内一大一小两个人都愣住了。随即，那只大手捂住了胡飞刚张到一半的嘴。

"嘘,别说话!"男人压低嗓子命令道,眼睛往猫眼里看。

胡飞恐惧极了。他被一股浓浓的烟味抑制住了呼吸。与此同时,他又无比清醒地意识到,如果再不反抗,将会失去这唯一的机会。于是,他使上全身力气拼命挣扎,趁着这个来之不易的空隙,张大嘴巴朝那只满是恶心味道的大手狠狠咬了下去。

"啊!!"

男人痛得松开了手。

瞬间,胡飞找到了开门锁的关键,猛地拉开了门。

"天哪!然后呢?"

几个小伙伴都听傻了。他们完全没想到,胡飞昨晚经历了这么惊险的一幕。兰小美更是着急得要跳脚,以至于喊出声来,又一次打断了胡飞。小胖子见自己此刻完全成了小团体的焦点,不由得得意起来,被需要的感觉实在是太棒了。

"然后我……"

"等一下!"李微微抬手阻止了胡飞继续说下去,"先别说。让我们来猜猜。"

"猜?"

"嗯。谁先来?小美?"

"我猜,进来的是警察!"兰小美兴奋地说道,"我知道了,其实警察早就盯上了这个虐狗狂,一直在暗中观察他,找机会抓捕他。他们肯定在那人家里安装了窃听器,一直在偷听他的一举一动。小胖出现,然后陷入险境,让他们不得不站了出来。毕竟救人要紧嘛。我猜,那个家伙现在已经被抓进警察局了,对吗,小胖？"

胡飞摇摇头。

"还是我来猜吧。"李微微用食指戳着下巴，抬起头看着天，尽情发挥想象力，"门口应该是小胖的爷爷。小胖不是戴着智能手表吗？手表有定位功能，肯定是爷爷等了半天也不见小胖回家，找上门来了。"

"可人家在 25 楼，爷爷又没有门禁卡，他是怎么上来的呢？再说，手表不是关机了吗？"兰小美反问道。

"对哦，这倒是个问题。那贾斯汀，你猜猜看，到底是谁在门外。"

"我，我猜不出来。"贾斯汀脸涨得通红。

"欸，你的脸怎么这么红啊？"李微微伸出手背在贾斯汀的脸上碰了一下，后者吓得瞬间就弹开了，"怎么这么热？你该不会是生病了吧？"

"可能，可能是太阳晒的。"贾斯汀慌忙解释道。

"你这人怎么奇奇怪怪的。算了，小胖，"李微微把脸转回到胡飞这边，"你继续吧，我们猜不到。"

"就知道你们猜不到，因为这个人，任谁也想不到。"

"那你快说呀，到底是谁。"

"是……"

门外站着一个小伙子。胡飞像见到救星一样，扑进了他的怀里，然后大哭起来。小伙子没反应过来，看看怀里的胡飞，又看看门内的陶军。

"这，这怎么回事？"

"你又是谁？"陶军一边捂着被胡飞咬伤的手，一边瞪着面前的这个年轻人。

小伙子显然被这个男人的样子震住了，接着像是给自己壮胆似的用力咳了两声，朝前挺了挺胸。

"该我问你才对。为什么小胖会在你家？还有，刚才那声叫喊是怎么回事？你对他做了什么？"

"我再问一遍，你是谁？"陶军根本不理会对方这些问题，而是用一种咄咄逼人的语气反问道。

"我，我，我叫于亮，住101。"

"101？"陶军想了想，"101住的不是教钢琴的金灿老师吗？"

"我是她未婚夫。"于亮终于不结巴了，"那个，你是上个月刚搬来的吧，咱们算是第一次见面，幸会啊。"

"你怎么在这儿？"陶军根本不理会于亮那些示好的话。

"哦，是这样。"于亮又清了清嗓子，"这个是你扔的吧？"

说着，他抬起手来，陶军这才注意到，他的两根手指捏着一样东西。卫生巾。上面似乎还有污渍。

"你什么意思？"

"不，哥，你先别生气。"于亮想把压在身上的小胖子推开，但使了使劲，发现根本推不开，只好叹了口气，"我呢，今晚一直在客厅看电视，瞄到有什么东西从楼上掉下来，你可能不知道，这段时间一直有人往我们院子里扔卫生巾，于是我就赶忙跑出去看。果然，嘿，地上真有一块卫生巾，还是用过的。真晦气！说实话，为这事我向物业反映过无数次，也打了110报警，根本没人管。现在可好，又来。哥，你能理解吗？我真是要气炸了，杀人的心都有。所以我就拎起这玩意儿，穿上鞋子，准备上楼找人理论。但刚跑了两层，我就停住了。我听到消防楼梯里有脚步声，心想，好啊，算你不走运，被我逮到了，看我不好好教训教训你！我开始顺着消防楼梯往上追那家伙。没想到我越追，对方越跑，我追得越快，他跑得越快。就这样，我一路追到了25层，突然发现那浑蛋的脚步声消失了，于是我断定那家伙就住在25层。我站在楼梯间听了半天，总算听到了你屋里有响动，就想敲门试试。一试，就试出这么一出来了。哥，你现在可以给我个答复了吧——是你扔的吗？"

"不是。"陶军淡淡地回答。

"哦，这就完了？"

"不然呢？"

"总得给个理由吧？"

"我一个人住，家里没女人。这算不算理由呢？"

"是吗……"于亮踮起脚尖想越过陶军的身体看屋内情况，但被后者结结实实地挡住了。

"行吧，就算不是你扔的，小胖这事你怎么解释？"

"我没什么好解释的。你赶紧带他回去吧。"

说完，陶军"砰"的一声把门关上了。于亮呆立半晌，才反应过来，然后朝房门暗骂了一句。

"小胖，小胖……"于亮把胡飞的脸扶了起来，"你怎么了？倒是说句话啊！"

"亮哥哥，送我回去吧。"

"等会儿，你别害怕，有什么事儿尽管跟哥哥说，我帮你出头。是不是他欺负你了？哥哥帮你揍他！"

胡飞想了想，摇摇头。

"那你为什么会在他家?"

"别问了。快走吧。"

"好吧,这就走。对了,你家住几号楼来着?"

于亮护送胡飞回了家,路过垃圾桶的时候,他捏着鼻子把那块卫生巾扔了进去。

听完胡飞的讲述,大家终于松了一口气。

"太惊险了。要不是于亮哥哥及时出现,不知道会发生什么事呢!"兰小美说道。

"是啊。不过说来也搞笑,于亮哥哥当时应该是把你当成扔卫生巾的人了,而你呢,却以为后面追你的是坏人,误打误撞进了那人家里。真是太巧了。"

"我能提一个问题吗?"贾斯汀缓缓举起了手。

"什么问题?"

"卫生巾是什么?"

此话一出,其余三人同时扑哧一声,笑喷了。

"怎么了?"贾斯汀依然满脸不解。

"没什么。不知道就不知道吧。"李微微笑着说道。

"你们真是奇怪,这是什么了不起的秘密吗?还有你,小胖,你才小学三年级吧,能比我还懂?"

胡飞露出一脸憨笑,也不说话。

"行吧,我一会儿回去查一下词典。"贾斯汀愤愤不平。

"哦,对了,"兰小美突然想起了什么,"回去跟你爸说,我们一家明天准时在家等你们。"

"等我们?什么意思?"

"不是我爸邀请你们全家来吃饭吗？你爸没跟你说？"

"没有。"

"我一开始也不知道，要不是昨天在地下车库遇到你爸，我也被蒙在鼓里。"

"昨天？什么时候？"

"就是咱们把那条狗扔……"

"嘘！！"李微微一听情况不对，立即制止了兰小美继续说下去，"小心隔墙有耳。"

大家小心翼翼地往四周看去。不远处有个保洁老头在清理草丛间的粪便，除此之外并没有什么可疑的人。

"不管怎样，大家尽量不要再提那件事。我会去自首的，前提是先抓住那个变态。"

一阵短暂的沉默。

"接下来我们该怎么办？"胡飞开口，"既然我们已经知道是谁了，是不是立刻去报警，找警察抓他？"

"还不行。"李微微冷静地说。

"为什么？"

"找到他是第一步，第二步是搜集证据。"

"证据？"

"对啊，你没看过《柯南》吗？给人定罪是需要证据的。"

小胖子点点头。他看过全套的《福尔摩斯探案集》，明白其中的道理。

"可我们怎么才能找到证据呢？"兰小美问道。

"让我想想。"李微微说，"大家也想想，集思广益。"

"要不再去一次他的家？"兰小美提议。

"不要！"胡飞跳了起来，"打死我都不去了！太可怕！"

"又没说他在家的时候去。可以偷偷进去。"

"那也不去！"

"我倒觉得这是个好主意。"李微微说道，"只是要怎么进去？"

"不要！"胡飞都快哭了，"万一被发现我们就死翘翘了。"

"不会被发现的。"兰小美一想到又要冒险就很兴奋，"只要大家愿意冒险，我就能想到办法。"

李微微沉吟了一下。

"要不大家举手投票吧，少数服从多数。去的举手。"

兰小美高高举起了手，李微微也举起了手，胡飞则死死抱住了胳膊。目前二比一。

"小贾同学，你怎么了？"

大家这才发现贾斯汀一直不吭声，像是在思考问题，被李微微这么一问，他一个激灵，回过神来。

"什么？"

"你怎么了？一副心不在焉的样子。"

"没什么。"贾斯汀否认道，其实他确实被一件事情绊住了，"怎么？你们说到哪儿了？"

"投票。我们准备去虐狗狂家搜集证据，你去吗？去的话举手。"

"去那变态家啊？"贾斯汀刚想拒绝，却看见李微微用期盼的眼神望着自己，"那，就去呗。"

"什么？！"胡飞痛苦地捂住了头。

"好啦，三比一。"李微微笑了起来，"要不这样，你实在害怕就不用进去了，在外面给我们望风，怎么样？"

"但是……"

"否则你就别参加了。"

"包括以后的活动,你都别参加了。"兰小美坏坏地补充了一句。

"好吧。"胡飞委屈地点点头,他不能失去这帮朋友。

"太好了,"李微微说道,"现在大家一条心了。接下来我们的问题是,怎么进入那个变态的家里。小美,你说你有办法?"

"交给我好了。"兰小美自信地笑道。

随即,四只小脑袋凑在了一起。

与小伙伴们分开后,贾斯汀脑子里始终在思考着一个对他而言非常重要的问题:案发的那天下午,爸爸究竟在什么地方?

至少没有回家吧。按照兰小美的说法,她那天下午在车库见到了爸爸,可当时爸爸并不在家。那天一早,爸爸就去上班了,一直到晚上六点多才回来,不可能下午出现在小区的地下车库里。他听妈妈说过,虽然学校放暑假,但爸爸每天依然要去上班,参与研发下学期的教案。爸爸是小学数学组的组长。

他又想起不久前的一个深夜。睡梦中,他被一阵忽远忽近的说话声吵醒。出于好奇,他揉着眼睛,把耳朵贴在卧室的墙壁上。

隔壁是爸妈的房间,吵架声就是从里面传来的。

一直以来,他都认为爸妈的感情很好。他们一起在新加坡求学,相识相爱,结婚生子。回国后,在同一所学校任教,是旁人羡慕的神仙眷侣。后来,妈妈又怀孕了,才辞职在家。爸妈基本没有吵过架,随着预产期越来越近,家人的笑容也越来越多,所有人都沉浸在对新生命即将降临的美好期盼中。

因此，这夜的争吵让贾斯汀很意外。他仔细听他们吵架的内容，却听不懂他们为什么争吵，隐约听到"不忠"两个字。等这场争吵偃旗息鼓之后，贾斯汀悄悄查了这个词。他对看到的内容感到震惊。

然而令他困惑的是，第二天爸妈一切如常，好像前一天半夜的争吵不曾发生过。他松了一口气，用最快的速度把这事抛到了九霄云外。

现在，这件事又被翻出来了。明明回了小区，却不回家，假装自己在上班，说明爸爸在撒谎。正常人是没必要撒谎的。这一切说明一件事——爸爸又对妈妈"不忠"了。

那天晚餐，贾斯汀一边吃饭，一边暗中观察爸妈。妈妈依然一脸幸福的样子，给家人端上她熬了一天的鸡汤，并把一只炖得骨松肉烂的大鸡腿夹到爸爸的碗里。爸爸则有点心不在焉，趁妈妈去厨房的空当，他会迅速拿起手机看一眼，在妈妈返回餐厅前把屏幕关上。

"爸，我们明天是不是要去兰小美家吃饭？"贾斯汀问话的时候盯着爸爸的眼睛，但后者根本没看他。

"是啊。"

"咦？"妈妈正好端着菜过来，"这事你怎么没告诉我？"

"我正准备跟你说。就是那个克里斯，你知道吗，说咱们住一个小区这么久，没一起聚过，就……"

"我知道谁是克里斯。"妈妈冷冷地回道。

爸爸放下筷子。

"生气啦？怪我没提前问你的意见？"

妈妈不说话，只是一个劲儿地往自己碗里舀汤。

"好啦,小事,克里斯是外国友人,在学校里遇见就发出了邀请,我实在不好拒绝就答应了。我现在正式征求你的意见,你想去的话我们就去,不想去明天我当面回绝他。"

"不用了。答应了就去吧。"

"嗯。"

爸爸开始埋头啃鸡腿。贾斯汀从妈妈的脸上看到了一丝忧郁。

那天晚上,贾斯汀躺在床上翻来覆去,难以入眠。他不想看到家庭不和睦,更不想看到妈妈伤心。虽然平常妈妈对自己要求严格,但要说最爱自己的人,那肯定是妈妈。他已经十一岁,是个小男子汉了,要学会保护妈妈。

第二天吃过早饭,爸爸便拿着公文包出门了。贾斯汀找了个借口,也溜了出去。他跟着爸爸下楼,出小区,朝学校的方向走去。爸爸有车,但他很少开车上班,因为从小区到学校走路只需要十五分钟。他悄悄跟在爸爸后面,保持五十米左右的间距,像个小侦探。他期待爸爸能顺着这条路走下去,像往常一样走进校门。

然而,还没走到一个路口,他的希望就破灭了。

爸爸走向路边的一辆白色轿车,看了一眼车内,就笑着拉开车门,坐上副驾驶的位置。

汽车随即启动离开。

就在贾斯汀失望之际,那辆车在路边掉了个头,开了过来。他连忙闪身躲到一棵树的后面,偷偷朝那辆车望过去。

这一眼再次令他目瞪口呆。

坐在驾驶座上开车的不是别人,正是自己的钢琴老师金灿。

13

方磊站在阴影处,远远注视着草坪上正在遛狗的小区居民。

晚上六点半,天色依然透亮,白天的暑气少了一些。天气预报说,今晚会有短时强降雨。今年的夏季跟往年不一样,雨只是断断续续地下,长时间的高温有些反常,今晚的这场暴雨或许将为此画上一个句号。方磊用力吞咽了一下口水,心绪被低气压带来的压迫感搅得有些烦乱。

也可能是因为白天在法医中心的那个发现。

为了进一步确认他们的判断,法医老杨从狗的尸体上取下了一些毛发,与死者顾新月脚指甲里采集到的狗毛比对,结果显示相似度达 99.87%。毫无疑问,这根狗毛属于那条从天而降的大黄狗。这个结论进而可以推导出两种可能:一,鉴于死者被发现时穿的是一双露脚趾的凉鞋,可以推测死者生前曾经到过玫瑰园小区,接触过这条大黄狗;二,凶手接触过大黄狗,不小心把狗毛带到了死者身上,这样一来,凶手极有可能来自玫瑰园小区。

无论哪种可能,玫瑰园小区都将成为侦查的关键地点。方磊从老杨手中接过新出具的法医报告,表示会带给蒋健队长,然而一离开法医中心,他就掉转头出了公安局。有了上次的教训,他暂时不打算把这个发现告诉蒋健——蒋队说的对,专案组在这个案件上做了很多功课,容不得别人轻易质疑和否定。现在轮到方磊做功课了。

到玫瑰园后,他直接去了物业,跟前台说要找王经理,但前台打了几个电话都没有打通。他道谢后走出物业,看见门口停着一辆电瓶车,正是王经理上次骑的那一辆。他回头看,发现经理室的窗户紧闭。这么热的天，把窗户关得这么严实，屋内肯定开着空调。也许王经理一直都在屋内，只是不愿意像上次那样再陪他浪费时间罢了。

要找犯罪嫌疑人，首先要找到接触过或认识那条狗的人。问题是，狗已经死了，而它是一条没有主人的流浪狗，要搞清楚它的状况难度不小。也许增加排查人手是个办法。

他拿出手机，找到蒋健的电话，然而准备拨打时又犹豫了。思考片刻后，他收起了手机。

还是暂时不联系他吧，方磊想，这会儿他没准正在审讯刘辉，也许已经审出什么来了，现在打过去很可能又会得到一顿讥讽。

刘辉会不会是凶手？有可能，但方磊认为这并不能说明调查狗毛的方向是错误的。当然，这个方向的调查，结果可能是一场空。也许刘辉已经承认了，他到玫瑰园送过外卖，从大黄狗待的地方路过，脚上粘了狗毛，杀害顾新月的时候传递给了她。不排除有这么巧合的事情。

让方磊无法释怀的，除了狗毛，还有另外一件事：顾新月的死法（被钝器敲碎头骨）与那条狗的死法几乎一样。一个巧合有可能，两个案子中有两个巧合就很难忽略。如果说刘辉是杀害顾新月的凶手，那么他就有可能是虐杀大黄狗的人。方磊眼前掠过一个画面——刘辉来玫瑰园送外卖，也许是晚上，他看见了那条流浪狗，用食物把它诱骗到隐蔽角落后，用布袋套住了它的头，先是用随身携带的小刀在它身上不断地刺和划，享受虐待动物的快感，再用羊角锤猛击它的头部，锤杀后拿走布袋，逃之夭夭。

可那个高空坠狗案是怎么回事？嫌疑人为什么要把死狗弄上天台往下扔，砸死路人呢？这到底是一场意外，还是蓄意的行为?

另外,还有一处让他不解:天台是完全封闭的,嫌疑人如何带了条大狗上去,扔完狗之后全身而退?

天台的门锁上次被方磊踹坏后就没有修复,所以这次他轻而易举就进去了。也许因为大雨将至,今天屋顶上明显没有上次热。方磊在四周转了转,很快找到了上次忽略的一个细节。

答案可能在粗大的电缆上。

其实他上次就看到了那些电缆线,从一栋楼顶到另一栋楼顶,就像是一条条滑翔索道,而且这些楼幢并不一般高,比如从右手边的那栋楼到身处的这栋,就是从33层到31层,中间有两层将近6米的高度,这个高度造成的倾斜足以让嫌疑人从隔壁楼顶滑过来。而左手边的楼才28层,也方便嫌疑人从这栋楼滑过去逃离。他又仔细查看了这些电缆。这种电缆直径有240毫米左右,从内到外由导电线芯、绝缘层、密封护套以及保护覆盖层组成,承重力在50公斤左右,像方磊这样的大个子可能承受不住,但体重在50公斤以下的话,只需要准备一个结实的金属衣架,理论上就能完成这种滑翔。

想到这里,方磊不禁大吃一惊,难道说扔狗的嫌疑人是一个体重不足50公斤的人?通常来说,这有两种可能性:女人或孩子——成年男性低于这个体重的着实不多。当然,只是理论上的可能。令方磊无法想象的是,一个瘦弱的女人或小孩居然会有这么大的胆量,敢用一副衣架在数十米的高空从一栋楼滑向另一栋楼。要知道,稍有闪失,就会摔得粉身碎骨。

但他看了看四周,除了这种可能,找不出其他的可能性了。只是,如果真是女人或孩子做的,目的是什么?而且以这样的体重,又是如何把一条重达25公斤的死狗弄上来的?

也许不止一个人?也许是一群天不怕地不怕、热爱冒险的孩子?(他实在无法把这种飞檐走壁的事情跟瘦弱的成年女性联系起来,孩子的可能性倒是更大一点。)

无论如何,侦查重点可以试着放在孩子身上,没准是一个突破口。

方磊的看法是,很多时候,尤其是没有头绪的时候,侦查工作是需要依赖一点想象力的。先想象出结论,再试着验证自己的判断,就像玩拼图,脑海中需要先有成形的图案,才可以把手中的碎片一块块拼凑上去。真相就是真相,它是客观事实,绝不会因为侦探的假设而发生改变。

方磊下楼后,一直在小区里转悠。现在是暑假,在小区里碰到孩子的概率会比较高。可惜正值午后,一路走来没碰到几个孩子。方磊出了小区,在北门口的便利店买了瓶无糖乌龙茶,在靠窗的吧台位置坐下来,吹着空调,一直等到了下午,他才重回小区。

现在,他就站在树木的阴影处,观察着那片草坪上逐渐聚集起来的遛狗的人。

他们中有成年人,也有小孩,有大狗,也有小狗,要么互相追逐,要么玩飞盘、扔皮球,一派欢乐的气氛。偶尔有人加入或者离去,但更多的是匆匆而过的路人。方磊意识到,这世界上或许可以泾渭分明地分为两类人:喜欢狗的人和不喜欢狗的人。

过程中,方磊拿出手机,给那些遛狗的人以及他们的狗拍照。看到他们对待狗的态度,他至少肯定了一件事,这些爱狗的人已经被排除在虐狗者名单之外了。

就在这时,方磊的目光被不远处一个穿着蓝色维修服的师傅吸引住了。那人一直在对面的角落待着,像是在等人,但目光却一直在那群狗和孩子身上游移。不过让方磊对他产生兴趣的,是他那个灰色的单肩工具包。没看错的话,从包里探出来的,正是一把羊角锤。

方磊用手机给这名维修工拍了一张照片后,朝他走了过去。

就在方磊快要靠近他的时候,维修工猛然抬起头看了他一眼,随即低下头去,转身想快速离开。

"嘿,你!"方磊喊他,想让对方站住别动。没想到的是,那名五十来岁的维修工听到这一句后,反而走得更快了,一边走还一边回头,看看方磊有没有追上来。

"站住!"

方磊手朝他一指,拔腿追了上去。

这一嗓子让周围一下子乱了套。不仅维修工跑得更快了,那些遛狗的人以及被松开绳子撒野的狗也都被吸引住了。他们根本不清楚状况,只看见一个老头在追一个维修工,还以为出了什么事情,都跟着往这边追了过来。更可笑的是,那些狗见人闹腾起来了,也纷纷来了劲,不放过这个凑热闹的好机会,全都跟着跑了起来。

于是,小区里出现了一幕奇观:一群人和一群狗莫名其妙地疯狂跑动,而且还边跑边叫。人叫"站住",狗叫"汪汪",此起彼伏,杂乱无章,引得路人注目。老人纷纷靠边,生怕被撞倒;家长则把幼小的孩子抱起来。

方磊没跑几步就慢了下来。他确实年纪大了,追不动。体能很奇怪,也许你前一年还像个健壮小伙子,后一年就成了蹒跚老人。当然,他慢下来还有别的原因。

他看见了一个人。

是一个小女孩。这个小女孩牵着五只小狗。虽然牵着五只小狗有点奇怪,但重点不在这里。重点在于,他好像见过她。在哪儿见过呢?为什么这么面熟?他这么想着,脚步就慢了下来,甚至都忘记了追逐那个怪异的维修工。而这让他错失了抓住那人的好机会。

那群狗追上来了。

它们根本不知道孰好孰坏,也不知道要抓的是跑在前面的那个穿蓝衣服的男人,而不是这个老头。它们几乎没有任何犹豫,在追上了方磊之际,齐刷刷朝他扑了过去。

大狗、小狗,拉布拉多、金毛、柯基、柴犬、边牧……大概七八只狗一窝蜂地把方磊扑倒在地,要不是主人们反应迅速,冲上来把它们拽走,指不定会发生什么。方磊吓得躺在地上,抱着头,气喘吁吁,一动也不敢动,直到有两个小伙子上前把他扶起来,询问没事吧,他才摇摇晃晃地爬起来,确认自己身上没有被咬伤,心脏也没因此出什么毛病。

那群狗就惨了。它们的主人因为害怕老头出事,要赔医药费,对这些不听话的"孩子们"非常生气。他们把狗牵到一边,让它们排排坐好,然后苦口婆心地教育和训斥起来。方磊看到这画面反倒笑了,觉得很滑稽。那些狗像犯错的孩子,乖乖地坐着挨训,低眉顺眼,摇尾乞怜,不时还瞄一眼方磊,期待他帮它们求情。

他才不管它们呢,拍拍身上的尘土,想继续找那个维修工,可哪里还有对方的踪影。幸运的是,他拍了照片——等等,因为被狗扑倒,手机压在了自己身下,从口袋里拿出来的时候,屏幕摔碎了，已经黑屏了。

真倒霉。

不过他还有办法。随后，他再次去了物业。王经理正好在前台，看到他进来，想躲已经来不及了，满脸堆笑地迎上前去。

"方警官，您来了？"

"嗯。"方磊哼了一声，然后问前台服务员要了一个一次性纸杯，弯腰倒了杯凉水，一饮而尽。

"对了，上次您让我查的事我去查了，我把死者的照片和狗的照片都发到了小区业主群里，没有人说认识。所以我就没跟您汇报。"

方磊看了她一眼。

"带我去监控室吧。"

监控拍下了之前草坪上混乱的一幕。在播放到某个画面时，方磊示意操作员暂停，然后指着屏幕上那个仓皇逃跑的维修工。

"这个人你认识吗？"

王经理把脸凑近，立刻露出恍然大悟的表情。

"这不是老柴吗？认识，是我们物业的维修工。"

"他在这里工作多久了？"

"有一年多，是我亲自招进来的，很老实一人。他怎么了？"

"给他打电话，让他来一趟。"

"哦。"

王经理拿出手机，开始拨打。

"电话关机了。"

"你知道他住哪儿吗？"

"知道啊。他就住在小区的一个地下室里。"见方磊面露疑惑，王经理解释道，"本小区负一层除了地下车库，还有一部分地下储物间，当时也是卖给业主的，不过没有产权，只有使用权。一些业主为了赚钱，就把那些十几平方米的储物间租给了外地人，因为租金便宜，所以挺受欢迎的。老柴就租了其中一间，还是我帮他找的。"

方磊站了起来。

"走吧，带我去看看。"

从监控室出来，直接坐电梯，下到了负一层。

在逼仄、阴暗的通道里行走，方磊感觉像进了一个人的胃部，而自己是正在被消化的食物，有一种黏糊糊的挤压感。这就是他不想卖掉古城区的房子、搬到新建高楼的重要原因。他喜欢脚踩土地的感觉。尤其是当他知道这些高楼的下面居然是空的，就更不踏实了。一想到楼层倒塌，被掩埋在混凝土废墟下面，他就深感窒息。

地下储物间的门锁是那种小型的弹子锁，王经理正想给业主打电话要钥匙，方磊已经将一根不知道从哪里捡来的木棍一头插入锁和门之间的空隙，只是用力一撬，锁就掉在了地上。在王经理的目瞪口呆中，他推开了门。

这是一个十来平方米的房间。没有窗户。屋内弥漫着一股霉味、馊味和汗臭味混合的味道。此外，除了一张没有铺好被子的单人钢丝床、一个简陋的布艺衣橱和一套小型的板材桌椅，几乎什么也没有。那个叫柴浩成的男人不见踪影。

这个老柴当初是王经理亲自面试的。在她发出招聘水电工广告的第三天下午，这个男人就背着一只背包上门来了。他用一口本地话介绍说，自己老婆死了，孩子在外地读书，家里的地也承包出去了，闲着没什么事，就出来找点活干。他翻出了自己的水电工证和身份证，证实了自己的身份。当时正好有业主打来电话说自己家水管爆了，王经理就给了他一次机会，他完成得很出色。回来之后，业主还亲自打电话夸他，说柴师傅做事认真，水平也高，连一口水都没喝。基于这些，王经理就把他留用了，还帮他找了这个地下室住。这一年多来，柴浩成做事勤勤恳恳、任劳任怨，是有口皆碑的维修工。

"不过，"王经理犹豫了一下，补充道，"最近他经常请假，说儿子放假回来了，要陪他转转，有时候出去一两天，但每次回来都跟往常一样认真工作，我就没太在意。"

"也许，你并不了解他。"

说这话时，方磊手指着桌上的一台笔记本电脑。那电脑看起来很旧了。一端连着电源线，另一端则连着一只接收盒，上面有个红点在不停闪烁着。

"这是什么？"王经理伸手想去拿。

"别动！"方磊大喝一声，吓得王经理的手立刻缩了回去，"你先出去，小心点，这屋里的任何东西都不要碰。"

王经理一声不吭地出去后，方磊抬起头来，在天花板一角发现一根延伸下来的网线。线路顺着墙角而下，在靠近房门的位置连到一只正在使用的光纤路由器里。接着，他从口袋里拿出了橡胶手套，戴上，打开了那台笔记本电脑的盖子，见屏幕上显示需要输入密码，又重新盖上。电脑侧面的 USB 接口插着一根黑色的线，线的另一端连接着那只神秘的接收盒。接收盒侧面有一个储存器插槽。他按了一下边缘，有张储存卡从里面弹了出来。接着，他拉开抽屉，发现里面有一些针孔摄像头，有的已经使用过。

"王经理！"

王经理听到叫她，又折回来了。

"有什么吩咐？"

"你有没有想过一个问题？"

"什么？"

"当初你面试柴浩成，他是怎么找上门来的？"

"他说是在网上看到我们的招聘信息……"王经理突然瞪大了眼睛，露出了惊讶的表情，"我怎么就没想到呢，他一个五十多岁的农村老头，怎么会天天泡在网上找工作！"

"你现在要做几件事。第一，把柴浩成的身份证复印件给我一份；第二，把这段时间报修过水电的住户名单找出来，快速给到我。"

"他没事吧……"

方磊看着她。

"你很可能聘用了一名罪犯。"

王经理大张着嘴，半天都合不拢。

"最后，借你的手机用一下。"

技术科很快到达现场。他们不仅拿走了电脑、针孔摄像头以及信号接收盒，还在床下搜到了一个鞋盒，里面有不少储存卡。

回到警局，方磊立刻投入这些储存卡的审查工作。一直忙到了深夜，他才总算把这些储存卡中的内容基本浏览了一遍。

里面储存了大量的卫生间偷拍视频。原来，这个柴浩成利用自己水电工的身份，维修卫生间的时候，在浴霸附近安装了针孔摄像头，以此来偷拍女性洗澡。根据掌握的视频数量，他至少拍摄剪辑了包括二十多名女性的一百多段视频。这种无线接收器的覆盖范围能达到方圆一公里，摄像头把偷拍的画面通过无线光纤网络传输回来后，再通过接收器处理成数据文件，直接导入正在工作中的笔记本电脑里。而就在方磊发现时，偷拍仍然在进行。

此外，技术员破获了柴浩成的电脑密码，发现他不仅拍摄，还利用微信群售卖偷拍视频，购买人数之多让方磊震惊。这一年多，柴浩成靠此获得了超过十万元的收益。

这是一起令人作呕的犯罪事件。做刑警这些年，方磊很清楚人性究竟有多恶，但像这种又恶又恶心人的，还是刷新了他的心理下限。接下来，他又花了一些时间，将王经理送来的维修记录和视频中的受害女性——进行身份比对登记。做完这些之后，他申请了逮捕令，去找领导签字。

"老方，不错嘛，宝刀未老啊。"王局痛痛快快地在逮捕令上签了字，"不过除了抓到嫌疑人，还有一项工作需要你去做。接下来，你要去找这些女性受害者，说服她们站出来指证和起诉柴浩成。只要大家都站出来，这个浑蛋将受到最大程度的惩罚。"

听完这句话，方磊面露难色。

"怎么？"

"王局，这可是项艰巨的任务。通常这类犯罪，女性会选择沉默，甚至否认视频中的人是自己，她们不想与这些肮脏的事情有任何瓜葛。"

"没错，这就是问题所在。不过，工作还得去做，对吗？还有，重新回到凶杀专案组感觉怎样？蒋健没有为难你吧？"

"没有。"他没有把狗毛的线索说出来。

"那你就先办这个案子吧。记住,受害者争取得越多越好。"

方磊点点头。

从局长办公室走出来的时候,他看见蒋队长正在给专案组开会。蒋健看见他路过,故意叫人关上了门。他深深叹了口气。刚回警局的时候他就听说了,今天蒋健的审讯失败了,刘辉拒不承认是他杀死了顾新月。蒋健对此很恼火,发誓要找到他杀人的证据。

出了警局已经是半夜两点多。起风了。

方磊想起家里的皮蛋还没有吃东西,于是叫了一辆出租车,快速回家。

在回程的高架上,暴雨终于降临了。雨点打在玻璃上,令前方之路迷茫一片。

有那么一瞬间,方磊感觉自己卡在了神秘的时空隧道里,永远出不去了。

14

"太糟糕了。这些,真是——"

克里斯用英文骂了一句后,仰头对着酒瓶灌了一口,然后用袖子随意地抹了一把沾在棕色胡须上的啤酒沫,眼睛发直地望着前方。前方只有一堵院墙,以及墙下几株被太阳晒得快蔫掉的月季。克里斯抱怨的事情看起来就是这些,但又不仅仅是这些。他抱怨的是这在他看来糟糕的生活。

"我的家,在得克萨斯州,有农场,很大很大一片草地。但这些……"他的普通话是来中国之后才开始学的,一年多能到这种程度已经算不错了。

"你啊，就知足吧。"贾天明拿着一大把烤串走了过来，放在了克里斯旁边小桌上的盘子里。今天本来是克里斯家请客，但坐下后，克里斯就拿着啤酒自顾自地喝了起来，一边喝还一边抱怨个没完，把烤串的活儿交给了他。这些老外倒真不见外。"就说吧，你一个体育老师，拿着比我还要高的工资，不就是因为你长着一张外国人的脸？而且你看看你们家，租着小区前排带院子的复式别墅，在中国过得比绝大多数人都要好得多，有什么好抱怨的？"

"这也叫别墅，are you kidding？"

"Enough，Chris！"兰伊莲正好搀扶着葛燕从屋里走了出来。葛燕已经七个月身孕了，大大的肚子显得十分臃肿，行动不便。兰伊莲刚才带着葛燕参观了整个屋子，葛燕对屋内的装饰设计赞不绝口，觉得兰伊莲真是个能持家又品位不俗的厉害女人。

"没想到一个租来的房子也能弄得这么漂亮，充满个性又兼顾舒适性，风格中还透着一丝美国西部的野性，我真是太喜欢了。"

"可别这么说。"

"真的，我一点也没夸张。不信你去我家看看，装修一板一眼，了无生趣。这得怪那位理科男，没品位就算了，还非要一切都按照他的要求去办，真让人受不了。"

两人在院子里的桌子旁坐下。

"这能怪我吗？"贾天明自我辩解道，"我只是不想在租来的房子上花太多心思，也不想让你太累。等我们有了自己的房子，我也会好好装修的。再说了，我不还有你这位贤惠的好太太吗？"

"少拍马屁了。"话虽这么说，葛燕却是一脸受用的样子，她托着肚皮，"给我拿一瓶可乐。"

"不行。"贾天明递过来一杯橙汁,"孕妇最好不要喝可乐,也不能吃太冰。就喝点橙汁吧。"

"可是我想喝可乐。我好久没喝了。"

"再忍几个月吧,等卸了货,想吃什么我都给你买。行不?"

葛燕撇了撇嘴,不再说什么,端起橙汁喝了起来。

"怎么,听你们的意思,是有买房子的打算?"兰伊莲侧身问道。

"还在观望。不过我们已经在开发区落了户,对于我们这种情况,政府有购房补助,不用白不用。"

"反正我啊,是肯定不会在这里住太久的。我受不了,这些,像监狱。"克里斯又喝起酒来。

"你就少说几句吧。对了,"兰伊莲突然脸色严肃起来,"我听说最近发现了一具尸体,死的是你们学校的老师,有这回事吗?"

此话一出,贾天明身子明显颤抖了一下。

"你怎么了?"兰伊莲问道。

"没什么。是我们学校的老师。"

"这事我怎么不知道?好歹我以前也是学校的老师,怀孕休假之后,就好像把我屏蔽掉了,学校的事也没听你说起。"葛燕说道。

"我这不是怕你担心吗?你现在可是比熊猫都要金贵一百倍,最好少听这些负能量,影响心情。"

"少打岔。谁啊?"

"顾新月。"说话的是克里斯,奇怪的是,这三个字他念得字正腔圆。

"什么?顾新月死了?"葛燕惊得差点打翻手边的橙汁,幸好贾天明手快，才扶住了杯子，"她怎么死的？"

"Murder，尸体在山上。"克里斯转过身来，看着贾天明，"很可怕，不是吗？"

"是啊，真可怕。"贾天明说道，"别再聊这些了，这里还有孕妇呢，我再去烤点鸡翅吧。"

说着，他就独自起身，到院子一角的烧烤架边忙活去了。克里斯的目光一直跟着他的后背，最后终于收了回来，继续喝酒。

"太震惊了。"葛燕依然沉浸在震惊中，"以前在学校，她和我关系挺好的，我俩中午经常一起吃食堂聊天，怎么会遇到这种事情呢？"

"这世上有太多的罪恶，在我们看不见的角落。"克里斯喃喃说道。

大家陷入了沉默。

过了一会儿，兰伊莲突然想起了什么似的。

"孩子们呢？说出去玩一小会儿，怎么还没回来？"

没有人回答她的问题。

"准备好了吗？"兰小美面对其他三个小伙伴问道。

大家纷纷点点头。自从上次的天台游戏之后，他们现在在冒险这种事情上，对兰小美不仅是百分之百的信任，甚至还带有一点仰慕的成分。

"那大家依照我的计划行事吧。"说完，兰小美转过身来，看着38号楼的门口，然后又看了一下智能手表上的时间，"就位吧，目标快出现了。"

果然，五分钟后，陶军背着一只黑色的健身袋从楼门口出来。

他才走出去几米，一直埋伏在门旁柱子后面的李微微现了身，然后趁自动门关闭之前迅速钻了进去。等陶军走远，其他三个小孩来到了门口，敲了敲门，只听见"吧嗒"一声，门开了。三个人进入。

没有门卡，他们只能走楼梯。

路过101的时候，贾斯汀朝门口看了一眼。

二十五层，算是很高了，除了小胖子，其他三个孩子都经常锻炼身体，所以差不多只花了五分钟，他们就到达了2502的门口。

"小胖呢？"

"还在后面呢。"

大家又等了五分钟，才看见胡飞气喘吁吁地爬了上来。

"快，就等你了。"

"等会儿，先让我先歇会儿吧。"

"行，就让你歇两分钟。现在是六点过十分，"兰小美说，"我昨天也是这个时间跟踪他一直出了小区，看他去了隔壁商业街的健身中心，在里面待了大概两小时才出来。也就是说，在八点之前，我们必须完成任务。"

"但愿他中途不要回来。"

"嗯，我们尽快吧。小胖，轮到你出马了。"

胡飞点点头，做了一个OK的手势。

十五分钟后，一个二十多岁的年轻开锁匠从电梯里走了出来。接到电话后，他便来到了楼下，胡飞在楼上按电梯的下行键，电梯便自动升上来了。一出电梯，他便看见一个小胖男孩站在门口，

159

一脸萌态,手里拿着一只手电筒照亮。

"怎么这么黑啊?"

"这一层的感应灯坏了。"

"哦。小朋友,刚才就是你给我打电话说要开锁的吧?"

刚才在电话中,胡飞说自己的钥匙丢了,爸爸要很晚才回来,所以请求他来救救自己。

"这样不行啊,小朋友,按照公安局的规定,必须要看业主身份证才能开锁的。"

"可是,哥哥,"胡飞眼看就要哭起来了,"如果你都不帮我的话,就没有人帮我了。"

"你不是说你爸爸晚点会回吗?"

"我是骗你的。他经常晚上不回家。"

"经常?"

"嗯。我只能一个人睡。"

"哎呀,你爸爸电话是多少?我帮你问问他。"

"我打过了,他关机了。"

"不是……那你妈妈呢?"

"我妈妈离家出走了。"小胖终于哭了起来,"她不要我了。"

"哟哟,不要哭,不要哭嘛,"小伙子从口袋里拿出一根棒棒糖,递给胡飞,"来,拿着。放心,有哥哥在,不用怕的。"

"哥哥,这锁你能打开吗?"

年轻的开锁匠微微一笑。

"小菜一碟,瞧好了。用你的手电帮我照着点。"

说着,他便蹲下身去,打开工具箱,拿出工具开始开锁。这个小区他经常来,开这样的锁对他而言是轻而易举。不到两分钟,门就开了。

"好啦。是不是？我都说了，小菜一碟。"

"谢谢叔叔。多少钱？"

"不用了吧……"

"要的。我爸爸说了，要尊重别人的劳动。"

小伙子听了感动得不行。

"这样啊，我通常收两百块……可问题是你有钱吗？"

"我身上没有，不过我爸爸有。那个，哥哥，我有你的电话，你也知道我的电话和住址，等我爸爸回来，我会让他打给你，把钱转给你的。"

"也行。"说着，小伙子挠了挠头，"小朋友，进去后关好门，现在已经是晚上了，坏人很多的哦。"

"知道了。谢谢叔叔。你真善良。"

"是吗……"小伙子不好意思地笑了，这辈子还没听人这么夸过他，"那行，我先走了。"

"拜拜。"

"拜拜。"

说完，开锁匠就进了向下的电梯。电梯门刚一关上，躲在消防通道的其他三个小伙伴就钻了出来，大家一齐朝小胖子竖起了大拇指。这就是胡飞最拿手的，也是他的个人超强技能包：撒谎、表演、卖萌，把那些大人耍得团团转。

"好了，现在已经是六点四十五分了，减去把东西归位的时间，留给我们的只剩一个小时了。"

"那我们快进去吧。"

"等等。"贾斯汀拦住了大家，一脸疑虑，"咱们这样进去属不

161

属于私闯民宅,是不是犯法啊?"

"你什么意思?又反悔了?"

"不是,我……"

"别说了。小胖,你现在还害怕吗?"

"好一点了。"

"那这样,你和贾斯汀换一下,让他负责望风,你跟我们一起进去。"

"好吧。"胡飞已经被朋友的力量包裹住了,开始跃跃欲试起来。

"小贾,你躲在门后望风,一旦有什么情况,给我们发信号就行。这样你就不用私闯民宅了。"

"可是……"

"别可是了。我们都已经杀了人了。"兰小美严肃地说,"相比那个,私闯民宅又算得了什么呢?再说了,我们是来搜集虐狗狂的证据的,也算是做好事,为民除害。别忘记了,我们是正义联盟。"

"别磨叽了,时间都快不够了。"胡飞都着急了。

"好吧。那从这一刻开始,我们就无法回头了。"

"等等,差点忘记这个。"

李微微从背包里拿出早已准备好的面具——分别是蝙蝠侠、猫女、蜘蛛侠和神奇女侠,分发给大家戴上。大家相互看了看,在微弱的手电照射下点点头,给了彼此一个鼓励,然后关掉了手电。

"走吧。"

说完,李微微轻轻推开了2502的房门。

进了屋,打开灯,屋内一下子亮堂起来了。面对乱七八糟的客厅,孩子们傻站了一会儿,完全不知道从哪儿开始。这个时候他们才意识到,说是要搜集证据,可他们根本不知道要搜集什么证据。李微微喜欢看电视剧,她大概知道警方通常会搜集指纹和DNA。可是那些玩意儿怎么搜集呢?搜集成功了,又怎么判断这跟虐狗有关呢?大家纷纷将面具推到头顶上,露出无可奈何的表情。

"先找凶器。"胡飞突然冒出来这么一句。他可是读过《福尔摩斯探案集》的家伙。"大家还记得那只大黄狗吗?它身上全是伤口,应该是被刀割伤的。还有,它的头是被砸破的,看看有没有锤子。"

大家惊讶地望着他,也没有提出任何反驳意见,就开始在客厅里找了起来。一分钟后,他们重新头碰头聚在了一起:客厅里就没几样家具物件,有没有凶器一目了然。

"会不会不是这两样东西呢?"兰小美失望地说。

"那是什么呢?"李微微也很懊恼。

"啤酒瓶?"兰小美指着墙脚一排喝空的啤酒瓶说道。

"不可能。"胡飞笃定地说道,"一定是刀和锤子。"

"你这么肯定?"

"肯定。"胡飞说,"而且上面还带血呢。"

"即使不带血,警方也能查出来的。"李微微想起前不久那部重播的港剧《鉴证实录》来。那是一部老剧,她觉得挺好看的。她喜欢那个叫林保怡的男明星。"现在有那种鉴定仪器,只要凶器上有血迹,哪怕被清洗过,它也能测出来。"

"好吧。"兰小美说,"那咱们接下来怎么找?"

"时间可能来不及了,咱们分头行动吧。小胖,你查卫生间,小美,你查厨房,我去查卧室。糟糕!"李微微突然叫了起来。

"怎么了?"其他两个人连忙问道。

"我们忘记戴手套了。"

"手套?什么手套?"

"你们没看过电视吗?警方搜查证据都是要戴手套的!"

"为什么要戴手套?"兰小美不明所以地问。

"当然是怕留下指纹啦!"胡飞说道,"现在屋里到处都是我们的指纹了。"

"有指纹又怎么了?我们又不是坏人,指纹不是为了抓坏人吗?"兰小美还是不懂。

胡飞和李微微对视了一眼,露出了无语的表情,然后各自朝目的地走去。

"喂,你们怎么不给我解释一下,留下指纹到底会怎么样?"兰小美气鼓鼓地说,"哼,不说算了。"

说完,她走进了厨房。

贾斯汀站在消防通道门后,透过玻璃观察着电梯间的情况。电梯间黑乎乎的,只有消防通道门框上方的指示牌泛着微弱的光。他负责把风,一旦那个坏蛋回来,他就用智能手表拨通李微微的手机发出警告。说实话,他不明白这么做的意义是什么——如果那个男人回来了,不就正好把他们都堵在屋里了吗?到时候他们怎么解释?唯一的办法就是他先撤退,然后去叫大人来拯救他们。他的父母正好在兰小美家做客,一个电话,就能来四个救兵。

不过,他现在的心思并不全在这里。自从早上看见爸爸上了金灿老师的车，他就一直心神不宁。他很生爸爸的气，认为他背叛了妈妈，背叛了自己，背叛了这个家庭，也背叛了即将来到这个世界上的弟弟或妹妹。

他原本想把自己所看到的一切告诉妈妈，但犹豫了很久，还是决定暂时不那么做。理由之一是，他不知道如果说了会发生什么。他害怕发生不好的事，比如，父母大吵一架，然后离婚，这个家也就完了。而不管他最终跟谁过日子，都不会是一个好的结果。他不想有个后妈或者后爸。

当然，这么做妈妈会伤心。相比爸爸，他更爱妈妈，希望妈妈永远快乐。妈妈现在肚子里有宝宝，身体非常脆弱，如果一生气，有个三长两短，可就不好了。唉，这一切都是爸爸的错，该受到惩罚的人是他。

所以，他决心惩罚爸爸一阵子，让他为自己所做的事情付出代价。自从爸爸下班回来之后（他说自己上班去了，贾斯汀根本不相信），贾斯汀就没跟他说过一句话。爸爸也搞不懂他怎么了，问过他几次，他就是不开口。大人并不在意小孩子的情绪，也没当回事。

在去兰小美家的路上，他看见爸爸牵着妈妈的手，肺都快气炸了。他觉得爸爸是在演戏，扮演一个好男人，简直虚伪极了。他快步冲上前去，挤到他们中间，拽开他们的手，自己牵起了妈妈。爸爸惊讶地看着他，但很快便笑了起来。他开玩笑说，这么黏着妈妈，长大了可怎么办，你可是个男子汉呢，不要成为妈宝男。他一言不发，心里觉得这个男人真是蠢得要死，什么都不懂。

因为今天有任务，到了兰小美家，他们趁着大人在院子里烧烤的工夫，悄悄出来了。

现在，站在这个阴暗的消防通道门后，贾斯汀一直在思考一个问题：到底要怎么才能让爸爸重新回家？想来想去，他唯一能做的，就是拆散爸爸和金灿老师。

说实话，他蛮喜欢金老师的。因为金老师，他才学会弹钢琴，金老师也对他很好，每次上金老师的课，他都很放松。但跟妈妈比起来，金老师就显得无足轻重了。尤其是她自己也有男朋友，而且快结婚了，为什么还要跟爸爸在一起？当然，最有问题的还是爸爸，为什么要做出这种事情？他想起那天晚上从隔壁卧室里传来的声音。"不忠"，这个词再次浮现在了他的脑海中。

真是烦死啦！

突然，屋子里传来一声尖叫，打断了他的思绪。

是小胖子胡飞！

贾斯汀吓了一大跳，情绪陡然就乱起来了。怎么办?！一定是出事了！可那坏人不是还没回来吗？难道家里有什么怪物？他们发现了什么可怕的事情？这么想着，他恨不得立马去敲门。可他刚把手放在消防通道的门把手上，却突然愣住了。

对面2501的门开了一条缝，一道光射了出来。

接着，一个女人探出头来，鬼鬼祟祟地四下观瞧。

贾斯汀的心脏跳到了嗓子眼。他看见她从屋里走了出来，然后蹑手蹑脚地走到了2502门口，把耳朵贴在了门上偷听。他悄悄点开手表，找到李微微的电话，手悬在半空随时准备拨打。

那女人听了一会儿，没听到什么动静，又轻手轻脚地回屋子了。楼梯间又恢复了黑暗。等了几秒钟，见那门没有再打开，贾斯汀才大大地松了一口气，把悬空的手放下。他看了一下时间，离那家伙回来只剩半小时了。

快点出来吧。他不禁在心里暗暗叫道。

在卫生间的门口,李微微捂住胡飞的嘴,旁边的兰小美则捂住了自己的嘴。过了一会儿,确认没什么危险之后,李微微才把嘴凑到了胡飞的耳朵边上。

"我现在松开手,你千万不要再叫了,否则我们都会有麻烦。知道了吗?"

胡飞猛地点头。

李微微倒数三二一,松开了手。嘴巴刚一解放,胡飞便大口大口喘着粗气。兰小美也缓缓松开了手。三个人同时把视线投向地上那个让他们发出惊讶叫声的东西。

一只黑白相间的可卡犬。

它被上了嘴套,难怪从他们进来开始,都没有听到狗叫。不仅如此,它的一对前腿和一对后腿还分别被绑着,根本无法动弹。肚皮上有一些溃烂,此外还有不少血印。

"这下证实了,"李微微说,"这家伙就是虐狗狂。"

"可怜的小狗狗。"兰小美蹲下去,抚摸着狗的头部,后者一边喘着气,一边用无辜的眼神看着她,那可怜的样子令她的心都要碎了,"这个坏蛋,把你害成这副模样,我一定要让他付出代价。来,姐姐先帮你解开。"

"等一下。"李微微阻止道,"现在我们已经不用找证据了,这条狗就是他施虐的证据。但是暂时不能解开它。"

"为什么?"其他两个孩子不解。

"那个家伙随时会回来,如果被他看见我们在这里,有可能会杀人灭口。"这话一出,包括李微微自己在内,三人都不禁打了个寒战,"所以我们现在要做的,先是解救。"

"解救?"

"没错,来,我们把它抱起来,先逃出这个魔窟,再找机会对付那个坏蛋。"

大家想了想,觉得这确实是当下最好的办法。于是,两个女孩一起把狗抬了起来,然后示意小胖子去开门。小胖子走到门口,确认无人后,悄悄打开了一条门缝。

"等一下。"李微微说道,"先把面具戴好。"

随后,三个面具侠把狗抬了出来,关掉灯,关上门。

"怎么样?"

戴着蜘蛛侠面具的贾斯汀从消防通道出来,压低声音问道。当他看到大家抬着的那条狗时,愣住不动了。

"先别问,快来帮忙。"李微微冷静地说道。

贾斯汀连忙过来帮忙,胡飞则去按电梯。在等待电梯的过程中,他们焦虑极了,生怕这个时候隔壁有人开门出来。终于电梯来了。进去之后,胡飞按下1层的按键。

李微微看了一下时间。

"来不及了,那人已经回来了。"

电梯门关上,电梯开始下行,大家紧张得要死。这时,贾斯汀突然想起什么,抬起头来,看着电梯斜上方的摄像头。当他收回眼神的时候,发现大家都注意到了这一点。

"别紧张,咱们都戴了面具,即便拍到也不知道是我们。"

大家没有说话。

电梯继续下行。

与他们预想的一样,陶军这时已经进入了小区大门,正朝38

号楼走过来。他头发湿漉漉的,精神抖擞,刚才游泳去了。

现在他已经到了单元门口,用门禁卡刷开了门。

他走了进去,来到电梯前,按下了上行键,耐心等待着。他抬起头,看见电梯已经到了19楼,正在匀速往下。

18、17、16……

电梯里,四个戴面具的小孩都快窒息了。而那条被绑着的狗瞪大眼睛看着这四个陌生的"劫匪",完全不知道他们要把自己带去哪里。

12、11、10……

李微微把狗放在了地上,然后走到按键旁边,手放在了关门键上。

9、8、7……

陶军站在电梯边,默默等待。这时,他把视线转向了101。

6、5、4……

他走向101,抬起手想敲门,但想了想还是算了。

3、2……

101的门开了,于亮拎着垃圾走了出来。他一抬头,看见门口站着一个大个子。

"哟,你这是……"

电梯门打开。

四个戴面具的孩子抱着狗,一动也不动,瑟瑟发抖。

"哦,没事,"陶军笑了笑,然后看了一眼身后的电梯门。没人出来。"我就想确认一下,你是不是住101。电梯来了,走啦!"

说着,陶军朝电梯走去。

"站住！"于亮大喝一声，陶军不得不停住脚步，转身面对他。

这时电梯门又关上了，里面的孩子们终于松了一口气。李微微赶紧按下负一层的按键。电梯开始继续下行。

"我不明白你这话什么意思。"于亮横着脖子，气呼呼地说道，"确认一下？怎么，你觉得上次我在故意撒谎咯？"

"现在我已经排除这种可能了。"

"废话！你以为你是谁啊，凭啥怀疑我？"

"算是我对不起了，再见！"

说完，陶军不再搭理于亮，回到了电梯边，重新按下了上行键。于亮哼了一声，转身回到了屋里，用力关上门。刚把门关上，他才想起自己手上还拎着垃圾袋，叹了口气，干脆把它放在玄关。

电梯从负一层上来时，里面已经空无一人了。

陶军走了进去，刷卡，25层亮灯，电梯开始上行。

这时，四个孩子从自行车库的通道上到了小区地面。只见他们围成一个圈，把狗藏在中间，借着夜色的掩护，小心翼翼地朝前挪动。幸运的是，一路上并没有遇见任何人。

到了别墅门口，兰小美拿出钥匙，领着大家从大门进去。她探头看了一眼，发现四个大人还在院子里喝啤酒聊天，于是招呼大家轻手轻脚穿越客厅，来到了一扇门前。她打开门，随即一条向下的楼梯露了出来。楼梯下面黑乎乎的。兰小美拉亮电灯，带着大家下了楼。

这里是兰小美家的地下室——一个储物空间。他们把狗放在角落里，用硬纸板给它围了一个窝。

"可怜的小家伙，你就先住在这里吧。"

在来的路上，他们就已经商量好了，先把狗狗安顿下来。兰小美因为上次大黄狗的事情非常内疚。她想好了，这次无论如何都要收留这只可怜的小可卡。只有被人收养，它们才不会被坏人伤害。她解开狗脚上的绳子，这下它可以活动了。它先是在原地活动了一会儿，等血液循环恢复之后，便开始在地下室走来走去，低着头到处闻，毫不胆怯。

"接下来该怎么办？"

"先让它在这儿待几天吧，我会告诉我爸妈，说是我捡的流浪狗，要收留。我爸爸肯定会同意的，但我妈妈就说不好了。不过我会说服她的。"

"那个坏人怎么办？"

"我们先回去想想惩罚他的方法，下次见面再商量吧。我总觉得现在报警没有强有力的证据，警察反而不会把他怎么样。我们应该亲自去惩罚他。"

"嗯，那我们走了。"

"好吧，你好好照顾它，我们下次再来看它。"

"要不要把它的嘴套取掉？"

"暂时不要，我怕它叫。先这样吧。走，一起上去，我去给它弄点吃的。"

四个小孩回到客厅。兰小美和贾斯汀送走两个伙伴后一起来到院子里。

"哟，你们终于回来了，肚子饿了吗？"

"嗯，我好饿。"兰小美说道，"有骨头吗？"

"骨头？"

"哦，没有算了，我吃点肉串。不要放辣。"

"你平时不是吃辣的吗？"

"最近有点干燥。"

"那我再去烤点。小孩子就是麻烦。"

兰小美和贾斯汀相视一笑,想着那条被关在地下室的狗狗。

而在几百米外的38号楼,陶军打开2502的房门,走了进去。打开灯,他愣住了。屋内显然有被翻动过的痕迹。他把背包扔在了地上,四处查看,接着,他猛然想起了什么,跑向卫生间,推开门,再次呆住了。

布丁不见了。

15

金灿从来就不是一个勇敢的人。从来都不是。

小时候,她见到陌生人就会紧张,即便是熟悉的同学在路上喊她的名字,她也会低下头去假装没听见;去卫生服务中心打疫苗会害怕到崩溃;因为怕水至今没学会游泳。有一次,她不小心把一个刚学步的小宝宝撞倒在地,结果自己先哭了起来,甚至吓得说不出一句道歉的话。她经常不自主地无限放大微小的创伤,做任何事情之前都会把结果往最坏处设想,一旦遇到困难,第一反应就是逃避。

但她在音乐上有着过人的天赋。这种天赋体现在三个方面:对练琴从不排斥,非常投入;在音乐上领悟力极强,很多曲子听一遍就记住了;敢上台表演,且台风极佳,获得过不少殊荣。

尤其是最后一点,给了许多人一种错觉:她是个充满自信且毫不畏惧的女孩。只有她自己知道,那些都不过是表象。她骨子里是一个胆小、敏感且怯懦的人。高考成绩不错却选了一所本地的二本大学，是害怕离开家人的庇护；大学毕业后放弃了去外地工作的机会，是不愿离开熟悉的环境；一早就答应了妈妈朋友介绍的男孩的追求，是因为害怕选择，害怕麻烦，害怕老了没人要；工作了两年后被单位裁员，就不再去寻找新职位，干脆做起了钢琴教师，因为这能让自己待在全世界最安全的地方——家里。这个"家"是她和男友双方父母凑钱交的首付，二手房，目前主要是于亮的家人在还贷。于亮比她还小两岁，目前没有工作，在家准备下半年的公务员考试。

虽然是相亲认识的男友，但整体来说，金灿对于亮挺满意的。于亮长相不错，脾气也好，和她在一起从不发火，处处迁就。因为家境好，于亮经常给她买东西送礼物，带她去吃各种美食，一有空就一同去旅游。她觉得，一个舍得在自己身上花钱花时间的男人总归是不错的。不仅如此，他似乎接纳她的所有。她的胆小、她的任性、她的懒散，他通通接受，凡事都大包大揽，承担着照顾她的责任，这点最合她意。在她看来，他是一个有责任心且有爱心的男人，她有一只非常可爱的柯基"Lucky"，已经养了十年，他非但不排斥，还常常帮着照顾它。

唯一让金灿不太舒服的，是于亮那自以为是的浪漫。

几个月前的一天，她接到于亮的电话，说有件非常严重的事情想跟她谈，让她立刻去一趟星巴克。电话中于亮的语气冷漠而生硬，令她产生了一种不祥的预感。

一路上，金灿胡思乱想、忐忑不安，在心里模拟了各种糟糕的可能性。然而，在那座大型过街天桥的中央，她还是被震住了。于亮出现在她前方的路上，在他身旁，一个挺着大肚子的女孩正挽着他的胳膊。女孩一脸嚣张地表示，于亮一直在和她交往并有了宝宝，她才是正牌，而金灿这么长时间一直在做小三。

她呆住了，很快被一种屈辱和愤怒包围起来。她让他解释，他却一句话也不说。她发了一场连自己都没想到的大火，冲于亮大吼了几嗓子，然后把手指上的订婚戒指拔下来，用力朝他扔过去，扭头就走。

但刚走了几步，她就站住了。

他在后面喊她的名字，语气完全变了。她缓缓地回头，看见他单腿跪倒在地，手里拿着一束不知道从哪儿变出来的鲜花以及一只红丝绒布小礼盒。礼盒盖子掀开，露出一只比订婚戒指还要漂亮很多倍的钻戒。

"金灿，嫁给我吧！"

他大声喊道，脸上满是快乐与得意。紧接着，不等她回答，旁边几个围观的路人（包括之前的那个女孩）就拧开了手里的礼花。

砰砰砰。

无数的彩色纸屑一涌而出，当空飘落，撒在她的头上和身上，把她吓得浑身一抖，差点昏过去。再接着，过街天桥的四个角落同时朝天上喷出了四柱带尾巴的烟花。烟花升到十几米的空中，在光天化日之下的闹市街头绽放出看上去并不是太清晰的五彩花朵。（事后，城管部门对此开了一张五千元的罚单，不过于亮毫不在意。）最后，更夸张的事情发生了。

金灿右前方商场外立面的大型电子屏上，于亮本人、他的父母、她的父母，以及他们各自的朋友和亲戚，纷纷对着她发表祝福。听到后面，她流泪了。不是因为感动，而是长这么大还从来没有这么丢脸过。她无地自容，只想钻进天桥下的某个地漏逃走。

不过到了最后，心地善良的她还是在众目睽睽之下把手伸了过去，麻木地让于亮在自己的无名指上套上那枚亮光闪闪的结婚戒指。周围的人欢呼起来。她笑了，或者说用笑来掩盖内心的恐惧和不安。

事情就是这样。可以说，这件事对她心灵造成的伤害这辈子都难以磨灭。但她根本无力反抗什么，只能顺从地接受这场蓄谋已久的求婚。她害怕不接受他所带来的后果，害怕伤害到所有送来祝福的人，怕得要死。

值得庆幸的是，于亮并没有辜负她。从那以后，他加倍地对她好起来，除了应付考试，一直都在为即将到来的国庆节婚礼做准备。拍结婚照、订酒店、定制礼服、制作喜帖、邀请宾客……他还在一个天气晴朗的日子拉着她去民政局，要不是那天排队的人实在太多，现在两人已经是合法夫妻了。

现在，这个即将和自己结婚的男人去图书馆了——这段时间为了准备公务员考试，他每天都会去图书馆自习。没有了可靠的人在身边，独自面对眼下的状况，她难免恐惧。

她害怕极了。

"金小姐，请再确认一次，画面中的人是你吗？"

方磊再次将妻子的手机摆放在金灿面前，按下了播放键。他的手机前一天摔碎了屏幕，早上送到店里维修了，只能拿妻子的手机将就用着。这是一款金色的 iPhone11，虽然有一年多没开机了，但存储和播放视频都没问题。

摄像头的角度是自上而下的，地点明显是在玻璃淋浴房里，虽然水蒸气缭绕，但依然能在那团白雾中看见女性胴体。

"请把它关上吧。"金灿颤抖地说着，同时用双手捂住了自己

175

的脸。她哭了。她的反应等于回答了方磊的问题。

"金小姐,请不要害怕,目前我们警方已经锁定了犯罪嫌疑人,正在四处缉拿,相信很快就会将他抓捕归案。我这次来呢,主要是想确认一下,作为受害人,你是否愿意站出来指认柴浩成?"

金灿抬起头来惊讶地看着方磊。

"柴浩成?"

"哦,就是偷拍女性的犯罪嫌疑人,也是小区物业的水电维修工。我查看了物业的维修记录,你在7月2日这天报修过下水道?"

金灿从桌上抽出一场面巾纸,擦拭眼角的泪水。她稍稍平复了一下心情。

"是的,当时我家下水道堵了,就打电话给了物业,"金灿的声音仍然有点颤抖,"他们很快就派了一个师傅过来,应该就是你说的这个柴什么的吧。我记得他,五十来岁,看起来挺老实的,干活也麻利,我给他倒了杯水他也没喝,没想到竟然是这种人。"

"他在卫生间工作的时候,你不在旁边吧?"

"没有。我当时在客厅上钢琴课。"

"嗯,他应该就是在那个时间点把摄像头装上去了。"方磊站了起来,"麻烦带我去卫生间看看。"

金灿领着方磊穿过客厅,朝卫生间走去。过程中,方磊看见客厅的角落里躺着一只柯基,正在呼呼大睡,对方磊正眼都不瞧一下。

"你们家狗真乖,见到陌生人来也不动一下。"

"它年纪大了,再加上天热,懒得动。不过,"金灿突然想起了什么，站住了，"我想起来了，那天那个修理工来的时候，它还冲着对方龇牙咧嘴呢。我当时怕人家不高兴，训了它几句，把它关到了阳台上。现在想来，原来它是在向我发出警告。"

"嗯，狗就是这么有灵性。"

"您今天来他就没叫，它该不会认出了您是警察吧？"

"可能是因为我身上有狗味。"

"哦？您也养狗？"

"刚收养了一只小流浪狗。"

"唉，这些小狗真可怜，"聊到狗，金灿放松下来，"它们被主人抛弃，在世上流浪，完全不知道这个世界有多危险。汽车、虐狗狂、老鼠药、狂风暴雨……很多普通人对狗狗也没有善意。一条流浪狗要活下来实在是太难了。能遇见您这样有爱心的人，真是它的福气。"

对于这番话，方磊只是笑了笑。他没说自己本来不打算收留可怜的皮蛋，任由它在这个"危险的世界"自生自灭。

果然，浴霸内部安装了一枚针孔摄像头。摄像头接在浴霸内部的电线上，以此长期处于充电状态，将录制的内容传送到柴浩成地下室的接收器里，然后自动上传到电脑中。

"天哪。"金灿一想到自己这段时间只要洗澡，就完全暴露在别人的眼睛底下，不禁浑身发抖。

"金小姐，有件事情你要做好心理准备。"

"什么？"

"犯罪嫌疑人偷拍这种私密的视频，目的是拿来出售。也就是说，这些视频很可能已经传到了其他地方。"

一种想要呕吐的感觉让金灿胃里一阵翻腾。

"不过你放心,我们会尽可能把视频追回来,让不法分子受到应有的惩罚。但前提是,需要你站出来指认柴浩成。"

金灿犹豫了一会儿。

"警官,我能问一个问题吗?"

"请说。"

"这个小区像我这种情况的应该不少吧?"

"大概有二十几个女性受害者。"

"她们都会出来指证吗?"

方磊想了想,决定说实话。

"目前愿意出来指证的人,并不多。很多女性都有顾虑。警方自然是希望你们能站出来指认嫌疑人,但如果实在不愿意,也可以理解。我们目前掌握的证据也足够让他蹲一段时间的监狱了……"

"我愿意!"

话一出口,金灿自己都有点吃惊。她从来不是一个勇敢的人。她决心勇敢一次。

"你确定吗?"

"是的,非常确定。我愿意。而且我相信警方一定会抓住这个坏蛋,将他绳之以法。警官,只要有需要,您随时给我打电话。"

"太好了!"方磊满脸欣慰,"那就这么说定了。这些证物我带走了。姑娘,不得不说,你真是一个勇敢的人。"

金灿真心地笑了。她就像刚弹完一首钢琴曲、站在舞台中央接受观众的掌声那样坦然接受方磊的赞美。

不过,把方磊送出门后,她脸上的笑容便消失了。

她想起了另一件事,可怕到她根本不敢对任何人说起。

反锁好门,她来到卧室,打开衣柜。她把手伸进悬挂在衣架上的一件大衣的口袋,摸索着从里面拿出一只信封。信封上只写着金灿的名字。她抽出里面的那张打印纸,又读了一遍上面令人心惊肉跳的内容。

我知道你干了什么坏事。请立刻停止!否则……

在这行字下面,画了一把鲜血淋漓的羊角锤。

花了一个上午,方磊差不多把名单上的受害女性都走访了。只有不到一半的人愿意出来指认柴浩成。其他人不是想赶紧忘掉这件事,就是假装视频中的人不是自己。

在小区外的全家便利店要了一些关东煮,他坐到上次那个靠窗的吧台位置,边吃边思考下一步的工作。有个小伙子牵着一条大大的萨摩耶来买东西。他把狗拴在门外的柱子上,示意它坐着等待,然后进了便利店。那狗接收到指令后,竟然真的乖乖地原地坐了下来。当它的眼神转过来看向方磊的时候,他冲它做了一个鬼脸,而它吐了吐舌头。

"哟,大头,这狗不错啊。"小伙子结账的时候,便利店的老板笑着对他说,"什么品种啊?"

"萨摩耶。一共多少钱?"

"三十二块五。这狗一身白毛真好看。很贵吧?"

"好看是好看,就是容易掉毛。怎么?你也想来一条?"

"我女儿快生日了,她一直想养狗,但你看我这一天天忙的,哪有时间呢?"

"养条小一点的呗,贵宾或者雪纳瑞,约克夏也行。"

"你说的这些都是小狗?"

"是啊。"

"你们店里都有吗?"

"有些有,不过你要的话,什么品种的狗都能订到。我们在郊区有狗场。"

"那我下次带女儿去你店里看看。来,你的东西,走好啊。"

那个叫大头的男人拎着塑料袋走了出来,来到那条萨摩耶旁边,解开绳索牵走了。方磊吃完关东煮,把垃圾扔进了垃圾桶里,随后拿了一小盒绿箭口香糖,走到了付款台。

"老板,结账。"

老板用扫描枪对准条形码扫了一下,"嘀"了一声。

"十块九毛。"

方磊亮出了手机付款码。

"刚才那个小伙子是开宠物店的吗?"

"对啊。"

"开在什么地方?"

"就在小区里。靠近东门的位置。"

"他们家也卖狗?"

"卖,好像小区里很多人家的狗都是从他们那儿买的。说起来啊,他们还挺厉害的。"

"哦?怎么说?"

"据说他们是三个云南大学中文系的毕业生,个个都是才子,但因为喜欢狗,一起创业,开了这家宠物店。"

"云南大学?怎么会跑这儿来开宠物店?"

店主耸耸肩膀。

"这我就不清楚了。"

"哦,好吧。谢谢。"

方磊往自己嘴巴里塞了一粒口香糖,走出了便利店。

再次进入小区,他向保安打听了宠物店的位置,便朝东门的方向走去。昨天那一场暴雨并没有让气温降下来,反而更加闷热了。很快,立秋就来了。

宠物店开设在某栋楼房的底层。店门口没有招牌。拨开透明塑料门帘,一股宠物的气味混合着冷气扑面而来,差点把方磊逼退。他用手捂上嘴巴,还没开口说话,一个二十多岁、戴口罩的小伙子就走上前来。

"大叔第一次来吧?给。"

他递过来一只一次性口罩和一双手套。方磊稍稍犹豫,接过口罩戴了起来,但没要手套。他只在犯罪现场戴手套。

"如果要触摸宠物的话,麻烦还是戴一下手套吧,以免细菌传播。"

方磊环顾四周。屋内三面墙边都上下叠放着宠物笼子,几乎每只笼子里都有一只小狗,品种多样。它们似乎都在睡午觉,对陌生人并没有什么反应。方磊摆摆手,表示自己不逗狗,小伙子这才把手套收了起来。方磊发现他不是刚才在便利店买东西的那个人。

"那,这位大叔,请问需要买点什么?"小伙子笑着说。

"我是警察,想来询问一些事情。"

当方磊亮出警员证之后,对方明显愣了一下,态度也变了。

"哦,警官,什么事?"

"是这样,最近小区发生了一起高空坠狗案,你听说了吗?"

"听说了。好像还砸死人了?"

"嗯。"方磊依然在观察店铺的情况,"你们店开了有一段日子了吧?"

"一年多了。"

"那你应该对小区里的宠物情况比较了解咯?"

"算是吧,小区里养狗的居民经常会来店里逛逛,买点宠物用品,也会聊聊养狗心得,我们有时候也会给狗看病。"

"哦,你们还是兽医?"

"我们有个合伙人学过兽医,有行医资格证。"

"你们有没有见过它?"

方磊从口袋里拿出那条大黄狗的照片。小伙子接过去了,低头看。方磊发现他口罩上方的眼睛中迅速闪过一丝慌张。虽然很快,但还是被他抓住了。

"怎么了?"

"没见过……"

小伙子把那张照片递还给方磊,但后者没有接。

"要不要再仔细看看?"

"不用了。我没……"

"不,你见过。"

小伙子惊讶地看着方磊。

"你是不是有什么不愿意跟警方说的?"

小伙子沉默了。过了一会儿,他叹了口气,把他所知道的全部告诉了方磊。

几天前,有四个小孩曾经带这条狗到店里来。当时狗已经死了。老板给狗做过检查,发现它生前遭遇了虐待,是被人用锤子敲死的，非常残忍。小孩子们说要报警，但他劝他们最好不要，那几个孩子就把狗带走了。

"警官，我真没有指责你们的意思，我们开宠物店的时间也不短了，见过不少宠物纠纷，一般来说，警察确实不太上心。"

"那几个孩子走的时候是不是挺失望的？"方磊并没有回应老板的话。

"嗯，他们看起来挺伤心的。都是很可爱很善良的孩子。"

"那你觉得是他们把狗从楼上扔下来的吗？"方磊想起那些电缆，心中已经有了答案，但还是想听听这个小伙子的看法。

"很难说。但我希望不是。"

方磊点点头。从情理上讲，他也希望不是。但证据已经在一步步夯实，这群孩子就是那场意外的始作俑者。

"最后一个问题，我需要这几个孩子的名字。"

"能不能……？"

"不能。"方磊说道，"无论他们犯了什么错，都应该站出来承认错误、承担责任，而不是像现在这样躲起来。你说对吗？"

小伙子考虑了一下，点点头。

"我只知道其中一个女孩的名字。"

"叫什么？"

"李微微。她家是在小区里开早餐店的，她偶尔也会在我们这儿兼职，帮忙遛遛狗、送送货，赚点生活补贴。"

"李微微……"方磊脑海中浮现出上次追那个维修工时，看见的女孩。

"警官，如果可以，尽量不要说是我告诉你的。他们都还是孩子，我担心他们会记恨我，说我出卖了他们。"

"放心，我不会说的。不过要记住，你做得对。"

"嗯……"

方磊口袋里传来一阵手机的振动。是手机维修店打来的。

"那就这样，谢谢你的帮助。"

"不客气。"

方磊举着手机，走出宠物店，同时按下了接听键。手机店老板告诉他，摔坏的屏幕已经换好，可以过去取了。

"另外，有个来电显示为'王局'的人给你打了很多电话。"

方磊立刻赶往手机店。刚拿到手机，王局的电话又打来了。

"老方，你在哪儿呢？找你半天了。"

"我手机摔坏了，刚修好。什么事这么着急？"

"你赶紧回局里吧。他们找到柴浩成了。"

在邻市郊区的一栋民宅前，队长蒋健看了一下手表，然后大手一挥，身后的刑警就朝宅子包围过去。在此之前，他对局长把他调来抓捕一个偷拍贩卖女性视频的维修工感到不满。

"这是方磊的案子，应该让他亲自带人抓捕。"

"胡说八道，你是刑警队长，好意思让一个快退休的老同志去抓人？"

"可我不是还在跟天平山女尸的案子吗？哪有时间……"

"让你去就去，哪儿这么多废话！再说了，你找到嫌疑人犯罪的确凿证据了吗？"

一句话让蒋健哑口无言。自从上次对刘辉的审讯失败后，他一直在挖证据，但并无明确的证据能将刘辉定罪。最后，只能把刘辉放了。

另一边，调查柴浩成下落的侦查员倒是很快取得了进展。柴浩成的身份证信息是真的，本地人，老家就在 S 市南郊的柴家村。侦查员到他老家打听得知，柴浩成妻子早死，儿子一直在外地，他因为做生意，向亲戚朋友以及银行借了不少钱，几年前生意失败跑路，再也没有回去过，屋子已经废弃，院墙上到处都是讨债的标语。

很快，警方又在邻市发现了他的踪迹。昨天下午，镇储蓄银行曾支出过一笔五万元的储蓄现金，取款人正是柴浩成。警方循着蛛丝马迹，找到了眼前这间大门紧闭的平房。据邻居交代，嫌疑人前一天晚上回来后，就没有出过门。

三十秒后，警方破门而入。

在装修简陋的客厅中央，蒋健第一次见到了柴浩成本人。

他双脚离地，面目狰狞，脖子悬挂在布满灰尘的吊扇上，一旁是被踢翻的木凳。

16

妈妈又不见了。

吃过午饭，收拾完毕，李微微去了趟卫生间，前后不到五分钟，就听见客厅传来关门声。

她已经不记得这是第几次了，午饭后妈妈一声不响就独自出了门，不说自己去哪儿，也不告诉她什么时候回来，令她感到困惑且担忧。

自从爸爸意外去世之后，妈妈仿佛变了一个人，话少了很多，偶尔会毫无征兆地发出低声的叹息，也会莫名陷入沉默的呆滞。

最让李微微无法理解的，是这种突然的消失。

毫无疑问，妈妈有秘密。

每个人都有秘密，包括她自己。但不知道为什么，她隐约感觉到妈妈的秘密与自己有关。这种感觉让她有点害怕，尤其是目前这种状况——她随时都会因为砸死人而被警察抓走坐牢。没有犹豫，她拿上棒球帽和口罩，迅速出了门。

出门后，她稍做判断，就朝小区的北大门奔去，很快就逮住了妈妈的背影。妈妈今天穿一件深色的连衣裙，挎一只小包，戴着编织的草帽，还穿了一双李微微从未见过的黑色松糕凉鞋。正是厚底鞋延缓了她的步伐。

在小区门口，她目送妈妈上了公交车。如果直接跟上去，势必被妈妈发现。怎么办？眼看公交车开走了，她焦急而失望，正想转身回去，这时，一辆白色的轿车从小区里面开了出来。车驶停在她面前，司机从里面探出头来。

"哟，这不是微微吗？你在等人吗？"

是金灿老师的未婚夫于亮。

"亮哥哥，你去哪儿？"

"喏，我们家孩子有点不舒服，我带去看看病。"

"孩子？"

于亮笑了笑，指指后座。李微微才看见那只叫Lucky的柯基犬正躺在后座，一副病恹恹的样子。

"它怎么了？"

"不知道，从昨天开始就一直这样。"

叭叭。

后面传来了催促的喇叭声。李微微想了一下，拉开副驾驶的车门，坐了上去。

"欸？"

"亮哥哥，帮我个忙好吗？"

轿车缓慢向前开着。在前方几米远的位置，是一辆电动公交车。几年前，开发区的交通部门就把区内所有的公交车都换成了电动车，一来为了环保，二来为了限制车速，禁止超过二十迈。因此，一辆轿车缓慢地跟在它的后面，不超越，也不催促，在旁车看来确实有点奇怪。不仅如此，就连轿车的司机也感到莫名其妙。

"那个，微微，能跟我解释一下，咱们到底在做什么吗？"于亮问道。

"跟踪我妈。"

"跟踪？你妈？"于亮偏过头来，"不是……为什么呀？"

"我也想知道为什么。"

"好吧。"过了一会儿，于亮还是禁不住问，"你妈怎么了？"

"你见过我妈，对吧？"

"见过呀，我经常去你家吃早餐。"

"你对我妈印象怎么样？"

"印象啊……就……怎么说呢，印象挺好的，感觉她很操劳、很辛苦。你爸去世后，她一个人撑起这店，真的很不容易……"

"你觉得我妈漂亮吗？"

"什么？"于亮一惊，猛地踩住了刹车，后面的车差点追尾，"你这都是什么问题啊？"

"你紧张什么？放心，我不是在给我妈找对象，而且我知道你和金灿老师已经订婚了。"

"吓死我了。你干吗问这个?"

车继续向前。

"我从没见她这样打扮过。"李微微眼睛直直地望着前方。

"你的意思是?"

"我爸爸已经死了一年多,我妈妈今年才三十八岁,她完全可能再结婚,给我找一个后爸。"李微微说道。

"我说微微,你是不是想多了?"

"是不是我想多了,一会儿就知道了。"

说话间,公交车已经靠边进站了。几秒钟后,李微微看见妈妈从车上下来,她也下了车,跟了上去。没走多远,发现于亮也跟来了。

"你怎么也来了? Lucky 呢?"

"没事,我把车停好了,给它留了一条窗缝透气。"

"可是这么热的天……"

"我一会儿就回去。快,你妈要不见了。"

李微微回头,果然,妈妈走进了一处公园的大门。来不及多想,她赶紧跟了上去,于亮紧随其后。

这里曾是一座小型植物园,后经政府部门改造,成了供百姓健身休闲的开放式市民公园。李微微来过多次,知道公园有一条弧形的观景步道,进门从右手方向出发,逆时针漫步,会先后经过春、夏、秋、冬四个不同季节的相关植物。不过妈妈并没有按照这条路线走,而是从左手边直接进入了冬季观景区。

李微微保持着二十米间距,跟在妈妈后面。正值午后,公园里没什么人,李微微小心翼翼地跟着,尽量不发出声音,不断在树后面闪躲腾挪，生怕妈妈回头看见。于亮依旧兴致高昂地跟在她身后。

终于，妈妈在阴凉处停了下来。这里是冬季植物的观景区域，冬青和梅树直愣愣地杵在那里，被热浪折腾得无精打采。妈妈站定后，原地转了一圈，似乎在找人。当她把视线转过来的时候，李微微吓得赶紧把头缩进了灌木丛后面。

"微微……"

"嘘！"李微微连忙让于亮闭嘴。

过了一会儿，于亮又说话了，压低了嗓音。

"走吧，我都快被蚊子咬死了。"

"再坚持一会儿。"

"你这样不好。"

"为什么？"

"你妈妈也有她自己的隐私，她不想让你知道，说明还不到时候。你现在这样跟踪，算是侵犯了她的隐私权，到时候被发现就尴尬了。"

"这是我的事，用不着你管。"

"微微，没必要搞成这样，万一……"

于亮突然不说话了。

"万一什么？"

于亮指了指前方。李微微抬起头，看见妈妈面朝的方向，一个男人正朝她走过去。一个陌生的男人。

男人靠近妈妈后张开了怀抱，但妈妈抱着双臂没有动。男人只好无趣地放下了手臂。然后他们开始说话，但因为离得较远，李微微完全听不见他们在说什么。

不管他们在说什么，现在都已经不重要了。耳听为虚，眼见为实，她亲眼看见妈妈与一个陌生男子在公园约会，这就说明了一切。妈妈有了新欢，而且还瞒着自己。她现在终于想明白了妈妈为什么要留在这里，不是为了她上学，而是为了自己！

"他们走了。"于亮轻声说道。

李微微抬眼，看见妈妈已经和那男人肩并肩走向公园深处。望着他们离去的背影，李微微委屈而茫然，泪水在眼眶里打转。

"微微，还要不要……"

"不要了。走吧。"

说完，她也不管于亮，独自站了起来，转身朝公园大门口走去。她走得那么快、那么坚决，后来干脆跑了起来，眼泪也吧嗒吧嗒落下来。于亮小跑着跟在她后面。十多分钟后，两人来到了车边，打开门，车内温度高得吓人，但李微微还是一声不吭地坐了上去。

"Lucky！"

随着于亮的一声喊叫，李微微回过头去，看见Lucky躺在后座上，一动不动，只是不停喘气。李微微伸过手去摸了摸它的头，它勉强睁开一只眼睛，生无可恋地看了一眼，又闭上了。

"赶紧走吧。它好像快不行了。"李微微充满了歉意。

十分钟后，他们赶到了宠物医院。年轻的兽医经过检查，告诉他们一个不幸的消息：Lucky得了肾衰竭，已经病入膏肓，只剩不到一个月的生命了。李微微听到这话时看了一眼于亮，后者的表情一下子凝重起来。他默默地拿出手机来。

回家的路上，两人沉默不语。对于两个刚刚得到不幸消息的人，保持沉默就是相互体谅。车内播放着莫文蔚的《盛夏的果实》,此时听上去却如此忧伤。

进了小区,于亮把李微微放下就开车走了。李微微晃悠悠回到家,在空荡荡的餐厅里待了一会儿,想痛快地大哭一场,释放委屈,酝酿了半天情绪也没哭出来。她去卫生间用凉水洗了把脸,出了门,坐电梯上了顶楼。在天台上,她用化妆镜发送了一个集合的信号后,便下了楼,前往约定的地点。

过了二十多分钟,其他三个小伙伴到齐了。

"这么着急把我们叫来,是不是出什么事儿了?"说话的是小胖子胡飞。他刚才在吃西瓜,才吃了几口,就收到了信号,有点不开心。

"对啊。什么事?"兰小美也问道。

只有贾斯汀很体贴地看着李微微,不催不问。

"我决定今天就去自首。"

"啊?"

李微微这话一出口,大家都吓了一跳。

"为什么啊?不是说好了先抓到那个坏蛋,再去自首吗?怎么突然变卦?"兰小美着急地说。

"无所谓了。"李微微淡淡地说,"之前我还有顾虑,现在我唯一的顾虑都没有了。"

大伙面面相觑,不知道说什么好。

"对了,奥利奥怎么样了?"

就是昨天他们从坏蛋家里偷出来的那条黑白相间的可卡犬。

"还在地下室里养着呢。"兰小美说道,"我今天偷偷给它喂了点吃的。"

"这就是他犯罪的证据。一会儿我就去把它牵走,带去派出所。我会先指认这个坏人，再说出我一个人犯罪的事实。"

"可是，"贾斯汀终于说话了，眉头紧蹙，"要是警方问你，你一个人是怎么把狗弄上天台又扔下来的，你怎么解释？"

李微微不说话了。她其实已经想到了这个问题，只是刻意在回避，因为她确实不知道怎么回答。

"不管怎样，我就一口咬定是我一个人干的。"

"警方也是要看证据的，不是你说什么就是什么。"贾斯汀较上劲了。

"对啊，警察可没那么笨。"胡飞附和道。

"那你们说怎么办？"

"我们一起去。"贾斯汀说道。

"一起？"

"没错。"贾斯汀显得很冷静，"我上网查过了，这本来就是一场意外事故，虽然砸死了人，但我们都是未成年人，法律会保护我们的。只要我们主动承认错误，一起认罪，也许惩罚分摊到每个人头上，就没那么重了。"

"说的没错。"兰小美说道，"我也一直想说，不能让你一个人承担罪责。事情是我们一起干的，当然要一起承担，我兰小美从来就不是怕事的人。"

说完，他们齐刷刷看着胡飞。胡飞连忙点头。

"对对对，有福同享，有难同当。"

"可是……"

"别可是了，就这么定了。"贾斯汀说道，眼神中带着坚定。他第一次觉得自己像个男子汉，可以去承担责任了——最重要的是能保护李微微。

"那，我们现在去小美家把奥利奥牵走吧。你们还要去跟家人说一声吗？"

"我不用了。"贾斯汀说道，他脑海中全是爸爸不忠的画面。要是自己坐牢能唤起父母的重视，能让爸爸回心转意，也算值了。只可惜妈妈知道了肯定会伤心。

"我一会儿回去牵狗，给爸妈写一张字条就好。"兰小美说，"他们一直对我说，做了错事就要承担责任，他们会理解我的。"

"你呢，小胖？"

"我，也不用了吧。"胡飞其实还是想回去一下，不是为了跟爷爷奶奶说什么，而是想把那半只西瓜吃完——坐了牢可能就吃不上西瓜了。至于爸爸妈妈，他们反正也不关心自己，他又何必在意他们呢。

"那好吧。"李微微终于下定了决心，然后伸出手掌，"来，把你们的手放上来吧。我们正义联盟，将要做出最后的，也是最勇敢的一次行动。"

兰小美的父母都不在家，所以把奥利奥从屋里弄出来并不麻烦。他们给它解开了绳索和嘴套，喂了它点水和食物，便牵着它准备出发。兰小美趴在桌上写了一封信，把事情的原委简单描述了一遍。随后，大家便牵着狗出了门。

穿过小区，走出大门，四个小家伙步伐稳健地朝派出所走去。李微微曾随妈妈去派出所办过一次居住证，知道具体的位置。一路上，他们有说有笑，一点也不像去自首的罪犯，倒像是一群结伴上学的快乐孩子。而他们脚边那只狗，更是对自己的命运毫不知情，只是低头一路嗅着，偶尔抬腿撒尿，快活自在。

就在一条巷子口，一个高大的身影拦住了他们的去路。

"朋友们，你们这是要去哪儿呢？"

大伙一抬头，被吓了一大跳，掉头准备跑。但对方已经提前预判到了他们的反应，冲上前来一手抓住胡飞的胳膊，一手抱起兰小美，任他们怎么挣扎都没用。贾斯汀和李微微还没反应过来，已经跑出去十几米远了。

"站住！"那男人喊道，"如果你们还想救这两个小伙伴的话。"

贾斯汀和李微微站住了。他们缓缓回过头来，懊恼地看着两个挣扎中的小伙伴。

"都给我乖乖回来。"男人狞笑道，"对，把我的狗也牵过来。"

李微微看看四周，没有其他路人。

"别想耍花招哦，否则我就……"

男人手部用了点劲，胡飞就疼得大叫起来。李微微和贾斯汀只好老实服从，低着头回到了他的面前。

"好啦，这才乖嘛。现在，轮到我问问题了。这，到底是你们谁的主意？"

男人露出了令人害怕的笑容。

那天晚些时候，四个孩子都分别回到了家。他们坐在自家客厅里，依然无法相信下午发生的事情。

那个坏蛋没有杀他们灭口。

不仅没有，还请他们喝了一回星巴克！

在星巴克的角落，四个孩子挤在一张长沙发上，对眼下的境况困惑不已。他们看着那个高大、凶猛、胡子拉碴的叔叔用托盘端着几杯饮料来到他们面前坐下,自顾自地喝了一大口冰咖啡。

"啊,真过瘾,热死了。"见他们不动,男人指了指冰镇饮料,"快喝啊,这里的饮料可不便宜,别浪费我的钱。"

大家面面相觑,还是不敢动。男人冷冷一笑,然后指着被拴在门口的狗。

"也不知道是谁出的规定,狗狗不让进咖啡店。你们想啊,它一身皮毛,待在四十度高温里,简直活受罪啊。你们说是吗?"

胡飞想去拿饮料,但兰小美快速拍了一下他的手背,他委屈地把手缩了回去。

"你们是不是把我当坏人了?"男人爽朗地笑了起来,"我要真是坏人,还会把你们带来喝星巴克?哈哈,放心吧,这里是公共场所,到处是人和摄像头,我不会把你们怎么样的。"

也许是这话起到了作用,李微微第一个拿起了面前的星冰乐,大方地喝了起来。在她的带领下,大家也纷纷喝起了饮料。气氛稍稍缓和了一些。

"这样吧,先自我介绍一下。我叫陶军,今年四十二岁,是一名演员。哦,准确地说,是一名找不到活干的话剧演员。"

接着,陶军指了指外面的狗。

"那是我前妻留给我的,它叫布丁,是一条四岁大的可卡犬。"

"布丁?"李微微问道。

"对啊,这名字不错吧。好啦,现在可以告诉我了吗,你们到底为什么要偷我家的狗?不许撒谎哦。"

听到这话,大家又低下了头,纷纷把饮料杯放在面前的木桌上。最终,还是李微微开口了。

"我们在抓坏人。"

"坏人？我吗？"

"嗯，我们怀疑你是小区里隐藏的虐狗狂。还记得前几天那条砸死人的大黄狗吗？它就是被虐待致死的。"

"虐狗狂？我？"陶军再次大笑起来，但很快收起了笑容，"我想起来了，这个小胖子那天跑到我家来，也是莫名其妙的，不仅拿可乐扔我，还咬我的手。你们看，现在牙印还在呢，原来以为我是虐狗狂。我说呢，怎么这么奇怪！"

"难道你不是吗？"

"当然不是！虐狗狂会在家里养狗吗？"

"是你养的吗？难道不是你抓来虐待的？"

"对啊，我们昨天去救它的时候，发现它四只脚都被绑着呢。"

"肚子上还有伤痕。"

"哦，原来如此啊。"陶军解释道，"你们误会了，那是因为它身上感染了真菌，很痒，我担心它抓坏自己才那么做的。"

"是吗？"

"是啊，不信你们看。"

他们看向门外。果然，布丁一直在用自己的后腿挠痒。大家顿时松了一口气。不过，他们很快又想到了另外一个问题。

"可是你长得很像坏人啊，胡子拉碴、神神秘秘、脏兮兮，而且就是你搬来之后，这个小区才出现虐狗事件的。"

"喂，有你们这样只看外表抓坏人的吗？没听说过有句话叫人不可貌相……"

"海水不可斗量！"胡飞为自己能接上俗语激动不已，但发现大家都齐刷刷地看着自己，又气馁地低下头去了。

"虐狗……"陶军一边喝咖啡，一边默默地思索，"你们怀疑这个虐狗狂住在38号楼?"

"嗯,我们在发现大狗尸体的地方捡到一张外卖小票,上面有38号楼的地址。"

陶军点点头。过了一会儿,他站了起来。

"我要走了。"

"这就走了?"

大家又蒙了,不知道这位叔叔葫芦里卖的什么药。

"嗯,我还有事,下次再跟你们这些小侦探聚。你们喝好啊。"说着,他拿起咖啡杯朝门口走去。

"喂!"李微微大声呼喊。

陶军回过头来,看着这群孩子。咖啡店里的其他人也好奇地朝这边看过来。

"你到底是不是啊?"

陶军颓废的脸上露出了一丝笑容。接着,他什么也没说,推门走了出去,牵上自己的狗,离开了。

等他走后,四个孩子为陶军到底是不是虐狗狂进行了一番不太激烈的讨论。这是他们第一次产生不同的意见。

胡飞说,陶军就是坏蛋,那次在他家里的经历简直是一场噩梦。而且,刚才陶军抓他的时候,手劲可大了,把他的手臂都弄红了。

贾斯汀赞同。也许是因为他爸爸,他现在对成年男人实在没什么好感,觉得这家伙油腔滑调的,用一句流行语来形容就是油腻。至于他今天为什么要装好人,请他们喝饮料,其实就是想安抚他们,讨好他们,不让他们报警罢了。

兰小美则有不同看法。她觉得这人不是坏蛋,理由是她对养狗的人天生有好感。再说,他也解释了自己为什么把布丁用绳子捆起来。

李微微的态度有点摇摆。她现在已经对谁是好人谁是坏人丧失了判断力。就像自己的妈妈一样,每天生活在身边的人,她深爱的人,也会偷偷出去找别的男人,并且对她隐瞒一切。

他们暂时分为两派。男孩都认为他是坏人,而女孩觉得他不是坏人。这样的分歧,足以导致他们对接下来要做的事情产生怀疑。到底还要不要继续去自首?

"我建议自首。"兰小美说道,"他是不是虐狗狂,跟我们要不要承担责任没有什么关系啊,不能因为他就改变主意。"

"可是,"胡飞说,"现在那条狗被他牵走了,我们没有了证据,去自首就没法把他抓住了。"

"问题是,他也不一定是坏人啊。"

"是的,他就是坏人,就是!"

"你觉得呢,微微?"贾斯汀看着李微微,等她做决定,"你说去我就去,你说不去就不去。"

"我……"李微微犹豫了,"现在也不知道了。"

她本来就喜欢犹豫,之前因为妈妈的事情,她一时冲动要去自首,现在被陶军一打岔,她的勇气又消失了。

"我看,要不回去再考虑一个晚上,"贾斯汀说道,"明天我们再见面,那时候再做决定,以免因为冲动做出后悔的事情。"

大家都同意这个建议。

于是,四个孩子从星巴克的凉爽中走了出来,返回室外的热浪中。经过这么一遭,他们已经没了没心没肺的轻松,变得茫然起来。他们毕竟还只是一群孩子,有时候处于被命运裹挟往前的状态，没有主见，不知道做什么，也不知道接下来的目标何在。

在小区里，大家分了手，各自回了家。

爷爷问胡飞去哪儿了，他挥挥手，懒得回答，随后打开冰箱，从里面搬出之前没吃完的西瓜，一块块啃了起来。冰凉的西瓜进了嘴，他贪婪地吃着，之前这一个多小时内发生的事情瞬间便被抛到了九霄云外。

兰小美的父母还没有回来。她坐在电视机前看了一会儿动画片，觉得无趣，就关小声音，躺在沙发上准备睡觉。可刚躺下去，她就坐了起来。裤子里一样硬硬的东西硌得她不舒服。她把它掏出来，发现是上次在地库捡到的那条白金项链。她完全忘记了。下次见到贾斯汀，一定要还给他，让他带给他爸爸，她想。

贾斯汀的爸爸不在，妈妈躺在床上用手机刷剧。他过去跟妈妈抱了抱，随后回到房间，反锁上门。他打开电脑，在键盘上敲下一行字：不要破坏别人的家庭，否则你的下场会很惨！打印出来后，用红笔在下面画上一把滴血的羊角锤。

李微微则在客厅呆坐了半天。她看了看时间，要不了半小时，妈妈就回来了。她现在毫无头绪，完全不知道接下来是要当面把她看见的都说出来，还是假装什么都不知道继续生活下去。她感到为难极了。

17

柴浩成的尸检并不复杂。经验丰富的法医老杨只花了几个小时，就查明柴浩成并非上吊自杀，而是死于他杀。

一开始，根据尸体颈部的索沟判断，死者符合缢死的特征。

缢死者因为自身重量，前颈部着力，索沟较深，后颈的索沟则会较浅或者提空，而如果是勒死的，绳索缠绕在脖颈上，整个颈周受力是均匀的，索沟深浅基本一致。然而，在尸体解剖后做药物化验的时候，在死者的鼻腔黏膜中验出了乙醚的成分。这是一种常见的吸入式麻醉药，很容易就能通过各种渠道获得，甚至在网上就能买到。如此一来，就存在一种可能，死者是被人麻醉后，伪装成上吊自杀的。基于这种可能性，老杨又对死者做了"生活反应"方面的检查。死者的喉部几乎没有充血、吞咽、栓塞等反应，也就是说，他在上吊时相对而言比较平静，这对于自杀者来说，几乎是不可能的。

此外，鉴于现场没有任何打斗的痕迹，凶手与死者显然相识。而从邻里无人知晓、现场没找到任何可疑的他人生物痕迹这两点，可见凶手的手段高超细致，作案后仔细清理了案发现场，具备一定的反侦查能力。

"也就是说，凶手是有预谋杀人的，而且作案手法专业，"在后来的案情分析会议上，蒋健说道，"根据我们对死者信息的掌握，初步断定作案人员极有可能是他的债主聘请的职业杀手。"

"何以见得？"王局问道。

"柴浩成生前欠了大量的债务和高利贷，靠偷拍出售女性洗澡视频还债度日，但债务应该没有还清。我怀疑他的债主——通常都是些不法分子——已经失去了耐心，最近一次要债失败之后，干脆拿他杀一儆百。"

"倒是有这种可能性。所以你接下来的侦查方向是什么？"

"很简单，追查柴浩成生前的债主，找到幕后主使和行凶者本人，将他们一网打尽。"

王局点点头。

"你们还有谁有不同意见吗？老方，你说说看，这是你的案子。"

方磊站了起来，看了一眼蒋健。后者露出一脸不爽的表情。

"说吧，没事。"

"那我就直说了。我有不同意见。"

"哦？"

"前面说了，凶手显然是因为跟死者认识，才会被放进屋的，所以不可能是职业杀手。另外，如果是职业杀手的话，也完全没有必要制造这样一出自杀的假象。我认为凶手这么做，是想掩饰自己的身份。"

"嗯。继续。"

"我认为还是应该去查死者的社会关系，朋友、亲人、同事，以及其他认识的人，看看有没有谁跟他有仇。不过……"

"不过什么？"

"我有一种感觉，柴浩成的死与他偷拍女性这事有关。"

"感觉？哈，真是好笑。"蒋健嘲讽道。

"你们想啊，为什么柴浩成早不死晚不死，偏偏在他的罪行已经暴露、我们快要逮到他的时候死了？"

"巧合？"

"有可能，但我总觉得没那么简单。柴浩成在玫瑰园小区很多住户家里安装了摄像头。有没有一种可能，他不小心拍到了什么不该拍的内容，然后以此去勒索对方？他不是缺钱嘛，对方可能一开始给了钱，但渐渐觉得这是一个无底洞，到了忍无可忍的地步。就在这时，柴浩成事发了，他急需一大笔钱跑路，于是又向那人开口了。对方起了杀意，假装答应，躲过邻居耳目后来到他家，用乙醚将他麻醉后，伪装成上吊自杀的假象，清理现场，逃之夭夭。"

方磊的分析让包括蒋健在内的人都沉默了下来。

"要真是你说的这样，你打算从哪个方向侦查？把那些偷拍的录像再拿出来重新看一遍？"王局问道。

"没有这个必要。"方磊说道，"如果柴浩成真拍到了什么有价值的东西，他应该把它藏了起来。而且我怀疑，凶手并没有找到这段视频。"

"为什么这么说？"

"如果我是柴浩成，肯定不会把要挟凶手的东西放在身边，那样太危险了。"

"那接下来你打算怎么做？"

"找到那段被柴浩成藏起来的视频。只要看到里面的内容，就能知道到底是谁杀了他。"

"可问题是，他家和租住的地方我们都搜过了，并没有发现，接下来应该去哪儿找呢？"

这一句倒是问倒了方磊。目前来说，他确实毫无头绪。

"得了吧。"蒋健不以为然地说道，"这一切只不过是你的猜测，很可能根本就没有这样一段视频。我们不能为了这不存在的东西去瞎忙活一通。我的建议还是从他的债务方面入手调查。"

"那要不这样，"王局说道，"你们俩分头行动。蒋健，你从债务入手，老方，你去找那个什么视频。怎么样？"

没有人提出反对。

"那就这么定了吧。散会！"

在走廊上，方磊快步追上了蒋健。

"蒋队！"

蒋健停下脚步，看着他。

"蒋队，我想问一下，天平山的女尸案有没有进展？"

"暂时还没有。"

"那刘辉呢？"

"放了。已经过了48小时拘留时间。不过，我会一直派人盯着他。"

"你依然怀疑他是凶手？"

"废话。"

"哦。"

"哦什么哦，你什么意思？"蒋健不满地说道。

"没什么，就问问。"方磊说完就朝前走了。蒋健望着他的背影，低声说了句什么，自顾自地走开去了。

方磊依然没有告诉蒋健关于狗毛的发现。他知道即使现在汇报，蒋健也不会当回事。他也许会说刘辉只是作为生鲜送货员到过玫瑰园小区，身上沾了狗毛，这很正常。

但方磊却不这么认为。他完全不相信这是巧合，他认为这是一条极为重要的线索，所以决定顺着这条线索继续去调查。幸运的是，他已经知道了那个女孩的名字和地址。

第二天一早，方磊敲响了女孩家的房门。

"是李微微吗？"

开门的正是上次在草坪上见过的那个女孩。不仅如此，他还想起自己在坠狗案现场见过她。当时她就在人群中，之后就不见了。

"可以请我进去坐坐吗？"

亮明身份后，方磊注意到女孩的表情呆了一下，是带有惊吓的神情，于是他心里有底了。随后，他走进客厅，四下打量起来。

"你们家是开早餐店的吧？"

"嗯。"李微微看起来紧张极了，"那个，您先坐，我给您去倒杯水。"

说着，她想转身进屋，但被方磊拦住了。

"不用了。来，你坐下，我问你几个问题。"

李微微一听这话，知道自己跑不掉了，只好乖乖在方磊对面坐下。

"你家大人不在家吗？"

"我妈出去了。"

"哦，那你爸呢？"

"我爸死了。"

方磊怔了一下。

"哦，对不起，我不知道。"

"没关系。警察叔叔，哦，不，我应该叫您爷爷吧，请问您找我是有什么事吗？"

方磊点点头。一时间，他突然不知道怎么开口了。来之前，他准备了很多问题要问李微微，但见了面，他竟问不出口了。

"你不是本地人吧？"

"不是。"

"今年多大了？"

"十二岁。"

"十二岁……满了吗？"

"下个月就要满了。"

"下个月……那就好。"

"警察爷爷，您到底……"

"我想告诉你的是，法律规定，除非犯罪行为特别恶劣，否则只要不满十二岁，就不需要承担刑事责任。那是一场意外，对吗？"

"什么？"李微微愣住了。

方磊决定不绕圈子。他从包里拿出一张照片，放在李微微面前。

"这条狗你认识吗？"

李微微看了一眼，刚想否认，就被方磊打断了。

"可别急着说没见过。我今天来，是因为我已经掌握了有力的证据。现在我是给你一个交代事实的机会。"

李微微犹豫不决。不知道为什么，她脑海中浮现出妈妈和那个男人走进公园深处的背影，一股怨恨火山喷发般冒了出来。她做了决定。

"警察爷爷，您不用问了，我不仅见过这条狗，它还是被我扔下楼的。"

"哦，果然是这样啊。"

"是的。"

"能说一下原因吗？为什么要把这条被虐待致死的狗从楼上扔下来？"

"您不问狗是不是被我虐待死的？"

"我知道那不是你干的。"

李微微叹了口气。

"我这么做，只是想找出谁是虐狗狂。"

"怎么找？"

李微微说出了当时的计划。方磊听后吃了一惊。

"你是说，虐狗狂住在 38 号楼？"

"应该是的。我在发现狗尸体的地方捡到了一张外卖小票，地址前面的字已经被撕掉看不到了，只能看出 38 号楼。"

"你怀疑这是虐狗狂掉下的？"

"是的。"

"小票还在吗？可不可以给我看一下？"

李微微回到卧室，从一本小说里找出小票，递给方磊。果然，上面的地址只显示 38 号楼。不过除此之外，方磊还在备注一栏发现了几个字：多加酸菜。看着这几个字，他若有所思。

"然后我们，哦，不，我就想着把狗的尸体从天台扔到 38 号楼下，然后打 110 报警，就说有人高空抛物……我们之前因为虐狗的事情打过电话，但警察根本就不管，所以我才想出这么一个办法，想让警察来一户户查，只有这样才能找出那个虐狗狂。"

方磊不说话，眼睛盯着李微微。李微微被看得有些发毛。

"怎么了？"

"我注意到你刚才说的一句话。"

"啊？"

"你说，从天台扔到 38 号楼下，是吗？"

"是啊，这句话有什么问题吗？"

"当然有问题。你为什么不说'从 38 号楼的天台扔到楼下'？"

"这有什么区别，我就是随口一说……"

"有区别，恰恰是你随口一说，我破解了一个非常重要的谜团。"

"是什么？"李微微眼神闪躲。

"就是你们这群孩子是怎么做到不打开 38 号楼天台的门，把那条大黄狗带上去，并扔下来的。"

"您在说什么呀……没有别人，只有我，李微微一个人。都是我一个人做的。"

"少来。你把警察当傻子吗？"

李微微不说话了。

"我看你的体重最多不过 40 公斤吧，那条狗就有 20 多公斤。你觉得凭你一个人，有本事把它搬到天台上并且从高空抛下吗？"

"我……"

"李微微。"

"啊？"

"现在，我就带你去破解那个谜团吧。"

十分钟后，方磊和李微微出现在天台上。虽然和旁边天台的格局几乎一模一样，但这里并不是 38 号楼的天台，而是 37 号楼的。37 号楼位于 38 号楼的西面，两栋楼左右间距不到 10 米，37 号楼总共 33 层，比 38 号楼高了将近 6 米。按照之前方磊的推测，孩子们有可能凭借一只金属晾衣架像滑索一样从这栋楼滑到隔壁那栋，但后来一想，除非是《碟中谍》里的汤姆·克鲁斯，任何人都会惧怕这几十米的高空。

刚才李微微的一句话给了他启发。他们来到了 37 号楼，发现电梯刷卡设备坏了，任何人都可以按键到任何楼层。不仅如此，天台的门是开着的。也就是说，孩子们只要带着那条狗坐上电梯来到天台，站在距 38 号楼较近的东南角，用力朝下抛去，不出意外，狗就会掉落在 38 号楼的门口。

"既然被您看出来了，别说那么多了，就是我做的，您把我抓走吧。"

诡计被拆穿，李微微还是想独自一人把事情都扛下来。但方磊没有搭理她，而是来到了东南角，查看地上的沥青。这段时间因为温度过高，沥青有些软化，踩在上面很容易留下脚印。他从包里拿出一个笔记本和铅笔。接着从笔记本上面撕下一张纸，盖在沥青上，斜着铅笔头，在纸上轻轻地涂画，很快，一些鞋印就在纸上显现出来了。他举起纸，对着阳光观察，发现是一些小孩的鞋印。

"喏，这就是证据了，只要我找到这些鞋印的主人，情况就不一样了。"

李微微颤抖了一下。

"怎么样？现在你要跟我合作吗？"

李微微感觉到后背的汗水浸透了衣服。害怕的事终究还是来了。

"我不会出卖我的伙伴们。"

"你出不出卖没有任何意义。我随时都可以把他们找出来。也许都不需要查鞋印，我只要在小区里到处问一下，就知道你平时跟哪些小伙伴在一起玩了。"

"那您就去问好了，反正我是不会说的。"

方磊叹了口气。

"其实你没必要这样。我解释过了，你现在不满十二岁，其他小孩可能比你更小，你们还不用承担刑事责任，但需要承认错误，接受批评教育。这只是一场意外,你们本质上并没有恶意,只是为了抓坏蛋,对吗?"

李微微抬起头,看着方磊。

"不管怎样,一个犯过重大错误的学生,应该没有哪所学校愿意要了吧?"

"这也说不好。你现在还处于义务教育阶段,总能找到学校的。我问你,你们想不想将功补过?"

李微微眼睛亮了。

"要怎么补?"

方磊从口袋里拿出两张照片,递给李微微。

"你看一下,认不认识这两个人?"

李微微看了看,摇摇头。她不认识顾新月和刘辉。

"从来没见过?"

"没有。也许见过,忘了。怎么了?"

"这样吧,我现在不带你去警局,"方磊示意李微微把照片拿好,"你和你的小伙伴们拿着这两张照片,去调查一下,看小区里有没有人认识或者见过这两个人。一旦找到相关的人,你们就有可能将功赎罪。"

"能告诉我为什么吗?"

"机密。"方磊神秘一笑,他没有告诉她有关狗毛的事情,"至于你们自己的案子,可以往后拖一拖,等完成了我给你们的任务,再坐下来讨论你们扔狗砸死人的事情。"

李微微心动了,可她还是有很多疑问。

"可是,我们怎么去找呢?"

"这就是你们的事了。别忘了,你们可是准备抓虐狗狂的小侦探呢，相信你们一定能完成任务。"

李微微点点头。她已经没有选择了。

"好吧。我答应您。"

"那就这样吧。你有手机吧，记一下我的电话，有消息随时打给我。"

李微微记下来方磊的电话。然后，她突然想到一件事。

"警察爷爷，我可以信任您吗？"

"当然。"

"我可以说服其他小伙伴将功补过，但也想请您帮我们一个忙。"

"是什么？"

"抓到那个虐狗狂！"

李微微离开之后，方磊在天台上待了一会儿。直到再次感到酷热和胸闷，他才走出天台，坐电梯下到了一层。他来到隔壁的38号楼前，找了个阴凉的地方，坐下，默默盯着38号楼的大门。

如果真如李微微所说，虐狗狂住在38号楼，那会是谁呢？案发当天，他就已经走访了从31层到1层的大多数住户，虽然这栋楼里住了形形色色的人，但真的会有虐狗狂吗？他把自己见过的人从头到尾在脑海中过了一遍，理不出任何头绪。

接着，他拿出了那张小票。小票的备注里写了"多加酸菜"。这说明外卖里本身就有酸菜，否则不会说"多加"，而应该说"加"。什么外卖里面有酸菜？方磊平时很少点外卖，不清楚这些事，而且他也不爱吃酸菜。

他打开手机，摸索着下载了一个外卖APP，在搜索栏输入了

"酸菜"两个字，结果出来最多的是酸菜鱼，其次是酸菜猪肉炖粉条、酸菜豆腐、酸菜肥牛锅。此外，酸辣粉、米线、米粉等速食快餐，也有可能多加酸菜。一家家打电话去问是一个笨办法，而且不一定有效果。现在点外卖这么盛行，就算只是一家店，送到这个小区的外卖每天也都不计其数，谁还记得某天送到某号楼的某份外卖？当然也可以去找外卖平台，查后台的送餐数据，但还得去申请调查单，否则对方完全可以以保护顾客隐私为由，拒绝配合调查。他现在要抓的只是一个虐狗狂，很难说服领导签这个字。

那以调查杀人案的名义呢？他可以把狗毛的线索告诉领导，让领导批示，但领导也未必会被他说服。一时间方磊发现自己陷入了单打独斗，只能依靠自己想办法解决问题。

他在38号楼门口等了半天，进进出出也有不少人，暂时还没有遇见可疑的对象。

很快，他的思维又转到了柴浩成的案子上。他依然对蒋健在案情会议上的分析不敢苟同。没有哪个债主蠢到要杀死自己的客户，只有不断纠缠他、逼着他还钱，才能像血吸虫一样榨干他身上的每一滴血，找杀手是最不可能的。不过蒋健有一点说得对，凶手很专业，像个职业杀手，具备一定的反侦查能力。需要厘清的是，凶手杀柴浩成究竟是为了隐瞒什么？

这时，前方传来钢琴的声音。方磊被声源处——38号楼的一层吸引。一层是金灿的家。昨天上午他刚来过，至今仍对这个女孩愿意站出来指认柴浩成感到欣慰，只不过，现在不用她指认了，柴浩成已经死了。他是被人杀死的。方磊越来越确定凶手是因为他掌握了某个视频证据才下手的，可问题是，证据现在到底藏在什么地方?

无论藏在哪里,都说明一个问题:凶手就隐藏在那些柴浩成安装过摄像头的人家里!

会是这些女孩中的一个吗?

方磊再次把视线投向一层的金灿家。此时,金灿正在专心致志地指导一个孩子弹钢琴。突然,她抬起头来看见了方磊。方磊冲她笑了笑,出乎意料的是,对方看见他以后,表情十分僵硬,伸手关上了窗户。

方磊尴尬地在原地待了一会儿,决定离开。这次与上次劝她站出来指认柴浩成不同,如果再去一一询问受害者,费力且不讨好。想来想去,他还是没有任何头绪。就在这时,他看见了一个熟悉的身影从单元门里走了出来。

是陶军。

他牵着那条叫布丁的可卡犬,在小区里遛了起来。方磊对这个人印象不佳。陶军带着狗散步,狗拉了屎,他非但没有收拾,甚至连看都不看一眼。素质真低!接着,方磊看见他接了个电话,就匆匆带狗回到楼里去了。在楼下又等了几分钟,陶军再次出现了。

方磊没有犹豫,跟在他后面,出了小区。

陶军上了一辆出租车,他也上了一辆出租车。

"警察办案。跟上前面那辆出租。"

于是两辆出租车一前一后往郊区而去。一路上,出租车司机不停打量方磊。

"警官,您可真够拼的,年纪这么大了还干活。"

"快退休了。"

"是吗？我看您是老当益壮。"

方磊笑了笑，没有继续搭理他。"老当益壮"在他听来并不是一句夸奖的话。

最后，汽车停在郊外一个废弃的工地旁。这里本来被开发商买了下来，准备建别墅，只是后来资金链断掉了，剩下一大片烂尾楼。

方磊付了钱，跟着陶军走了进去。陶军看起来比较谨慎，但并没有发现方磊就跟在后面二十米处。他朝工地深处走去，走到一栋只有框架的三层别墅前。站定后，四下看看，似乎在等什么人。

方磊躲在一根柱子后，默默观察着。他莫名感到一阵恐惧。这么多年来，他几乎没有跟过什么重大的刑事案件，而眼前的这个人看起来非常危险。他下意识地摸了摸腰间，发现没有带枪。事实上，他已经很久没有摸过枪了。

胡思乱想之际，他突然听到了口哨声。紧接着，一个男人出现在三层。他穿着白色背心，露出胳膊，看上去很健硕。

"喂，上来！"

男人冲陶军喊了一声，陶军谨慎地看了看四周，走进了别墅。趁着楼上那人转身之际，方磊迅速移动，也到了那栋楼下面。他悄悄地踩着碎石，沿着没有扶手的楼梯慢慢上楼。到达二层的时候，他逐渐听到了楼上人的对话，于是停住脚步，侧耳倾听。

"怎么样？东西带来了吗？"是陶军的声音。

"带了。你的钱呢？"

"在我口袋。我先验一下货。"

接着是一阵翻塑料袋的声音。方磊想探出头看个究竟，结果脚下不小心碰到一块砖头,发出了响亮的声音。

糟了。

"谁?!"

没办法,必须站出来了。

"警察!"他喊道,"举起手来。"

"快跑!"

方磊一听,连忙冲了上去,发现那两个人已经一左一右分头跑开了。方磊想了一下,朝左去追陶军。陶军回头看了一眼方磊,竟从三楼上跳了下去。方磊追到阳台边想跳,但看了一下高度,还是收住了脚。他掉转头,找到楼梯快速朝楼下跑去。

幸运的是,陶军并没有跑远。他落地时踩到砖头崴了脚,一瘸一拐的。

很快,方磊追上了他,从身后一个猛扑,把对方扑倒在地。他用膝盖压住陶军的下半身,将后者双手反剪,迅速从腰带上取下手铐,一把将其铐住。

"让你小子跑!"

方磊气喘吁吁但兴奋异常地说道。

18

当李微微把方磊的话转达给其他三个小伙伴时,大家都呆住了。他们没有想到事情竟然会发展到这一步——没来得及自首,反而被警察早一步查出来了。他们感到沮丧,同时又不解,为什么警察不把他们抓去警察局,反而给他们安排了任务,而且这个任务看起来有些奇怪。

"我们已经没有退路了。"李微微认真地说道,"本来我想一个人把罪名都担下来,但是那个爷爷太厉害了,他识破了我们的诡计,也发现了我们留在天台上的脚印。现在我们只能按照他说的做,才能争取警方的宽大处理。"

"可是,这两个人我根本没有见过啊。"

胡飞已经率先把照片拿了过去,看过后摇摇头,随后递给贾斯汀。贾斯汀盯着照片看了又看。

"怎么?你见过他们?"李微微问道。

"这男的没见过。不过这女的,不就是我们的舞蹈老师顾老师吗?"

"顾老师?"兰小美立马凑上前来,一把将照片夺了过去,"嘿,还真是顾老师。"

"那太好了,既然你们认识她,我们就可以直接去向警察请功了。"

两个人听完李微微的话后却都不开口了,表情古怪。李微微不解地看着他们。

"又怎么了?"

"顾老师是教我们舞蹈的老师。"兰小美说道。

"呃,所以呢?"

"我听说……"

"什么呀,别吞吞吐吐的。"

"她死了。"贾斯汀说道。

"死了?"这个消息让李微微大吃一惊,"什么时候死的?"

"好像就是前不久。而且,"贾斯汀看了兰小美一眼,后者示意他把话说出来,"她是被人杀死的。"

这句话让李微微打了个寒战，顿时浑身直冒冷汗，周围的空气仿佛低了好几度。

"你们是怎么知道的？"

"那天我们的父母在一起吃饭，他们聊这件事时被我们听到了。我们当时也觉得很惊讶。我很喜欢顾老师。"

"我也是。顾老师人漂亮，上课也很认真，一点也不凶。"

"她是被谁杀死的？"

"这我就不知道了。警察既然拿着他们的照片来询问，应该没破案，还在查。"

李微微举起那两张照片仔细端详。

"你们觉得，那个警察为什么会让我们拿着这两张照片帮忙找线索？"

"难道是因为这起案件跟我们小区有关？"

"有这种可能。"

"可为什么让我们这些小孩去查呢？"

"这还不简单，你们没看过《福尔摩斯》吗？"胡飞得意地解释道，"福尔摩斯破案，光靠他一个人是不行的，他还花钱雇了一群流浪儿，组成了一支侦查小队，去城市的各个角落里帮他打听各种小道消息和线索。这些流浪儿能去福尔摩斯去不了的地方。"

"也就是说，我们成了那个警察在小区里的流浪儿侦查小队？"贾斯汀说道。

"可我们不是流浪儿呀。"兰小美说道。

"是不是流浪儿不重要，"李微微说，"我倒是挺喜欢这份工作的，你们呢？愿不愿意参加？"

"我参加。"

"我也参加。"

"参加。"

在冒险这件事上,四个小伙伴很容易达成共识。他们为接下来的工作兴奋不已。

"接下来我们该怎么办?"

"这样,"作为联盟领袖的李微微发话了,"我觉得单凭我们几个人,还不足以覆盖到整个小区。我们应该来个大集合,号召小区里所有的小孩帮我们的忙。"

"所有的小孩?"

"当然也不是所有啦,愿意参加的都可以。"

"哇,酷。"

"可是要怎么号召大家呢?"

"贾斯汀,"李微微继续说道,"你家里是不是有复印机?"

"嗯,有一台。"

"这样,你把这两张照片拿回去,扫描复印一百份,然后我们分发给小区里的孩子们,让他们帮忙一起寻找线索,再把信息都收集起来,分析后交给警察。"

"嗯,这倒是个好主意。"

"如果我们能破获一起谋杀案,是不是代表我们可以将功补过?"贾斯汀突然想到这一点。

"希望如此吧。现在已经不早了,晚饭后,我们再到这里集合。"

离开之前,兰小美叫住了贾斯汀,从口袋里拿出那条白金项链。

"这是什么?"

"你爸在车库掉的,正好被我捡到了,一直忘记还给你。你带回去给你爸爸吧。"

"哦。"

贾斯汀接过项链,呆了一下,然后一脸木然地将它塞进了口袋。

回家的路上,贾斯汀一直把手插在口袋里,反复摩挲着那条白金项链。这显然是一条属于女性的项链。要是在从前,他一定会先拿给妈妈,因为家里除了妈妈没有其他女性。但现在他不确定了。爸爸背叛了这个家庭。这条项链很可能是他送给金灿老师的。他如果直接把它拿给妈妈,绝对会引发地震级别的争吵,这是他不想看到的。

可直接把它还给爸爸也不行。爸爸会问他这项链是从哪儿来的,他就只能说是兰小美在车库捡到的,那样的话,就挑明了爸爸那天下午既不在学校也没回家,爸爸势必又要撒谎搪塞。贾斯汀实在受够了爸爸的谎言。受够了。

当然他也可以撒谎,说是自己在家里捡到的。可他为什么要这么做?明明是爸爸做了丢脸的伤害妈妈的事,凭什么还要撒谎帮他掩护?但当面质疑爸爸,他无法做到。他还不具备挑战爸爸的胆量和能量。

到底应该怎么办呢?

就这么一路往回走着,贾斯汀被这件事搞得烦闷得很。那条白金项链就像是刚从火堆里捞出来一般烫手。说实话,他真想把它扔进小区的池塘,让这个秘密沉入水底。可是,他又觉得那样做太对不起妈妈。

路过 38 号楼时,贾斯汀站住了。

钢琴演奏声从一楼传了出来，是《爱的礼赞》。有一次上钢琴课，休息的时候，金灿老师弹过这首曲子。不知道为什么，他一下子就喜欢上了。它让他平静。过后，他曾想让金老师教他弹，金老师却说等他水平提高一些再说。现在，他听到这首曲子，知道弹奏的人是金灿老师，心里莫名对它产生了一股厌恶之情。为什么破坏别人家庭的人会弹出这么好听的曲子？他无法理解。

不过他想到了一件事情。他得做点什么。他摸了摸口袋里的项链，朝单元门走去。

"贾斯汀？"

敲开门后，金灿老师一脸惊讶地看着他。

"你怎么来了？还不到上课的时间呢。"

"我……"贾斯汀尴尬地笑了笑，"我今天晚上有事，来不了，妈妈想问问能不能调时间。"

"调换到什么时间？"

"现在可以吗？"

"现在啊，"金灿犹豫了一下，立刻露出了甜美的笑容，"可以，当然可以，快进来吧。"

刚踏进客厅，一阵凉爽的空调冷风瞬间吹散了贾斯汀身上的热气。他打了个哆嗦，对接下来要做的事情有了一丝犹豫，然而很快他又坚定了自己的主意。为了妈妈，他愿意做任何事情。

与以往不同的是，今天从坐下来开始，金灿老师身上散发出来的那种温柔就让贾斯汀不自在。在坚持了一小会儿后，他皱起眉头，露出一脸痛苦的表情。

"你怎么了？"金灿老师关切地问。

"我肚子不舒服。"

"想上厕所？"

贾斯汀表情扭曲地点点头。

"去吧。咱们休息一会儿。"

贾斯汀站了起来，捂着肚子朝卫生间走去。金老师家他来过多次了，对卫生间的位置非常熟悉。他一边朝卫生间走，一边悄悄回头观察。他看见金灿老师已经坐了下来，背对着他弹奏钢琴。路过沙发的时候，贾斯汀将口袋里那条项链掏了出来，迅速地塞进沙发缝隙。做完这一切，他回过头，见金老师依然在专注地弹琴，没有注意到他的举动，心里顿时松了一口气。可当他转过身正准备朝前走时，却被一双瞪得老大的眼睛吓了一跳。

是那条叫 Lucky 的柯基犬。

它就趴在那里，把贾斯汀所做的这一切看在眼里。贾斯汀拍拍胸口，安抚自己剧烈跳动的心脏，然后对 Lucky 做了一个"嘘"的手势，闪身进了卫生间。

他在卫生间里耗了大概五分钟，对着镜子演练了一会儿，然后洗了手，用纸巾擦干水珠，按下马桶的冲水键。

随着"哗啦"一声，他开门走了出去。

整个下午，方磊都在审讯嫌疑人陶军，但没有取得任何进展。

一开始他以为陶军是一个小角色，只要稍微施一点压力，就什么都招了。但他想错了。从陶军的表现来看，他显然是老奸巨猾。要不是公安系统里查不到这家伙的犯罪记录，方磊还真以为他是一个前科累累、数度进宫的老油条呢。

"我最后再问你一遍，你到底在那里做什么？"

陶军冷冷一笑，什么也没说。

"你笑什么？"

"方警官，我实在搞不懂你把我抓到这里究竟是什么意思。我堂堂一个守法公民，在外面见见朋友，就被你莫名其妙地抓到了警察局。你今天如果不给我一个交代，我立马就去投诉你。"

"投诉我？"方磊乐了，"不要以为我不知道你见的那个'朋友'是什么货色。"

说着，方磊将一份档案扔在了陶军面前。

"打开它。"

陶军瞥了一眼方磊，慢条斯理地打开那个文件夹。里面是一个人的档案资料。

"吕峰，三十八岁，吸毒、打架、寻衅滋事、容留卖淫，有案底，监狱里进进出出不下五次了，前不久刚从拘留所出来，目前是警方的重点观察对象。还好我记得曾在某本案卷里见过这个家伙，否则我还真相信你们是朋友叙旧呢。那么，陶先生，你现在可以解释一下，你是怎么认识这位朋友的？"

"哦……"陶军想了想，"是别人介绍的，我也是第一次见他，不熟。"

"不熟？刚才不还说是朋友吗？"

"我这人交友广泛，见过的人都称为朋友。哦对了，方警官，你也是我的朋友。"

"少跟我耍滑头。说，谁介绍的？"

"都说了是别人，不方便透露。"

"你啊，省省吧。"方磊走到陶军面前，"依我看，你在跟吕峰交易毒品吧。"

"交易毒品？亏你想得出来！"

"难道不是吗？你作为一名临时演员，刚离婚，生活潦倒，于是想借毒品来麻醉一下自己，这样的例子我见多了。"

"这都是你的臆想。就一句话，证据呢？没有证据就是诽谤。"

"差一点就抓到你们现场交易。"

"那不就对了？差一点嘛，差一点就是没有，对吗？"

"要证据是吧，行，我迟早会找出来……"

"老方……"

一个声音从身后传来。审讯嫌疑人的时候被打断，方磊非常不快，但回过头看到对方的脸，只能压住怒火。

"王局，啥事？"

"你到我办公室里来一下。"

"可我这儿正在审讯呢……"

"这个啊，"王局看了一眼陶军，"不急，你先过来，我有更重要的事情找你。"

方磊叹了口气。他回过头，看见陶军仰着面孔，依然一副满不在乎的得意样子。他"哼"了一声，走出了审讯室。

"那个，老方啊，你先坐。"

进了局长办公室，王局热情地招呼方磊在他对面的椅子上坐下。

方磊刚一坐下，办公室的门又开了，蒋健走了进来。他俩看见对方同时愣了一下，方磊又站了起来。

"王局，什么事您就直说了吧，我还忙着呢。"

"我也是。"蒋健也不坐下，一副随时要走的样子。

"都给我先坐下。"王局命令道。

两人只好别别扭扭地并排坐下，脸各自朝向一边，像两个正在闹意见的小孩。王局端起茶杯，一边喝水，一边将目光从杯口的边缘探出来，看看这个，又看看那个。

"天平山女尸案查得怎么样了？"

"还在继续侦查中。"蒋健说道，"这不，又出了小区维修工遇害案，有点忙不过来了。"

"你呢，老方？我看见你逮回来一个人？这人是干吗的？"

"哦，这人叫陶军，也住在玫瑰园小区，我在办案时发现他与一个我们警方重点观察的刑满释放人员接触，怀疑他购买毒品，所以……"

"行行，我知道了。"王局叹了口气，"哎呀，你们知道，我现在压力很大，领导天天在盯着我，让尽快破案，可是看看你们，到底在瞎忙些什么啊！知道问题出在哪儿吗？"

两人不吭气了，低着头。

"问题就出在你们俩身上。"

"我们？"他们面面相觑，觉得莫名其妙。

"同志们，我们是警察，是刑警队伍中的一员，是一个密不可分的团队！你们倒好，遇到案子，各干各的，互不来往，有你们这么协作的吗？你们是战友，不是敌人。我们的职责是保卫人民的安全，不是搭伙过日子！每天为了一些鸡毛蒜皮的事情吵来吵去，这道理你们不懂吗？！多大的人了，还需要我来教你们？！"

"王局，我……"

"蒋健！我说的就是你。身为一名刑警队长，领导一个班子，不好好干活，整天算计着谁在背后说你坏话了，让你丢脸了，说说看，这是一个刑警队长该有的样子吗？警察到底是要去抓罪犯，还是照顾你那点可笑的自尊心？"

223

"王局,"蒋健叹了口气,"对不起,我知道错了。"

"知道就好。"王局接着又把脸转向方磊,"还有你,老方,作为一名老同志,这次也太不像话了!"

"我,没做什么吧?"方磊支支吾吾地说道。

"没做什么?法医报告呢?"

蒋健和方磊同时一愣。

"什么法医报告?"

"少跟我装蒜!"王局终于忍不住拍了一下桌子,"有什么事瞒得住我?我今天在食堂里见到老杨,他都跟我说了。老方,你胆子也忒大了点吧!"

"等会儿,"蒋健被搞糊涂了,"到底是怎么回事?能说清楚吗?"

"老方你自己说吧。"

"哦,是这样。"方磊摸了摸头发,干咳两声,一脸尴尬,"那个,我在案卷记录里发现死者家里养了条狗,是那种贵宾犬,狗毛应该是软软卷卷的,而尸检结果显示,从死者脚指甲里找出的狗毛,是那种又硬又黄又直的,所以,我怀疑那狗毛是从凶手身上转移过去的……"

"老方!"蒋健听了大叫一声,"你有没有搞错,这么重要的线索都不上报?!"

"他还没说完呢,接着说。"王局说道。

"我还发现一个信息,"方磊继续说道,"从死者身上找到的狗毛,经过检验,和高空坠狗案里大黄狗身上的毛是一样的。"

"啊?"蒋健瞪大眼睛看着方磊,"是类似,还是属于同一条狗?"

"同一条狗。"

"天哪！"蒋健拍了一下脑门，"老方啊老方，虽然不让你参与案件是我不对，但你也不能隐瞒这么重要的线索啊。人命关天，案件关天，你一把年纪了，怎么连这种事情都不懂？"

"我怕你瞧不上这条线索。"

"我怎么会瞧不上呢？"

"说实话，我都帮你想好了，你肯定会说，也许刘辉去玫瑰园送过生鲜，遇见过那条黄狗，粘上了毛，然后把狗毛转移给死者。又或者死者去过玫瑰园……"

"老方！你把我想成什么人了，我有这么弱智吗？"

"说不好。"

"你……"

"好啦！"王局又发火了，"你们两个有完没完？就知道吵架，要不我请你们交出警徽去马路上吵？"

"王局，"方磊充满歉意地说道，"对不起，这次是我错了，我道歉。"

"王局，我也道歉！"蒋健也低下了头。

王局盯着他俩看了一会儿，笑了。

"欸，这才像话嘛。来，握个手。"

两人转过身来面对面。方磊伸出了手，蒋健犹豫了一下，把手伸了过来。两人快速握了一下，就尴尬地松开了。

"好了，这事就这样了。以后我只想看到你们俩好好合作，知道了吗？"

"知道了。"

"回到案子上。这一条线索，你们有什么想法？"

"那还用说，当然是去调查玫瑰园小区，不管是凶手还是死者，只要去过那个小区，一定会留有痕迹。"

"那个刘辉呢？不调查了？"

"我派人盯着呢，他跑不了。现在就差办他的证据了，如果能确认他去过玫瑰园，那八九不离十就是他了。"

"万一他说自己是去那里送生鲜呢？"

"谁信呢，有这么巧的事？"

"你呢，老方，说说你的想法。"

"这次我同意蒋队的意见，从玫瑰园小区开始调查。"

蒋健看了方磊一眼，微微点了点头，算是对后者支持他的回应。

"可是应该怎么调查呢？"

"查监控。"蒋健说道。

"又查监控？"方磊惊呼。

"怎么，不可以吗？"

"没，我没这个意思。"

"那你说，有什么法子？"蒋健这次倒没有像以往那样独断专行。

"其实，我已经开始做了……"

"啊，老方，你到底还有多少事瞒着我们？"

"就这一条了。"方磊叹了口气，"真的就这一条了。"

实际上他脑子里却闪过那群孩子将大黄狗从天台上扔下来的画面。

"那你说说，你已经开始在做什么了？"

"我把嫌疑人刘辉和死者顾新月的照片发给了小区里的几个小孩，让他们帮忙调查，看看谁曾经接触过他们。"

"什么？你让孩子去调查？！"

"太离谱了。"

"放心，我没有告诉他们发生了什么事情，只是让他们调查这两个人最近有没有在小区里出现过，或者有谁见过。"

"为什么要找孩子呢？我们自己派人去问不就行了？"

"因为那里是他们的地盘。他们能渗透到我们到达不了的地方。"

王局一拍桌子。

"胡闹！无论如何，也不能让孩子们参与办案，万一出了问题，我们承担不起！老方，你真是老糊涂了！"

方磊也意识到事情有多严重了。长期没有深度参与办案，他已经丧失了警察应该具有的敏感。一种负疚感油然而生。

"我一会儿就去玫瑰园小区找他们，让他们停止。"

"嗯，不过既然有线索，咱们的人也不能闲着。蒋健，你安排一下，找一队人接手。"

"是。"

"行吧，就到这儿，你们去吧。"

两人正准备离开。

"等会儿，老方。"

"怎么？"

"那个谁，你刚抓回来的，如果没什么证据的话，就赶紧放了吧。"

"可是……"

"好了，就这样。去吧。我还有个电话要打。"

说着，王局已经拿起了电话。方磊叹了口气，转身出去了。

"老方，之前是我不对，诚恳地向你道歉。"

在警局的卫生间里，两个人一边洗手一边聊天。

"没事。都过去了。我也快退休了，折腾不起，办完这几个案子啊，我也就歇了。"

"可别这么说，你的经验是我们欠缺的。哦，对了，"蒋健想起了什么，"你跟我分享了你的发现，我也和你更新今天下午刚找到的一条线索吧。"

"是什么？"

"专案组今天仔细搜查了死者顾新月的住所，发现有一样东西不见了。"

"哦？"

"一条项链。"

"项链？"

"没错。我们在她的梳妆台抽屉里发现了一个装项链的首饰盒，样子很新，但没找到项链，包括死者的身上也没有，案发现场也没找到。"

"会不会被凶手拿去了？"

"不排除这种可能。我觉得这可能是个突破口。"

"能找到是在哪儿买的就好了。"

"那个首饰盒上印有首饰店的名字，叫金凤凰。"

"金凤凰？那是一家开了很多年的老字号，我女儿结婚的时候还去他们那儿买过首饰呢。"

"可惜啊，你现在得去玫瑰园找那群小孩。不然的话……"

"不然什么？"

"不然，"蒋健笑着看方磊，"咱们就能一起去一趟金凤凰了。"

19

"金老师，Lucky 在干吗啊？！"从卫生间里走出来后，贾斯汀指着正在扒拉沙发缝隙的柯基犬，大声嚷道。

钢琴声戛然而止。金灿回过头来。

"Lucky！"

但 Lucky 根本不听她的，继续在挖宝。

"Lucky，干吗呢？"

贾斯汀看着金灿站了起来，走到 Lucky 旁边，把它抱到一旁。

"你这是在做什么……"

一条亮闪闪的东西从沙发缝里显露出来。金灿愣了一下，伸手将那条白金项链拎了出来。贾斯汀看了眼 Lucky，发现后者正虎视眈眈地望着自己。

还好它不会说话，贾斯汀想。

"咦，好像是条项链。"他故意说道，同时死死盯着金灿的脸，想看她会有什么反应。

金灿没有说话，只是呆呆地望着项链。

"怎么了，金老师？"

"没什么。"

"这是你的项链吗？"

"哦，那个，当然。"金灿说着，把项链塞在了口袋里，"来，继续弹琴吧。"

说完，她就转身往钢琴边走去了。贾斯汀一脸失望。他期待的戏剧性时刻并没有到来。金老师没有表现出任何惊慌失措，也没有不自然地掩饰。但至少坐实了一件事：如她所说，这条项链就是她的，那么爸爸和她的事确凿无疑了。

想到这里，贾斯汀难过地看着金灿的背影。他已经不想练琴了。不仅如此，他甚至有一种想哭的感觉。为什么，为什么自己最喜欢的老师，要做这种伤害妈妈的事？

"金老师。"

"嗯？"金灿已经在钢琴边坐下，并没有回头。

"金老师！"贾斯汀已经喊了起来。

金灿这才回过头来，只见自己的学生一脸委屈，眼眶里噙着泪水。

"怎么了？"

"别过来。"贾斯汀声音里带着颤抖，金灿愣住了，"我今天不想弹了。"

"为什么？"

"不为什么，就是，突然不想弹了。"

"不想弹就不想弹吧。"金灿盖上了钢琴，"要聊会儿天吗？"

"不要。我要回去了。"

金灿看着他。

"你能告诉我发生什么了吗？"

贾斯汀不再说话，转头朝门口走去。在他拉开门的那一刹那，眼泪终于不争气地落了下来。他没有停留，飞快地跑了。

在单元门口，他差点与一个人撞个满怀。

"贾斯汀？"是于亮哥哥，"刚下课啊。怎么哭了？"

贾斯汀什么也没说，就从他身边冲了过去。于亮一脸困惑，缓缓关上了单元门，走到自家门口。金灿见于亮回来，扭头就走。于亮觉得莫名其妙，连忙进了屋。

"老婆，刚才……"

"把门关上！"

"怎么了这是？"

"把门关上！"

于亮不明所以地关上门，望着一脸严肃的金灿。

"你这是怎么了？"

金灿从口袋里掏出那条白金项链，朝于亮的脸狠狠地砸了过去，幸亏他反应快，一把接住了。他低头一看。

"这是什么呀？"

"你问我？我还问你呢！说，这项链是怎么回事？"

"什么怎么回事？我都不知道你在说什么。哪儿来的啊，这项链？"

"你还装！"金灿指着沙发，"这是在我家沙发上找到的，我看过了，真铂金，上面的钻石也是真的，这么贵重的东西为什么会在这里？你今天不解释清楚我跟你没完！"

于亮看了她几秒，扑哧一下笑出了声。

"看你生气的样子。你忘记了，今天是什么日子？"

"什么日子？"金灿一脸困惑。

"是咱们认识三周年纪念日。"

"是吗？我怎么不记得？"

"你啊，就是容易忘事。"于亮说着，走到金灿旁边，重新亮出项链，"我这不是想给你一个惊喜吗，没想到被你提前发现了。"

"真的假的？你不是在忽悠我吧？"

"怎么会呢？咱们都快结婚了，我是那种人吗？接下来，我还要守护你一辈子呢。"

金灿看着悬在面前的项链，犹豫不决。

"怎么？不要吗？不要我拿去退了……"

"要！"金灿连忙阻止，"谁说不要的！讨厌！"

"那我帮你戴上？"

金灿含着笑点了点头。

于亮绕到金灿的身后，小心翼翼地将项链戴到了她的脖子上，扣上锁扣。

"来，过来看看。"

他推着她来到了镜子前。两人一前一后依偎着，金灿望着脖子上的项链，一脸甜蜜。

"怎么样？漂亮吧？"

"嗯。"

"那漂亮的老婆，今晚能不能赏个脸，陪我去吃火锅呢？"

于亮笑嘻嘻地说道。

直到一瘸一拐从警察局里出来，陶军仍然觉得莫名其妙。

不仅仅是今天，整整这一星期，他都被莫名其妙的意外阻碍着。他生于六月上旬，双子座，按照他妻子的说法，可能正经历最严重的水逆。不过也就是说说而已，作为一名坚定的无神论者，陶军从来不相信这些。

此外，他的职业也不允许他这么做。他不是什么话剧演员，也没有离婚，没有因为失业穷困潦倒。他之所以会出现在S市、出现在玫瑰园小区，完全是上级委派的任务。

他是一名缉毒警察。

一个多月前，他还待在云南德宏的木康边境检查站，负责查验过往车辆行人有没有携带毒品出入境。此地被群山环抱，常年雨雾不断，距离全球著名的毒源地"金三角"只有一百公里，是阻止毒品从边境流向内地的主战场。现年四十二岁的陶军在此工作了二十余年，不仅经验丰富，而且练就了敏感的神经——汽车备胎里传来的清香、拆开又重新封口的花生、生产日期模糊的泡面、穿着反季衣服的妇女……每一种不寻常的细微之处，都能触发他的感觉器官，把企图过境的毒品从缝隙里找出来。他曾总结出一百余种藏毒的方法，查获超过500公斤的各类毒品，抓捕大小毒贩不下百人，是当地警队有名的缉毒神探。

半年前，云南警方接到线报，某国际贩毒组织从中缅边界入境，将"金三角"的海洛因带到了内地。然而，云南警方在边防大小检查站加大布控数月时间，并没有什么收获。随着时间的推移，这起毒品大案逐渐成了死局，公安部门不仅耗费了大量时间和警力，也丧失了耐心，以至于上级领导开始质疑这是错误的信息。

直到某一天，警方的消息源——那个潜伏在贩毒集团多年的线人浮尸湄公河上，事态陡然变得严峻起来。通过调查线人的死因，警方发现他在死前曾留下了一个重要信息：有一批货被发往了S市。

没有源头，只有中转站。那么从中转站入手去调查，反溯源头，是目前唯一的方法。云南警方立刻与S市警方取得了联系。双方局级负责人开了电话会议后，达成一致：通力合作，找到并捣毁S市的毒品中转站，挖出背后的贩毒组织，一网打尽。

社会治安一向良好的S市已经多年没有出现过毒品大案了。本地刑警队甚至没有专门设置的缉毒组，破案经验显然没有云南警方丰富。于是，双方商定，由云南警方派一名得力干警来 S 市，负责此案的侦查。

这项任务非常自然地落在陶军头上。出差办案，陶军没有任何意见，服从便是。唯一不舍的，是自己的妻子和可爱的儿子。在德宏，他有一个幸福的三口小家，妻子是当地医院的一名护士，儿子今年六岁，即将升入小学。这一别意味着相当长一段时间里见不到他们。如果出事（他目睹过一名同事被毒贩枪杀），可能就是永别。

"去吧，我又不是第一天知道你是做警察的，嫁给你的时候就做好了一切心理准备。"妻子平静地说道，"不过，你也要答应我和儿子，一定要平安回来，我们会一直等你。"

他答应了，以一个丈夫和父亲的名义。

两天后，陶军就坐上了前往 S 市的飞机，与他同行的，还有他的好搭档布丁。布丁是一只优秀的缉毒犬，已经在警犬队服役三年多了，对毒品有着神奇的敏锐嗅觉。

到了 S 市，他按照计划，先去当地文体中心的话剧团报了到，表面身份是一名话剧演员——一份不用每天上班也不会引起他人怀疑的工作。为了不打草惊蛇，他这次任务是绝密级别的。整个 S 市，除了市公安局主管刑侦的王局之外，没有任何人知道他的真实身份。他伪装成一个刚离婚、事业失败、生活穷困潦倒的单身汉，出入酒吧、夜店等各种娱乐场所，打探消息。

一星期后，他终于在一个喝多了的哥们儿那里偷听到了只言片语。玫瑰园小区。仅此而已。隔天下午，他就在中介的带领下，租下了该小区一套装修简陋的两居室。当天晚上，他带着布丁搬了进去。

他几乎每天都牵着布丁在小区里搜索，然而一个多月过去了，什么线索都没有找到。这一个月来，他的风湿在江南地区的梅雨侵袭下，越发严重了，半夜常常痛得睡不着觉。这倒还能忍受。让他心情烦闷的是思念。他实在太想念妻子和儿子了，除了每天视频半小时，那种想早点破案回家与家人团聚的心情无时无刻不在折磨着他。

就在陶军焦虑不安到极点的时候，案情突然取得了一点点进展。

那天中午，天气热得惊人，而陶军已经牵着布丁在小区里溜达了快一个小时。他每天早中晚各遛狗一次，傍晚遛狗最集中的时候，他反而不出来，因为担心那时小区里的狗太多，会干扰布丁的判断。布丁是一只成年的小公狗，没有做过绝育，遇到母狗时偶尔会丧失理智。

这一小时的搜查又跟往常一样，没有任何收获。布丁已经累得快走不动了。它趴在一片树荫下，疯狂吐着舌头，喝着陶军随身携带的瓶里的水。

有个人从他们身边走过时，布丁突然警觉起来。它收起舌头，伸长脖子，开始不停在空气中嗅着。随后，它站了起来，脑袋像电风扇一样，缓缓转向各个方向，最后静止住不动了。陶军顺着它的目光，看向那个刚走过的家伙。

那是一个不到三十岁的年轻人，穿着白色T恤、深色牛仔裤和运动鞋，戴着棒球帽，慢悠悠地朝前走。陶军拉住布丁，示意它不要轻举妄动，直到那人已经走出二十米远，他才牵起布丁，跟上去。

那男人弯腰驼背，看起来弱不禁风，走路的时候有点东摇西晃，低着头，像是在思考什么。陶军牵着布丁远远跟在后面。以他多年的缉毒警经验来看，这家伙很有可能是瘾君子。意识到这一点后，陶军兴奋起来，就这么远远跟着他，想看看这家伙到底会在什么地方落脚。

烈日当空，四周静谧。

酷暑午后的小区就像宁静的海滩，空无一人，只有微风吹拂树叶的声响，伴随着蝉鸣，交织奏出舒缓的乐章。而在这流淌的乐章中，两个人和一条狗就这么前后相随，缓缓前行。

经过那座木质吊桥时，男人不知为何停住了。陶军看见他单腿蹲了下来，似乎是在系鞋带。于是，他藏身于一棵粗壮的树后，等待着。

几秒钟后，陶军感觉手里的绳子突然绷直了。他低下头，看见布丁激动地跳来跳去，铆足劲要朝着另一个方向暴冲。在那个方向，一个穿着短裙的女孩正牵着一只白色的小狗走过来。那应该是一只成年小母狗。

往常的话，陶军会牵着布丁上前打个招呼，让两条狗碰个鼻子，互相嗅一下，但今天有任务在身。陶军只好死死拉住布丁，防止它丧失理智，破坏大局。所幸布丁很快就收敛住了。它是经过严格训练的缉毒犬，虽然身体里存有兽性，但只要主人在，就必须无条件地控制住欲望。这是人类训练的成果。

但那条小白狗不是。

当它看见布丁后，一阵剧烈而尖细的犬吠响了起来。狗叫声引起了主人的注意，同样也惊动了那个弯腰系鞋带的家伙。男人回过头，先是看见了狂叫的小白狗，接着又顺着狗叫的方向发现了陶军和布丁。陶军的眼神正好与他撞上。几乎就在那一瞬间，男人猛地站起来，撒腿就跑。

事后，陶军分析，那一刻并没有穿帮，不可能被对方看出自己是警察。那家伙跑起来的理由只有一个，他是故意的。他一跑，显然会引发两种可能：第一，陶军追上去，说明他跑对了，确实有人在跟踪他；第二，没人追他，那么他跑也不是什么坏事。

他就这样跑了起来。陶军好不容易找到了一条线索，怎么会轻易放弃？他宁愿冒着暴露的风险，也要截住对方。他牵着布丁追了上去。

过了小桥，便是一片杂草丛。陶军看见那家伙冲了进去，便迎头直追，也钻了进去。但因为他带了一条狗，刚冲进杂草丛，速度就自然慢了下来，另外他也担心对方有埋伏。

等他一路追出草丛，来到一个单元口时，听见了一声惨叫。他急忙收住脚步。紧接着，他看见那男人躺在地上，旁边竟然有一条大黄狗。男人和大黄狗都一动不动，也不知道是死了还是昏迷。

陶军愣住了。他连忙抬头朝上看去，发现一个脑袋迅速缩到了围栏后面。

什么情况？是意外吗？还是故意的？他想上前查看，但理性告诉他最好不要动。如果男人死了，自己不就成了事件的目击者？那样警察就会来问询甚至调查他，他很难不暴露自己的身份。来之前，上级给他的任务之一就是保密。一旦泄露身份，所做的一切很可能前功尽弃。

他犹豫了一番之后，决定朝后退去，从旁边的自行车通道离开，下到停车场。站定后，拨打了120和110。他能做的只有这些。

他从地库乘坐电梯回到了家。反锁上门,喝了一大口冷水之后,他坐在沙发上静静地思考刚才所经历的一切。

毫无疑问,这家伙有问题。布丁不会出错,他也不会判断失误,男人极有可能与他在调查的贩毒集团有关联。遗憾的是,这个人出了意外,线索就这么生生被断掉了。

现在想这些已经没有意义了。他想到接下来可能会出现的两种情况以及应对方式:如果这家伙还活着,那么就有机会从他嘴里撬出有价值的线索;如果他死了,那么接下来的工作要怎么办?继续在小区里闲逛?显然就近一个月的成果来看,这样的工作方式没效果。

如果是第二种情况,那么最有可能找到的突破口在于这个男人的身份。他是谁?为什么会出现在这里?他住在这个小区?具体的地址是什么?经常和谁接触?也许找到这些,离破案就不远了。

就这样琢磨来琢磨去,直到他家的门铃响了起来。

进来的是一个老头。他自称方磊,是一名刑警。陶军一边在心里揣摩着,一边小心翼翼地应付着他。

还好对方只是例行公事。不过,陶军从他身上知道了一个信息:那家伙被砸死了。方磊认为砸死人的是从这栋楼上扔下去的大黄狗——这一点,他一开始就错了。陶军亲眼看见扔狗的地方是隔壁楼的天台,但他不能说。因为一旦说出来,就暴露了自己。

依照上级的命令和计划,陶军不能亮明身份,哪怕对方也是刑警。方磊离开前,听见了卫生间的声音,接着布丁被发现了。陶军编造了一个谎言,从方磊的神情判断,他好像相信了那套鬼话。但也不一定。

送走方磊后，陶军顿时产生了一种紧迫感。这是由那个被砸中的男人带来的。现在他死了，一切都随之发生了变化，破案迫在眉睫。

如果这家伙真是贩毒集团的人，那么他的死会带来连锁反应。贩毒集团知道自己的成员死了，而且死得这么蹊跷，或许会莽撞行事，斩断S市的关系网，撤退到其他地方。要是线索一断，想再追踪到他们就难上加难了。

另外一份不安来自方磊。这个老警察显然并不知道他的身份，而且从对方办案的情况来看，似乎已经被边缘化了——怕的就是这个，陶军担心老警察不安分，想在退休前证明自己，从而对他纠缠不清，坏了事。

怕什么来什么。果然，方磊又找上门来了。这的确是一个难缠的家伙。他从监控画面中玻璃门的映像上发现了陶军。事情发展到这一步，之前撒的那些谎就得推倒重来。陶军干脆耍起了无赖，说自己酒喝多了不记得了。这一招倒挺符合"颓废中年男"的人设。而且刚好排除了他的嫌疑——案发时，他就在死者身后不远处，不可能在楼上扔狗砸人。

即便如此，陶军还是从方磊的眼神中看到了怀疑。等方磊走后，他立即给王局打电话，说明了情况。王局向他保证，方磊的事情由自己来搞定，同时给了他一个本地线人的联系方式。

不久，陶军与线人相约见面。在这之前，还发生了一段小插曲——有四个孩子偷偷潜入他家，把布丁偷走了。当时他回家发现布丁不见了，确实吓了一大跳。这条缉毒犬跟他搭档多年，感情很深，培养它也花费了单位不少财力和精力，就这么从家里凭空消失，太不可思议了。一旦有人知道这是条缉毒犬，他的身份也会随之曝光。

幸运的是,他以找狗为名去物业查看了监控,很容易就发现是四个孩子干的。其中一个小胖子之前还闯入过他家。他悄悄找到那几个孩子,请他们喝了星巴克——对此,孩子们都惊呆了。得知他们把自己当成了虐狗狂,他差点笑出声来。他对虐狗的事予以否认,但也没有解释太多。完全没必要。这不过是小孩子们的冒险游戏罢了,就让他们自己去玩吧。

然后就到了今天下午,与线人接头又被方磊搅和了。在逃跑的过程中,他崴了脚,被方磊扑倒在地。他完全有能力将方磊打倒,却下不了手。这个老同志已经六十岁了,要是有个三长两短,他于心不忍。

现在,他被放出来了,但他依然觉得这一切实在太莫名其妙。

一瘸一拐回到家,刚进门,就接到了王局的慰问电话。他说他已经把方磊调开了,不会再来骚扰,让陶军放开手去调查。可当他试图再次联系那名线人时,对方已经关机了。这条线索眼看又要断了。他叹了口气,给布丁套上绳子,准备出门去碰碰运气。刚从单元门出来,迎面又遇到了方磊。

"哟,遛狗啊。"方磊笑嘻嘻地对他说。

"怎么,不可以吗,要不要抓去审讯?最好把我的狗也审一下?"他讥讽道,同时注意到了方磊旁边的大汉,他知道对方叫蒋健,是本地刑警队长。蒋健也在打量他。

"没那个工夫,你遛你的狗。不过,"方磊上前对他说道,"你也不要得意,我会盯死你的。"

"随你的便吧。"陶军看了他们一眼,气鼓鼓地走开了。走了十几米远,他回头,看见两名警察进了38号单元门。显然他们不是冲自己来的。难道这栋楼里还有什么值得怀疑的吗？

就在他胡思乱想之际，方磊和蒋健按响了101的门铃。

开门的是金灿。

"方警官，"金灿看到他们大感意外，"你们怎么又来了？有什么事吗？"

"还真有事。"

方磊和蒋健对视了一眼，同时将目光投向金灿的脖子。

"金小姐，能不能请你解释一下，你脖子上这条项链的来历？"

20

在刑警队这么多年，方磊还是第一次与蒋健搭档出外勤。说句倚老卖老的话，他是看着后者成长的。方磊三十二岁进入刑警队时，蒋健可能还在挥汗备战高考呢。六年后，蒋健来了，顶着公安大学刑侦专业毕业生的头衔。不过，蒋健没有被安排在方磊身边，而是跟了时任刑警队长王波，成了他的助手兼学生。王波就是现在的王局。

十多年过去了，方磊逐渐从一名中年刑警变成了老年刑警，没有任何晋升，生了两个女儿之后，职业生涯就彻底停滞了。而蒋健呢，转眼从一名青年刑警变成一名中年刑警，职位也从普通刑警晋升到了副队长，又升到了队长。

要说方磊内心没有不平衡是不可能的。他一直以为，按照资历，他应该比蒋健更早当上队长。然而，他也知道无论是从学历、履历还是关系，自己均无力与蒋健抗衡，到后来干脆也不想这些了，一门心思等着退休养老。

不平衡归不平衡，他从来没有对蒋健本人有什么意见，即便发生了那次的事情。当时在街上，他的确见到了蒋健与女友吵架，后者摔倒在地，但他很清楚蒋健并不是故意的。那女孩吵得比蒋健还凶，拉住了他的胳膊，而他只是顺势一甩手，她便摔倒在地。

后来蒋健把消息传播出去怪在他头上，真是冤枉，但他也没有刻意去解释。这种事情越说越解释不清。可他越不解释，蒋健就越认为是他在嚼舌根，对他的成见也越来越深了。

他本以为在退休前自己和蒋健的关系不会缓和，没想到的是，这次的几个案子如此交错，竟然让他俩成了搭档。第一次并肩，说不尴尬那肯定是假的。

"前面就到金凤凰了。"蒋健指着那家有金光闪闪招牌的店铺说道，"一会儿我主问，你负责记录和观察。"

方磊看了蒋健一眼。

"怎么？你想问？那也行，就你问吧。"

"不不，还是你问吧。"

"为啥？"

"我怕问不好。再说了，蒋队不是公认的审讯大神吗？"

"嘿，老方，少挤对我。"

男人之间通常就是这样，一个玩笑就把之前的罅隙跨过去了。

走进珠宝店，找到经理，说明来意，经理接过蒋健递来的首饰盒，露出了为难的表情。

"二位警官，不是我不配合你们的调查，只是这种盒子我们店里多的是，几乎所有的项链都用这种盒子装。光凭这一个首饰盒，我们无法判断卖的是哪款项链啊，除非有小票。不过即便知道是哪款，我们也不记得卖给谁了。我们是做生意的，从不登记顾客的身份信息。"

"监控呢？"方磊问的时候故意看了一眼蒋健，后者笑了一笑，知道方磊是又在挤对他了。

"监控是有，只是你们要查多久以前的？"

"半个月往前的。"

"这就没有了。店里的监控只保留一星期。"

"那消费记录呢？电脑里应该有存吧。"

"有的，只是我们店里的流水还不错，光这个月项链就卖了不下五十条，需要的话，我可以提供给你们。"

"那就麻烦你了。"

经理点点头，转身想走。

"稍等。"方磊突然想到了什么，"经理，你每天都在店里吗？"

"几乎都在。我每个月只休息两天。"

"那你有没有印象，有一男一女来买过项链？"

"买项链的基本上都是一男一女。"

"哦，这样啊。那你看看这两张照片，有没有印象？"

说着，方磊拿出了死者顾新月和嫌疑人刘辉的照片，递给店经理。经理接过去看了看，摇摇头。

"对不起，我记不得了。"

"好吧。"方磊失望地取回了照片。经理去打印销售清单了，两人在店里转悠着。方磊看见有两个年纪稍大的店员在角落里的柜台后面，捂着嘴叽叽喳喳地聊着什么。他走了过去。

"你们好。"

"警官同志好。"其中一个四十岁上下、穿着职业套装的女人说道。方磊注意到她化了很浓的妆。

"你们在这里工作很多年了吧?"

"她才来半年多,我已经待了五年。"

"怎么样?喜欢这份工作吗?"

"就是一份工作呗。"

"做你们这一行,应该挺能察言观色的吧。至少有识人的本领。"

"这点你说得对,一旦有人进来,只要一眼,我就能看出他们是真来消费的,还是随便看看。"

"哦,你是怎么分辨的,说说看。"方磊饶有兴致地看着她。她撩了一下头发,露出一张自信满满的脸。

"来珠宝店买珠宝的,无外乎三种人。第一,情侣。通常年龄不会很大,要求试戴多种品类,而且问题会比较多,有的女孩会不好意思,毕竟要让男方掏钱;男孩呢,会显得比较大方,也会尽量满足女孩的喜好。当然,也有男孩单独来给女朋友买礼物。"

"第二种呢?"

"第二种就是夫妻了。很少有妻子独自来买首饰的。如果是一对中年人,女人会自己在柜台边看,男人则坐在那边的沙发上玩手机。女人会比较各种款式的价格,试戴时问男人意见,男人敷衍一下,在付账的时候皱一下眉,嘟囔一句'怎么这么贵'。哈哈,这就是典型的夫妻档。夫妻档我们接待起来最麻烦,他们通常比较挑剔,看了很久突然说不买了,也是常有的事情。"

"有意思。还有第三种呢?"

"第三种嘛……"女人朝他们身后看了一眼,确认经理还没出来,压低声音说道,"当然是那种既非情侣也非夫妻的关系。"

"情人关系呗。"

"咳咳,差不多吧。"女店员干咳了几声,"这样的关系,也很简单,就是女的尽量挑贵的,男的尽量满足,甚至还会主动挑贵的送女方。这类顾客是我们店员最喜欢的。"

方磊再次拿出那两张照片。

"这两个人有没有见过?"

女店员接过去仔细看了一看。

"女的见过。"

"是吗?"方磊朝蒋健招了一下手,后者迅速靠了过来,"你确定吗?"

"非常确定。刚才说的第三类顾客,往往会成为我们的谈资,所以记得比较清楚。对吧,小雅?"

那个年轻的女店员也凑上来看了一眼,肯定了同事的说法。

"你不会搞错了吧?这男孩是她的男朋友。"蒋健指着刘辉的照片说道。

"绝对不会搞错。她上次来不是跟这男孩。"

"那你还记得男方的样子吗?"

"我记得。"小雅说道,"当时是我接待的他们。那男人比这女孩大不少,看起来风度和气质都很不错。"

"你少来。"中年女店员打断她,"我这同事还没男朋友,总是对别人的男朋友垂涎欲滴。"

"蔡姐,讨厌!"

"那个,"方磊尴尬地打断她们,"当时有什么让你印象深刻的吗?"

"印象深刻啊,"小雅想了想,"反正一开始我还以为他们是情侣呢,不像蔡姐说的那种情人关系,因为两人很般配,男才女貌,说话也很亲昵。可是后来我意外听到了一通电话。"

"电话？"

"是啊，女孩上厕所去了，男人坐在沙发上等她的时候电话响了。我见那男人看了一眼来电显示，就去外面接电话了。"

"有什么问题吗？"

"有啊，我视力好，正好看见了他手机屏幕上的备注。"

"是什么？"

"老婆。"

"你的意思是，他是有妇之夫？"

"应该就是像蔡姐说的，情人关系成交率最高，结果也验证了我们的猜测，那是我们上个月成交金额最大的单。"

"聊什么呢？"

一个声音在他们身后响起，两个营业员吐了吐舌头，立刻闭嘴了。方磊回头一看，经理手里拿着一份打印的销售单。

"还不赶紧干活去，少在这儿八卦客人。"

"是。"两人灰溜溜地走开了。

"两位警官，这是你们要的近一个月的销售清单。"

方磊接过来，手指从上往下逐一扫过，指尖最后停留在了一笔 25800 元的销售记录上。

"经理，这款项链你们还有现货吗？"

没有现货，只有图册，需要的话可以订购。唯一的现货上个月被顾客买走了。不过即便看图，也能立刻发现它的特别之处。

项链由两部分组成：千足铂金双套链和月牙形的吊坠。链条没什么稀奇的，月牙的形状本身也很寻常，只是似乎与顾新月的名字应合。值钱的是嵌在月牙中心的那颗钻石。

这不是一颗普通的钻石,即使经过打磨塑形,它依然有着半克拉的重量,日常佩戴既不夸张又显高贵。就金凤凰这种本地品牌,25800元可算不低的价格了。

这是极为重要的信息。毫无疑问,刘辉可以被排除嫌疑,不仅营业员认定照片上的男人不是他,以他的经济能力也不可能买这样的礼物送给顾新月。那么,那个有家室、出手阔绰的男人到底是谁呢?

根据店员的描述,现在有了一些基本信息:中年男性、气质不凡、文雅、戴眼镜、看起来和顾新月很般配。结合这些,方磊猜测他很可能是顾新月学校的同事。顾新月在一所私立学校工作,教师收入不低,尤其是一些海归的高学历人才,经济条件很不错,拿出两万多元买条项链也不是不可能。

带着这些信息,方磊和蒋健来到顾新月工作的学校,在教务处调取了该校所有老师的资料。很快,他们便锁定了一个人:五年级数学组组长贾天明。

贾天明今年四十二岁,博士学位,几年前从新加坡回国,属于开发区政府重点引进人才计划中的一员,日常工作加上课外的研究项目,年收入在五十万左右。方磊悄悄用手机拍下了贾天明的照片,发给珠宝店的经理,请他让那两名店员帮忙认人。很快经理回复了,和顾新月一起来买项链的就是贾天明。

更让他们兴奋的是,贾天明就住在玫瑰园小区。这样一来,死者脚指甲里找到的那根狗毛也有了合理的解释。

凭这些线索还不能认定贾天明就是杀害顾新月的凶手,但有必要对他深入调查。贾天明是个有家室的男人,妻子也是本校老师,目前怀了二胎,正在家休假。他还有个十一岁的儿子贾斯汀。

这给两位警察办案带来了一些困难。他们希望在不惊动家人的情况下对嫌疑人进行审问，毕竟人言可畏，对方身为教师，又是政府重点人才库的成员，即便没有杀人，出轨带来的负面影响也足以毁了他。

当天下午，专案组成员就对玫瑰园小区进行监控。小区的北、东、西三个出入口都安排了便衣巡逻，在贾天明家楼下及停车场也各安排了一名警员。贾天明的手机关机了，今天没去上班，似乎也不在家，去了哪里没有人知道。现在只等他出现，埋伏好的警员会赶在他回家前将其截住，带回局里审讯。

方磊和蒋健也来了。他们先去了物业，了解柴浩成平时活动的区域——方磊之前对柴浩成死因的推断逐渐说服了蒋健，他也同意去调查一下柴浩成可能会出现的地方，找找看他把那段所谓的秘密视频藏在哪里。遗憾的是，从物业那里没有得到有价值的线索。

从物业出来后，他们原本打算去超市买瓶水，却意外看到了李微微。在方磊的建议下，他们跟踪李微微来到一片阴凉处，等了一小会儿，又有三个小孩陆陆续续出现了。望着这四个孩子，方磊一下子就明白了，他们就是把那条大黄狗从天台上扔下来的人。他悄悄靠近，偷听他们的对话。他听见李微微复述了他之前跟她说的话，知道他们确实想将功补过。这是一群好孩子，方磊想，扔狗只是想抓住那个可怕的虐狗狂罢了。

等他们说完话，准备各自回家时，发生了一件令方磊和蒋健惊讶万分的事情。

那条价值不菲的钻石项链竟突然出现了。

它出现在那个叫兰小美的混血女孩手上。她把它给了贾斯汀——他就是贾天明的儿子,而贾斯汀则将其收进了自己的裤袋。

没有犹豫,他们开始跟踪贾斯汀。原以为男孩会回家,但只见他走到38号楼门口便停住了。犹豫了一会儿,他走进单元楼。随后,方磊通过101传出的琴声,判断贾斯汀去了金灿家。

在外面等了差不多半小时,他们看见一个男人远远走来。在38号楼前,男人与跑出来的贾斯汀差点撞个满怀。两人简单交谈了几句,贾斯汀就离开了,脸上似乎挂着泪。

"要不要继续跟下去?"

"有点奇怪。跟我来。"

两人进入单元门,走到101的门口,按响了门铃。

"金小姐,能不能请你解释一下,你脖子上这条项链的来历?"

"这个啊,是……"

"是我送的。"于亮从后面露出头来,笑着解释。

两位警察对视一眼,琢磨着应该怎么继续询问。

"两位警官,你们这次来,还是为上次那个人的事情吗?"金灿问道。

"上次的事?哪个人?什么事?"于亮显然不知情。

"哦,不是。"方磊解释说,"我们有些新的问题想问,方便进去吗?"

"当然。请进。"

金灿让到一旁,将两位警官引进客厅。

"两位警官,请问喝点什么?"

"不用了,我们马上就走。"方磊看着金灿,"贾斯汀是你的学生吧？"

"贾斯汀？"这个问题让金灿措手不及，"哦，是的，他在跟我学钢琴，刚才还在这儿呢。"

"嗯。"方磊点点头。

"怎么？他出什么事了吗？"

"没有。"方磊说道，"你认识贾天明吗？"

"贾天明？"金灿一脸茫然。

"就是贾斯汀的爸爸。"

"哦，他啊，送贾斯汀来学琴的时候见过几次，我一般都叫他贾爸爸。"

金灿回答的时候，方磊一直在观察她的脸。他冲蒋健使了个眼色。蒋健点点头，然后一把搂住了于亮的肩膀。

"来，咱们借一步说话。"

说着，他带于亮走进了卧室，反手关上了门。

"警官，这是什么情况？"于亮有些慌张。

"有一些问题想问你。"蒋健说道。

"什么问题？"

"你叫？"

"于亮。干勾于，明亮的亮。"

"于亮，你听好了，我最后问你一遍，那项链真是你买给女朋友的吗？"

于亮刚想回答，蒋健立刻抬手制止了他。

"现在你女朋友不在，你可以告诉我实话。不要撒谎，否则你会有很大的麻烦。不开玩笑。"

于亮直愣愣地看着蒋健，嘴巴张得老大。

客厅里,金灿见于亮进了卧室,暗暗松了一口气。

"金灿小姐,我们在做很重要的调查,请你说实话。你真的跟贾天明不熟?"

"好吧,"金灿犹豫了一下,"他骚扰过我。"

"哦?"

"他儿子贾斯汀在我这里学钢琴,有一天,他送儿子过来,说以后也许有钢琴上的事问我,就加了我的微信。"

"然后呢?"

"一开始,他没做什么,只是常给我的朋友圈点赞。我偶尔会在朋友圈分享照片。"

方磊点点头。这很正常,金灿是个美丽的女孩。

"有一次他问我,他的车坏了,上班能不能搭我的车。"

"据我所知,你平时在家上班。"

"对,那天我正好早上有事要出门,本来我想拒绝他,但想到他是我学生的爸爸,还是一名教师,看上去也挺稳重的,就答应了。"

方磊看了一眼那只叫Lucky的柯基,它和上次一样,躺在地上一动不动,看起来似乎生病了。

"结果第二天他上了车,在路上突然问我白天有没有事。我问他怎么了,他说想去郊外转转,放松放松,问我要不要一起去。"

"你怎么回答的?"

"我当然说有事。他就一直说自己现在的生活很无聊、很苦闷,好想找个没人的地方待着,放空一下身心。一直到了校门口,他还在说,也不愿意下车。"

"他不是要上班吗?"

"我也是这样说的。他说现在放暑假，学校也没什么事，他每天出来上班，其实是想离家远一点。他还说自己的婚姻不幸福，妻子不理解他，老是和他吵架。他说第一次见到我就很欣赏我，我长得很像他初恋女友啥的，可把我吓坏了。"

"后来呢？"

"后来我男朋友正好打电话来，我接电话的时候示意他下车，他可能怕我告诉男朋友，就下车走了。"

"你显然没有把这事告诉男朋友。"

"我不知道怎么对他说。我男朋友脾气挺暴的，我担心他闹事。那个男人只是比较花心，他有个可爱的孩子，家里还有妻子，正怀着孕，我不想看到他家因为我闹得鸡飞狗跳。"

"你真善良。"

金灿苦笑了一声。

"被偷拍的事情，你好像也没跟你男朋友说。"

"对。我有点害怕。"

"现在我知道了。"

他们一回头，发现卧室的门已经打开了，于亮和蒋健就站在门口。于亮快步朝金灿走了过来，金灿一阵慌乱。然而，他一把抱住了金灿。

"对不起，让你受委屈了。"

"啊？"

"我刚才听警察说，才知道家里被安装了针孔摄像头。这个王八蛋，让我逮住他，非揍他不可。"说完，于亮回头看着两位警官，"对不起，我就是这么一说。放心，我不会用暴力的，我懂法。"

"那就好。"方磊看了看蒋健,他们都认为暂时没必要让受害人知道那家伙已经死了。

"就这样吧,我们走了。谢谢你们的配合。"

"没关系,是我们应该做的。"

"对了,你的项链我们需要带走。这是非常重要的证据。"

金灿惊讶地看着于亮。

"怎么样?问出什么了吗?"

走到单元门口,方磊询问蒋健。后者点点头。

"我一吓唬,那小伙子什么都说了。他说他刚回来,看见女朋友手里拿着项链,也蒙了。那项链不是他送的。"

"那他为什么说是他送的?"

"因为他女朋友以为是他的,他就顺势说送她了。"

"还能这样?"

"可以理解,年轻人嘛。对了,你怎么看?"

"很简单,是贾斯汀给她的。"

"但是她不知道。"

"贾斯汀这小孩有心机。我怀疑他知道父亲出轨了,但很显然他搞错了对象,以为是金灿,所以故意拿项链试探金灿。"

"只能这样理解了。"

就在这时,蒋健的手机响了。

"喂?哦,好的,知道了,我们马上过去。"

"怎么?"等蒋健挂了电话,方磊问道。

"贾天明回来了。"

21

　　直到被带到公安局,进了审讯室,贾天明仍然惊魂未定。他没想到,自己只是离开了大半天,溜到隔壁市某个星级酒店,与一个通过社交 APP 认识的女人风流了一把,刚回到家就被几个五大三粗的男人按住了。为了不引起邻居们的注意,他忍气吞声,老老实实地被人戴上手铐,随即被硬塞进了一辆黑色大众汽车里。

　　一路上,贾天明努力回忆自己到底犯了什么错,才造成了眼下的境况。那个四十来岁、长相和身材都极为普通的女人莫非是妓女?警方通过她手机里存有的嫖客信息来抓他?没道理啊,对方从始至终都告诉自己,她只是一个"刚离了婚,没有孩子的可怜女子"。而且警方也没有必要跨越城市,特意跑到他家楼下蹲点啊。

　　那么,会不会是自己无意发表了什么不当言论?这种可能性很快也被他否定。他几乎不在网上发表任何言论,连朋友圈都不发,这种事无论如何都不太可能降临到他的头上。

　　那还有什么可能性呢?

　　就这么一路胡思乱想着,他被带到了审讯室。门从外面关上了,屋内静得吓人。他注意到头顶有个摄像头,仿佛一双眼睛在默默打量着自己。他慌得要命,这辈子从来没有经历过这种事。

　　贾天明活到现在也不过四十岁出头,还是用"半辈子"来形容更为贴切。客观点说,他这半辈子过得还算蛮顺利的。

　　他出生于北方某省一个普通的农村家庭,祖上三代都是农民,他是这一辈唯一的男丁。不怎么认字的老爹在他周岁抓阄算前途的仪式上,故意让他抓住了一支毛笔,然后喜滋滋地宣布自己的儿子将来会因为读书改变命运、光耀门楣。

六岁，他就读于镇上的小学，母亲每天拖着板车，走七里路送他上下学。

九岁，他在村里的池塘游泳，差点淹死，从此怕水怕得要命。

十五岁，他以全镇第二名的成绩考上了县里的重点高中，开始住校。那一年二姐放弃高考，去外地打工，补贴他的生活费。

十八岁，他本想报考首都一所大学的数学系，因为本省一所大学有半额奖学金，他放弃了去北京读书的机会。

二十二岁，本科毕业，新加坡理工大学递来了橄榄枝，这次是全额奖学金。没什么好说的，他在家乡受到镇长亲自接见后，便收拾行李远渡重洋了。离开前，镇长语重心长，希望他不要忘本，学成之后报效祖国、建设家乡。他一脸诚恳地应诺着，心里却不以为意。

二十三岁，研究生第一年，他突然失去了读书的乐趣。数学就像一个黑洞，掉进去是永无止境的，有的天才享受这种坠落的感觉，他却感到恐惧和茫然。他不知道在那些高深的抽象概念和公式里盘旋打转意义何在。面对新加坡现代化的城市建设和高消费的生活，他更迫切的希望是弄到钱。他开始打零工，沉溺欲望，荒废学业。

二十四岁，一个女人拯救了他。她叫葛燕，来自上海一个优裕的家庭。葛燕就读于他那所学校的文学系，漂亮、文艺、浪漫，吸引着校内无数异性的目光，这当中自然也包括贾天明的。不过，他更愿意把这看成一石二鸟的任务：情爱与机会。他刻意接近她，用破解数学题般的智慧和技巧步步为营，博取她的欢心，最终取得了胜利。

二十七岁，读博已经两年了。之所以还在读书，理由很简单：他不知道自己还能干点什么。学校愿意给他提供一份教职，条件是签一份长约，而这无疑会把他逼疯。另外，这也会毁掉他千辛万苦经营的感情。那时候，葛燕即将本科毕业，正在回国和继续留下读书这两种选择间徘徊不定。对于他而言，这根好不容易抓牢的高枝怎么舍得轻易丢掉？在他的怂恿下，葛燕很快决定留校读研。他自然也跟着留了下来，进了一家校外培训机构教中学生数学。他希望保持灵活性，为将来回国做好准备。

二十九岁，他和葛燕结婚了。两人请假回了趟国。飞机在上海浦东国际机场落地后，葛燕的父母开着一辆奔驰商务车来接他们。他一早就知道葛燕家是做生意的，但没想到生意做得那么大。他们先去了豫园路的一幢老洋房餐厅吃了人均一千五的传统上海菜，又折回浦东，入住丽思卡尔顿的行政江景套房——五天后，他们的婚礼也将在这家酒店的宴会厅举行。那天晚上，贾天明站在落地窗前眺望黄浦江上的壮阔风景时就打定了主意：把父母和姐姐们的火车票退掉，不要让他们在婚礼上出现。

三十岁，结婚一年后，葛燕硕士毕业了。她在某个清晨对着马桶干呕，随即发现自己已经怀孕两个月。于是，在他的耐心劝导下，两人打包行李，彻底离开了新加坡。

三十五岁，他回国的第五年，岳父生意失败，散尽家财后依然欠下一屁股债。他和葛燕拿着一点积蓄，带上孩子，离开上海，来到 S 市。履历帮他们在这所私立学校找到了工作。虽然不大情愿重回校园教书，但这已经是他最好的选择了。

四十岁，他升为年级数学组组长，工资比刚来时涨了一倍，再加上政府补贴以及项目经费，开始步入中产生活。也就是这一年，他与葛燕为要不要买房爆发了一次激烈争吵，之后对婚姻产生了消极情绪。他开始有意无意地关注起了身边的其他女人，即使妻子每天跟自己在同一所学校工作。

四十二岁，葛燕又怀孕了。她选择休假养胎，这给了他更大的自由。终于不用每天都被妻子盯着了，他压抑多年的欲望开始爆发。

现在，他呆呆地坐在公安局的审讯室里，双手被手铐铐在椅子上，感到前所未有的慌张。直到两名警察走了进来，他才反应过来，自己是不是应该像电视剧里演的那样对不公待遇提出抗议？

"警察同志，我……"

没等他说完，一个装着东西的塑料袋就飞到了他面前的桌上。又玩这一套，方磊强忍住笑，在审讯桌的另一侧坐了下来，双臂环抱胸前，等着看"审讯大神"蒋健的表演。蒋健扔完东西后，也不说话，就站在贾天明的旁边，居高临下地瞪着他。

贾天明被这突如其来的举动吓住了。他看看蒋健，又看看对面的方磊，最后才把视线收回到那只塑料袋上。他不由自主地挣扎了几下。

"看你的反应，应该认识这东西吧？"蒋健冷冷地问道。

贾天明终于知道了自己被捕的原因，痛苦地点了点头。

"认识就好。我就不把它拿出来了。"蒋健却也没有把装有白金项链的透明证物袋收起来，而是任由它摆在桌上，不断刺激着贾天明。

"来吧，把所有事情从头到尾交代一遍，越详细越好，一旦发现你刻意隐瞒什么，我会换一种方式对付你。"蒋健用下巴点了点项链,"比这残酷得多。"

说完,他才收起证物袋,转身回到了方磊旁边。后者在桌子下面冲他竖起了大拇指。蒋健得意地坐下后便不再说话。

接下来是一阵窒息般的沉默。

等了好一会儿,蒋健突然说话了。

"贾天明!"

"啊?"贾天明惊得一跳,灵魂仿佛飘荡出了身体。

"说话啊。"

"说,说什么?"

"嘿!"蒋健急了,"你玩我呢?交代问题!"

"交代,交代什么问题?"

"你……"

蒋健刚想蹿起,方磊就立马摁住他。他示意这位脾气火暴的刑警队长少安毋躁。

"既然这样,我们就从头开始吧。"方磊慢条斯理地说道,"姓名?"

"什么?"

"我问你叫什么。"

"哦。我叫贾天明。"

"年龄?"

"四十二岁。"

"职业?"

"教师。"

"教数学?"

"是的。"

"顾新月呢?"方磊突然抛出这个问题。

"啊?"

方磊盯着贾天明不说话,半晌,后者无奈地叹了口气。

"她教舞蹈的,和我是同事。"

"你和她什么关系?"

贾天明想了想。

"能不能不要告诉我的家人?尤其是我的妻子,她现在还大着肚子……"

"我再问一遍,你和顾新月什么关系?"

贾天明犹豫了一下,最终还是决定说实话。

"我们是情人关系。"

"现在可以把你们的故事原原本本地说出来了吧。"方磊说道,"反正她已经死了。"

最后这句话仿佛用力地拍在了贾天明的脸上,只见他向后一靠,再度露出了痛苦的表情。

"没错,她已经死了。你们还想听什么呢?"

"全部。"

贾天明叹了口气。

"警官,可以给我倒杯水吗?"

贾天明与顾新月在后者入职当天就认识了。当时,顾新月被教务主任领着到各个科室拜访,进到数学组的时候,贾天明正在埋头准备教案,不知道为什么,只觉得有一道强光照进了屋内,周围瞬间明亮了。他抬起头,恰好与顾新月的视线对上,仅仅一秒钟,他就赶紧挪开了眼神。他害怕了。那双眼睛仿佛有一种强大的魔力，能把他整个人都吸进去，吸进欲望的池塘里。直到顾新月离开，他依然没有回过神来。

从那以后，他隔三岔五就能在校园里遇见她。有时在操场上，有时在走廊里，有时则是在教职工食堂。他远远看见她排队打饭，常常独自一人坐在角落里吃饭。他知道她作为新人没有什么朋友，漂亮的外表更是成了某种障碍——他亲耳听见有同事在议论，说她有些高冷。

但他知道她并不是。有一次，他路过舞蹈教室，正好门没关紧，他听见里面有音乐声，于是停了下来，好奇地透过门缝朝里面望。她正背对着自己给学生们上舞蹈课。她穿着练功服，美好的身材凸显，盘腿坐在地上，双手高举，领着学生们左右摇摆。当她将双腿压成一字马，把上身朝左侧压下的时候，他感觉仿佛有一只手掌掐住了自己的咽喉。几秒钟后，他逃到卫生间，用凉水不断冲洗燥热的脸庞。望着镜子里满是水珠的脸，他羞愧难当。他暗暗自责，自己有妻子，有孩子，有幸福的家庭，那样的想法太龌龊了。他告诉自己，不要再想了，这样的后果他无法承担。

之后，再在校园里遇见她，他开始有意地远离，不去看她。但越这样，他那可耻的欲望越是疯长。有时他与妻子争吵后，会在卫生间里躲上好久。他不断地想，自己活到现在，四十多岁简直白活了。从小到大，他都非常努力，为了成功压抑情感，成了读书机器。后来去了新加坡，为了成为精英、谋求更好的生活，接近现在的妻子。曾经的葛燕文艺又漂亮，他感到非常满足。但从结婚到现在，他已经对她完全提不起兴趣来了。让他无法理解的是，曾经那么可爱而优秀的她，为什么现在会变成这样一副模样？庸俗，不爱打扮，喜欢看综艺，喜欢刷短视频。不仅如此，他们还总是为一些莫名其妙的事情吵架。有一次，他不小心提到了生意失败的岳父，结果她大发雷霆，说要不是当年她的家人照顾，他还指不定在哪里喝西北风呢。他被深深刺痛了。

但他也并不想离婚，因为孩子。他把贾斯汀当作自己的延续，小家伙不仅长得像他，也和他一样有理工男的聪明头脑。他把自己的希望寄托在贾斯汀身上，想把他培养成精英，培养成他这辈子最大的骄傲。

然后顾新月出现了。她简直是他灰暗生命中的一缕曙光。他纠结了很长一段时间后，终于被欲望击溃了。

时间来到那年的万圣节。在私立学校，万圣节这一天，所有师生都可以装扮成自己喜欢的形象。贾天明本来不喜欢这种节日，总觉得自己穿上那样的衣服有点傻，但葛燕当天去了上海，把贾斯汀也带走了。剩自己一个人，他突然有一种束缚被解开的感觉。他心血来潮买了套名侦探柯南的衣服，换了大黑框眼镜、球鞋、领结，然后就去学校了。

巧合发生了。他在走廊上遇见顾新月的时候，发现她居然打扮成了毛利兰。顾新月也意识到这个巧合，她看着他，捂着嘴笑了起来。他心想，她笑起来实在是太好看了。

当天活动结束后，他鼓起勇气找到她，邀请她一起晚餐。她答应了。

两人去了离学校较远的一家私房烤肉店，天南地北聊得很开心。他们非常有默契，都没有谈到他的家庭。这是一种隐秘的信号。

从那天起，两人就成了朋友。但是在学校即便见到，他们也会假装不熟。他们都清楚——他结婚了，妻子就是他们的同事。

他们都不想让事情发展到无法收拾的地步。

然而，没人的时候，在远离学校的地方，两人会偶尔吃顿饭、看一场电影。他们不逾越雷池一步，甚至很少有肢体接触，只是享受着这种暧昧。

直到有一天，事情发生了重大的转变。

葛燕再次怀孕了。她主动请了长假，在家安胎。对于他来说，这简直就是天赐良机。没有了妻子的威慑和监视，他终于不用那么顾忌，与顾新月的接触也越来越多。

有次，学校临时放假。他给她发了个消息，问她要不要去看展览。她像往常一样同意了，他就把车停在离学校两个路口远的地方等她。没多久，车门拉开，她进来了。那天她穿了一件粉色的紧身毛衣，像一只诱人的水蜜桃。在路上，他们临时改了主意：不去看展览了。

那天，他赶在平时下班回家的点到家，若无其事地和妻子吃了顿晚饭，陪着儿子做了一会儿作业，随后慢条斯理地洗了个澡——回来之前他已经洗过一次了。他借口还有些教案需要准备，让妻子和孩子先睡，自己则去了书房。反锁好书房门后，他才拿出手机来，调成静音，给她发消息。他们聊了半小时，然后删除了手机上所有的聊天记录。

"好了，可以进入关键环节了。说一说这项链的事情吧。"方磊看了一下时间，决定加快速度。

贾天明继续说了下去。

从那以后，偷情就成了他生活的重要部分。他们在学校附近租了一个两居室，由贾天明付房租——他有一个私人项目，而葛燕并不知情。

就这么维持了数月。顾新月生日那天,他决定送她一份大礼。他们去了那家名叫金凤凰的珠宝店,购买了这条有月牙形吊坠的白金项链。

"可为什么送出去的项链又回到你手上了呢?"

贾天明不说话了。

"我知道了,你和顾新月的事已经传到你妻子耳朵里了,你妻子威胁你说,如果你不分手,就闹到学校去。想想,她还大着肚子,要真这么一闹,你的名声就完了,说不定还会影响你的前途和事业。无奈之下,你找顾新月分手,她不同意,你一气之下杀了她,清理了现场,然后把尸体运到天平山上掩埋。完成这些后,你突然想到这条价值不菲的项链,如果被人查到,你无论如何也脱不了干系。于是,你又偷偷潜入顾新月家,把项链拿走了。没想到的是,你不小心把它给弄丢了,被小美在车库捡到,最终暴露了你犯罪的事实。"

"胡说!"听到这里,贾天明的脸涨得像熟透的苹果。

"怎么胡说了?"

"我没杀顾新月。"

"说谎!"

"我真没有杀她。"

"那项链你怎么解释?"

"项链我承认,是我在她死后去拿的。我听说她死了,很震惊,如果被人查到我和她在一起过,我的嫌疑肯定最大。我不想让人知道我们的关系,于是去了一趟她租的房子,清理掉所有与我有关的痕迹,包括拿走那条项链。"

"你走的时候没看见狗?"

"狗已经死了,我根本就没进储物间。"

"为什么没有拿走盒子?"

"我根本就没看见首饰盒,还以为她扔了呢。这项链就放在梳妆台的抽屉里。"

方磊看向蒋健,后者点点头表示认可。首饰盒是在衣柜的包装袋里找到的,而且看样子已经很久没动了。

"无论如何,你的嫌疑最大。"

"我真的没有杀她。我那么爱她,怎么会杀她呢?"

"你爱她?"

"当然。"

"可是,据我所知,顾新月死的那天你没有不在场证明。你那天不在家,也不在学校。"

贾天明沉默了半天。

"其实我有……"

"哦?"

"我也不知道为什么,跟顾新月在一起后,我的欲望就像被打开了……"

贾天明害羞地低下了头。

"说清楚。"

"就是那方面的需求突然变得特别强烈。"

两名警察面面相觑。

"我也觉得很难为情,但就是控制不住自己,想要找女人。顾新月不可能每天跟我在一起,于是我……"

"你还找别的女人?"

"嗯。"他点点头。

"所以那天你在外面和别的女人一起?"

"对,我去了其他城市。"贾天明咬咬牙,"我可以把她的名字提供给你们。"

贾天明痛苦地低下头。

"你把对方的名字和联系方式给我们,我们会去核实的。希望你没有说谎。"

说着,两名刑警同时站了起来。他们对审讯结果有点失望。

"警察同志,"贾天明终于抬起头来,一脸可怜的样子,"求求你们了,能不能不要把这些事告诉我的家人?我对不起他们,我……"

方磊不等他说完,就离开了。

22

孩子们说到做到。

晚上七点,四个孩子已经准时抵达约定地点——玫瑰园一期和二期中间的商业街。这里是居民们晚饭后集中纳凉的地带,也是晚上小区最热闹的地方。大妈们会在便利店门口的空地上跳广场舞;小孩会在家长的看护下玩扭扭车、滑步车一类的健身玩具;再大一点的孩子们则会自己聚在一起,骑车、赛跑或者玩追逐游戏。

这条商业街虽然也是由小区的开发商统一开发的,但招商情况却不理想,除了一间三十平方米不到的便利店光顾的人较多之外,熟食店、零食店、理发店、服装店、水果店、面包店……毫不夸张地讲,大多处于已经关门或即将歇业的状态。其中的原因并不难理解：虽然这是一个居住人口超过三千户的大型小区，但地理位置处于闹市边缘，商业要想繁荣起来并不容易。

小区南面是一座大型植物园，就是李微微跟踪妈妈去的那个公园；北面是一排高压线塔，往外五十米是一条通往古城区的高速路；东面倒是有其他小区，但隔了一条南北八车道的大马路，井水不犯河水，而对面的小区也有自己的商业街；西面则是一所还没来得及迁走的工厂，生产加工电子产品，到了夜晚黑咕隆咚的。

玫瑰园小区仿佛一座矗立在开发区的孤岛，全靠小区居民内部消费，商业做不起来很正常。

不过，这并不妨碍小区居民在这个时间段聚集于此，打发饭后时光。

李微微只有一个小时的活动时间。到了八点，她就要回去帮妈妈把装有炉子及食材的三轮车推出来，到小区的东北角，摆摊做消夜。那是人员流动较大的位置，夜晚会有出租车司机、外卖员，以及小区里的年轻人出来觅食，因此生意还不错。虽然还在生妈妈的气，但李微微想到妈妈的辛苦，还是决定要去帮忙。

今天吃晚饭的时候，李微微一声不吭，只是低着头扒饭，妈妈跟她说了好些话，她都假装没听见。她五分钟内吃完了饭，放下碗筷就冲了出去，将妈妈的喊叫抛在了身后。到了宠物店，她又心不在焉地遛了一会儿狗。回去的时候，她想起上次送的那袋狗饼干，便随口问了一句。颜平笑着对她说，放心，客户收到了。

然后，她准时出现在约定地点——便利店门口，等着小伙伴们。贾斯汀最后一个到。他拎着一个环保袋，将里面一百张复印的照片分发给大家。发给胡飞的时候，大家发现他有点不开心。

"你怎么了?"

胡飞摇摇头,抿着嘴,一脸委屈。两个女孩也凑了上去。

"说啊,怎么了?我们是联盟,应该相互帮忙,不要有秘密。"

胡飞看看大家。

"我妈妈回来了。"

"那不是好事情嘛,"紧接着,李微微想起了什么,"咦,今天不是周末,她怎么回来了?"

"你爸也回来了吗?"兰小美问道。

胡飞摇摇头。

"就你妈一个人回来了?她怎么允许你出来的,到底发生了什么事?"

"她回来收拾东西,又走了。"

"走了?"

"嗯,她说她以后要长住上海。"

"你爸呢?"

"我爸明天回来。听妈妈说,他回来后就不走了。她说我爸不想奋斗了,整天喊累,就想在家躺平。妈妈说她再也受不了我爸了,觉得他没出息。"

"也就是说,你妈妈以后在上海,你爸爸以后在家?"

"嗯。"

"那是不是说,他们要离婚了?"

"小美!"

"这有什么,我只是说实话。"

胡飞撇了撇嘴,看上去要哭了。

"没想到会发生这样的事。要不,今天的活动你就别参加了,早点回家吧。"李微微安慰道。

"不。"胡飞挺胸振作了一下,"我不想回去,对着爷爷奶奶我会更不开心的,还不如跟你们在一起,做点有意义的事。"

李微微想了想。

"这样也好。那咱们两人一组分头行动,会快一点。"

说完,他们简单分了组。李微微照顾胡飞,跟他一组。贾斯汀和兰小美一组。贾斯汀想说什么,但忍住了。两组人拿着手上的复印照片,在商业街行动了起来。

商业街的人非常多。李微微的策略是尽量找大一点的孩子。她认为,大一点的孩子记忆力好一些,也方便和他们解释理由。有几个十四五岁的孩子在一块平地上玩滑板,她领着胡飞走了过去。

"哥哥姐姐们,能请你们帮个忙吗?"

大孩子们停了下来,看着他们。她深吸一口气,说他们在帮警察找线索,想问问看有没有谁见过照片上的人。她认为没必要跟人撒谎,直接说出自己的真实目的,用最真诚的方式,才会换来别人认真对待。

果然,这帮少年一听警察要破案,都凑上来了。他们每人拿了照片,保证一旦有什么消息就跟她联系——照片背面有李微微的手机号码。

"小妹妹,能不能问你一个问题?"一个嘻哈风格打扮的女孩看着李微微。

"问吧。"

"为什么警察会让你们做这些事?"

"哦,是我们主动要做的。"李微微不想说出自己是为了戴罪立功,"抓坏蛋,人人有责嘛。"

"还是要小心一点哦,真遇到坏蛋,可就麻烦了。"

"没关系,我不怕!"

"你呢?"女孩看着胡飞。

"我也不怕!"

"好吧,祝你们顺利!"

另一边,贾斯汀和兰小美正并肩朝前走着。他心不在焉,眼睛时不时看向李微微的方向。他们的任务是将照片发给和他们年纪差不多大的小学生,但问了一些同龄孩子,对方都不怎么搭理他们。

"你们找照片上的这些人做什么?"

"我们……"兰小美刚想说,被贾斯汀拦住了。

"我们有个朋友的爸妈走丢了,这是他们的照片。"

"爸妈走丢了?骗人呢吧,只听说小孩走丢的。"

"反正就是帮人找爸爸妈妈。"

"我知道了,他是被爸妈抛弃了吧,爸妈怎么会走丢呢?"

他们俩对视了一眼,同时想到胡飞的事。

"也许吧。看看,有没有人见过?"

大家看完之后,有的说见过,有的说没见过。他们仔细一问,才知道那些说见过的人其实并没见过,是闲着无聊闹着玩呢。

"你们怎么这样?"贾斯汀有点生气。

"什么这样?你们找人,关我们什么事?走啦走啦。"

说完,他们就都散开了。贾斯汀和兰小美备感挫败,看来,这件事没有他们想的那么简单。贾斯汀又朝李微微的方向看,被兰小美捕捉到了。

"你是不是喜欢李微微?"兰小美问道。

"啊?"贾斯汀一愣,瞬间脸红了。幸亏天黑了,应该看不出来。

"你脸红啦?"

"哪有。别胡说。"

"我没有胡说。别以为我看不出来,你眼睛一直在人身上打转呢。"

"怎么被你说得这么猥琐?"

"这有什么不好意思,男孩喜欢女孩,这不是天经地义的事情吗?"

"你小声点,别被人听见了。"

"听见怎么啦?"兰小美笑嘻嘻地把脸凑近,"要不要我帮你们撮合撮合?"

"不要!"贾斯汀叫了起来。

"哈哈,没想到害羞的男孩子还挺可爱的。"

兰小美注意到贾斯汀突然不动了:"怎么了?"

她顺着他视线的方向看过去。只见一辆警车停在小区门口,有个人从车上下来。是贾斯汀的爸爸。贾天明跟警车里的警察打了个招呼,转身进小区了。兰小美看着贾斯汀,后者的表情显然有些不自然。

"没事吧?"

贾斯汀把那叠照片放在兰小美手里。

"我回去一趟。你们继续。"

说着,他就朝小区大门口跑。兰小美看了看他,摇摇头,然后朝另一群孩子走了过去。

"爸爸!"

在小区中央的池塘边,贾斯汀追上了父亲。后者回过头见是儿子,原本紧张的神情一下子放松下来。

"你怎么在这儿?"

"我……出来办点事。"贾斯汀说道。

"哦,你妈呢?"

"妈妈在家。"

"走吧,一起回去。"

贾天明往前走了几步,发现儿子没动,便停了下来,回头看着他。

"怎么了?"

贾斯汀挺了挺胸。不能懦弱下去了,他要保护妈妈。

"爸爸,我都知道了。"

"知道什么?"

"你对妈妈不忠。"

"不忠?"

"而且我知道你和金老师的关系。"

"金老师?我和她有什么关系?"

"别装了。我看见你上了她的车。"

贾天明想了想,露出恍然大悟的表情。

"哦,那次啊。我的车坏了,搭她的便车去学校。"

贾天明上前把手搭在儿子的肩膀上,但被贾斯汀一把推开了。

"你这是怎么了?"

"那项链又是怎么回事?"

"项链?什么项链?"说这话的时候,贾天明已经有些不自然了。

"还撒谎。我问你,几天前,你为什么没回家?"

"几天前?哪一天啊?我都被你搞糊涂了。"

"就是小区里狗砸到人的那天下午。"

"哦,那天啊,我在上班。"

"撒谎。小美明明在地下车库遇见你了。"

"是吗?我记不清楚了。"

"就知道你会这么说。要不是小美那天捡到项链,我根本不知道你会做出对妈妈不忠的事。"

"够了啊,别胡说八道,小心我揍你。"

"揍啊。你揍我我就报警,把你的事情全告诉警察,还要告诉妈妈。"

贾天明愣了一下。

"你是说,你还没告诉妈妈?"

"还没有。"

贾天明顿时松了一口气。他蹲下来平视儿子,露出一脸讨好的样子。

"儿子,你误会我了,我和金老师没有任何关系。"

"那项链怎么解释?我拿到她家,她说是她的。"

"她一定是搞错了。"贾天明说道,"你刚刚有没有看见我从一辆警车上下来?"

贾斯汀疑惑地点点头。

"我被带到警察局了。实话跟你说吧,那条项链是顾老师的。"

"顾老师？"贾斯汀大吃一惊，"是那个死掉的顾老师吗？"

"没错。"贾天明说道，"有次，我在学校走廊上捡到一条项链，一问才知道是顾老师的，想还给她，结果她没再来学校了。所以项链一直在我这里。没想到她出了事，我考虑要不要把项链交给警察，又怕说不清，就一直带在身边，后来掉了，原来是被小美捡去了。我现在知道了，她把它给了你，而你拿去试探金老师，结果被警察看到。警察多厉害，一查就查到我这儿，便把我叫过去问话了。我跟他们详细解释了项链为什么会在我这儿。一切都是误会。"

"真的吗？"贾斯汀依然一脸疑惑。

"当然。你还不相信你亲爸爸吗？如果真跟我有关系，警察会放我回来？"

贾斯汀不说话了。爸爸说得有道理。

"你要是还不信，我明天带你去找金老师，咱们跟她当面对质。我没做亏心事，不怕鬼敲门。"

"好吧。"

"儿子，你放心，我跟你妈妈在一起这么多年，怎么会对她不忠呢？我希望你不要把这些事告诉妈妈，她现在怀着宝宝，要是一激动出了什么事，我们就对不起她了。"

贾斯汀点点头。

"走吧，臭小子，你从哪儿学来'不忠'这个词的……"

贾天明把儿子揽在怀里，朝家的方向走去。

胡飞心情不佳，问了几个跟他年龄差不多的孩子后，没有任何发现，就打算放弃了。相比抓到罪犯、戴罪立功，他现在更关心的是自己接下来该怎么办。妈妈不要他了，以后要跟爷爷奶奶生活一辈子，还有一个讨厌的爸爸。

他抬头看了一眼仍在认真问话的李微微，心里不禁泛起一丝苦涩。他现在才知道，有的时候，即便是朋友，也无法排解自己的孤独感。这三个小伙伴对自己很好，也把自己当朋友，但他最需要的其实还是家人的陪伴。他不明白为什么这些大人把他带到这个世界，却不负责任、不好好照顾他。他完全想不明白。

他跟李微微说自己想回家了，她点点头，继续忙碌着，并没有太在意。他失落极了，悄悄离开，从东侧门进入小区。

他独自一人走走停停，最后来到小区的池塘边坐下，然后把那一张张复印出来的照片折成了纸飞机，一只只朝天上扔去。今晚天气酷热依旧，几乎没有风，乌黑的天边挂着一轮朦胧的晕月，预示着明天又是一个大热天。三伏天即将过去，过几天就要立秋了。为什么天气没有转凉的意思？今年的夏天真长啊。他就这么扔着纸飞机，百无聊赖地胡思乱想着。

"你在干什么？"

身后突然响起的声音吓了他一跳。他急忙站起来，回头一看，竟是一位保洁大爷。这位大爷在小区工作很长时间了，胡飞见过他很多次，平时觉得他脏兮兮的，不怎么喜欢他。他低头想走。

"先别走。"

老头拦住了他的去路，身上隐隐传来一股难闻的味道。

"小区的环境要靠大家来维护，你知道你扔了这么多垃圾，给我增加了多少工作量吗？"

"这不是垃圾。"

"那是什么？"

"是……"

不等他说完,老头已经把纸拿了过去。

"照片?"

"对,是警察让我们找的。"胡飞觉得说出"警察"这两个字,可以给自己壮胆。

"哦……"

"爷爷,你见过这两个人吗?"

大爷摇摇头。接着,他叹了口气。

"既然是做好事,那你去找吧,我来收拾。下次不要在小区里乱扔垃圾了。"

说着,大爷低头开始捡起了纸飞机。胡飞有点过意不去,也低着头帮忙捡。

"这么晚了,你怎么还在外面不回家?"

"我,过一会儿就回去。"胡飞不想把自己家里的事告诉陌生人。

"你如果没事,就跟我来吧。"

"去哪儿?"

"你不是喜欢做好事吗?"

大爷笑了笑,露出牙齿,拍了拍自己身上挎着的那个布袋子,朝一个角落走去。胡飞犹豫了一下,跟了上去。

大爷脚步蹒跚地走到一处竹林,从角落里翻出来一只不锈钢小碗。接着,他把手伸进布袋,从里面抓了一把什么东西,撒在碗里,发出沙沙的清脆声响。他对着空气吹了几声口哨,很快,神奇的事情发生了。一群流浪猫从四面八方钻了出来,把头凑在一起,开始吃碗里的猫粮。

"要不要试试?"大爷对他说道。

"好啊。"

"把手伸出来。"

胡飞向前伸出一只小手掌。

"你手太小,两只都伸出来。"

胡飞又伸出一只手掌,两只手掌并排张着。大爷又抓了一把猫粮,放在他的手掌里。胡飞捧着猫粮,把猫粮放在碗里,蹲了下来。那群猫见状小心翼翼地凑了过来,开始在碗里舔食。

"它们真乖。"胡飞笑着说。

大爷也笑了起来。很快,猫粮就被这群贪吃的猫吃完了。

"爷爷。"

"嗯?"

"你看见过流浪狗吗?"

"看见过,不过都不怎么愿意接近人。以前还好,现在不知道为什么,看到人就跑。"

"因为有人虐待它们。"胡飞说道。

"是吧,这些人啊,真是禽兽不如。"

"爷爷,为什么我们小区里会有流浪猫和流浪狗呢?"

"流浪猫是从其他地方溜进来的,它们本领大,可以飞檐走壁。至于流浪狗,是被人抛弃了。"大爷这时已经喂完了猫,来到了他的身边,"现在很多人住在城市里,看到小狗觉得好玩,一时兴起就买了回去,没多久就发现养狗是件麻烦事。狗小时候很可爱,他们还能忍受,时间久了、厌烦了就把狗抛弃了。

"一开始呢,小区的物业还说要把流浪猫狗都赶出去,毕竟不是每个人都喜欢,但后来经理觉得这样做太不人道了,就组织人员给这些猫狗做了绝育,还打了疫苗。即便这样,还是有人不喜欢它们。你瞧,不是还有人虐狗吗?"

胡飞沉默不语。

"好啦,小胖子,你早点回家吧。这个小区看起来很美好、很现代、很文明,但其实啊,里面不知道住了些什么人,坏人也是有的,你一个人在外面很不安全。"

"知道了,谢谢爷爷。"

"我看得出来你有烦心事,但你想想这些狗,被抛弃、被虐待,却依然坚强地活着,努力生存。想想它们,你也许不会那么痛苦了。"

胡飞似懂非懂地点点头。他现在不那么讨厌大爷了。

"走啦,我还得去其他地方喂猫呢。"

大爷起身走了。胡飞在原地待了一会儿,正准备离开,看见食盆旁边有只小猫正在奋力扒土。他好奇地走过去,低头查看。有个亮闪闪的东西被扒了出来。他弯下腰,把那东西捡了起来。是一个U盘。他左右看看,把它揣进了口袋。

快八点的时候,兰小美有些累了,找了个人少的角落坐下休息。一个小时下来,什么收获都没有。

没多久,一个人影出现在她的面前。

"小美?你在这儿做什么?"

兰小美抬起了头。

23

对贾天明的审讯结果,让方磊大失所望。

显然，他的供词能够自圆其说。也就是说，这桩杀人案的调查再一次陷入了死局。

更让方磊失望的是自己的孩子。

昨天回到家，他发现院门竟然开着。一个穿得像房产中介的人拿着一只手机，正在院子里拍来拍去，一边还在解说。让方磊气愤的是，这人真的是一名房产中介。

"你在干吗？"

"哟，是方先生吧？"中介笑嘻嘻地说道，"您回来得正好，我正在拍短视频呢。"

据他解释，现在中介卖房子已经跟以前不一样了。以前是先拍照片，发到网站上，客户有意向才带人看房。现在不同，每个中介都有一个抖音账号，开启了短视频看房的时代，中介不仅是中介，还是博主。他们上门拍摄房子的视频，自己配解说，给潜在的客户展示房屋的情况。

"现在是流量为王。我呢，在抖音上有大几万粉丝，"中介男得意地说，"不惭愧地讲，我的带货能力还是可以的。上个月，在我手里成交的房子就有五套。您这个房子啊，虽然比较老旧，但是还蛮有风格的，经过我这么一拍，宣传一下，保管很快给您卖出去。"

"哦。"方磊眯缝着眼睛看天，"你刚才说什么粉丝？"

"粉丝，就是关注量。"

"大几万？"

"对，大几万。"

"具体几万呢？"

"八万多吧。"

"八万……这让你有当王的感觉?"

"啊?"

"你不是说,什么为王吗?"

"流量。流量为王。"

"嗯。那么,这位流王,请你现在就把你的手机收起来,从我家里滚出去。"

"这……"

"滚。"

方磊冷冷地瞪着对方。中介不客气地哼了一声,然后挺胸抬头地往外走。刚走到门口,小女儿方小梅拿着一瓶矿泉水进来了。

"欸,怎么走了?"

"你问问他吧。"

"怎么了?来,喝水……"

"不用了。等你们商量好再来找我吧!我忙得要死!"

说着,他就甩手走了出去,方小梅拉都拉不住,只好眼睁睁看着这位"流王"离开。

"爸,您这是干什么呀?"

"我还问你干什么呢,这人怎么进来的?"

"我开的门啊。就出去买个矿泉水,您就回来了……"

"你是不是盼着我别回来,然后偷偷给我把房子卖了?"

"哪有这么快。人家只是来拍个视频,真要卖,还不得三五个月……"

"闭嘴!"方磊气坏了,"我不是说了不卖吗?"

"爸,您怎么这么固执呢?"

"你说对了,我就这么固执。我说不卖就不卖。"

"爸……"方小梅的眼眶突然红了,"晓峰要跟我离婚。"

方磊不吭声了。

"其实我们的婚姻已经名存实亡了,但为了囡囡,还生活在一起。您应该知道,我现在和他在一起住的房子,是他的婚前财产,如果离婚,我一毛钱也分不到。"方小梅的眼泪已经流下来了,"我想要囡囡。和他在一起后,我做全职主妇,已经没有了工作,离了婚也没有房子,起诉到法院我可能会输。我必须买一套自己的房子,哪怕小一点,能带着囡囡住就行。"

"你可以住到家里来……"

方小梅摇摇头。

"囡囡已经大了,她不习惯的,而且还要上学,接送不方便。爸爸,其实姐姐的情况和我差不多。您和妈妈以前没给我们买房子,现在只能委曲求全。"

方磊张了张嘴想反驳,却不知道说什么好。

"所以爸爸,求求你了,帮帮我好吗?"

"可是卖了,我住哪儿?"

"跟我们住。"

方磊摇摇头。

"我再考虑考虑吧。"

"爸,想想您的孙女吧。"

说完,她就转身走了出去,留下方磊站在院子里发了半晌呆。好一会儿,他才回过神来,想往屋里走,走到厅堂门口,他突然觉得有什么不大对劲。

皮蛋!

他心里一惊,大叫着"皮蛋"冲了进去。找遍了整个屋子,却也没找到皮蛋的踪迹。看来是因为开着门，它跑出去了。

已经天黑了，巷子里暗沉沉的，根本看不清楚。方磊在家周围转悠，低着头，一边查看角落和车底，一边呼唤着皮蛋的名字，但没有得到任何回应。和皮蛋在一起的日子并不多，或许它还不习惯这个奇怪的名字。

这么一想，他逐渐悲观起来。沿着街道，来到护城河边，走近万年桥，到了上次遇见皮蛋的地方，依然没有它的踪迹。他绝望了，心里怨着女儿为什么不把门关好。不过现在埋怨也没用，皮蛋失踪了。

那天晚上，他在床上辗转反侧，夜不能寐。他故意将门留了条缝，希望奇迹发生，皮蛋能自己回来。他在黑暗中侧耳倾听，但是除了窗外的风声、偶尔路过门口的醉鬼的声音，以及远处汽车的马达声，什么也没听见。

第二天，他疲惫不堪、双眼红肿地到了警局。蒋健见到他这副样子，吃了一惊。

"老方，你昨晚捉耗子去了啊，怎么跟没睡觉似的。"

"真没睡觉。我家狗丢了。"

"怎么回事？"

"甭提了。"方磊打着哈欠，"年纪大了，真有点顶不住。"

"那要不要回去休息一下，这里有我盯着。"

"不用了，几个案件还没破，心里挂着事也睡不着。怎么样？有什么进展？"

"暂时没有。我调查过贾天明昨天说的那个邻市女人，她承认当天确实和贾天明在一起，有酒店监控记录为证，所以贾天明基本上已经解除嫌疑了。"

"可不是他又会是谁呢?"

"真不好猜。这案子简直越来越离奇了。"

就在这时,门口传来一阵喧闹声。两人对视一眼,快速走了出去。

"怎么回事?"

"他们说要找老方。"

警员让开身,方磊看见居然是李微微和一对夫妻站在门口。那男的是个外国人,个子高高的。他们一副很焦急的样子。

"警察爷爷!"

看到方磊,李微微冲了过来。

"怎么了?微微,这是做什么?"

"警察爷爷,出事了。"

"出事?什么事?"

"小美不见了。"

说完,李微微哇地一下哭出声来。

前一天晚上,四个孩子出来发照片,帮警察寻找线索。他们两两一组,分头行动。两组人后来都分开了。据贾斯汀说,他看见爸爸,于是独自离开了,而李微微和胡飞也分开了。不过,后来胡飞用智能手表给李微微发了语音消息,说他已经到家了。八点,李微微也离开了商业街,去帮妈妈摆消夜摊了。

李微微和妈妈一直忙到很晚,回到家时已经接近凌晨一点,被家门口等着的一群人吓了一跳。原来,兰小美晚上九点还没回家,克里斯很担心,就出来寻找。他知道兰小美经常和贾斯汀一起玩,就去了他家。

贾斯汀本来已经睡觉了，被叫了起来。得知情况后，他说自己也不知道兰小美去哪儿了。大家这才意识到可能出事了。他们又通过贾斯汀找到了李微微，李微微带着他们去了四人常去的地方，还是没有兰小美的下落。

凌晨一点半左右，他们打了110报警。

派出所民警赵明明和同事赶到现场后，见报案的是外国友人，失踪的是一个美国孩子，顿时紧张起来。他们把物业经理叫过来，查看小区监控，重点关注前一天晚上七点以后商业街那一块的情况。经过不懈努力，赵警官终于发现了一条重要线索——大概七点五十分左右，兰小美跟着一个人从西侧门进了小区，再也没有出现。

"这人是谁？"克里斯问道。

这是一个没有人能回答的问题。因为距离太远、夜晚光线太暗，再加上对方戴了一顶鸭舌帽，根本看不清样子。不过可以确定，对方是男性。

进了小区，却找不到人，这样的情况更让大家心急。

"可能是熟人作案。"赵警官认为兰小美自愿跟着那人离去，并没有遭遇强制手段，说明他们认识。

经这句话的提醒，李微微想起了一个人。

在她的带领下，大家来到38号楼，坐电梯到25层。

敲开2502的门后，两位民警迅速控制陶军。陶军被搞蒙了，大家搜查了一圈后，除了那只可卡犬，什么也没搜到。

"你们今天必须给我一个解释！"陶军被松开后气愤地说道。

"我们一个朋友不见了。"李微微说道。

"什么朋友？跟我有什么关系？"

"就是那个混血儿,小美。"

"小美?"

"对,就是我的女儿。"

克里斯站到了陶军面前,比后者高半个头。

"你女儿不见了?"陶军愣了一下,"你们怀疑是我绑架了她?"

警察走上前,挡在了两人中间。

"对不起,可能是一场误会。"

"误会?"

"这几个小孩说,你请他们喝过星巴克,认识小美,所以人失踪了立刻就想到你。抱歉啊。"

"喂,你们几个小屁孩,竟然还怀疑我。"

"对不起,叔叔。"李微微真诚地道歉。

"算了,小美在什么地方不见的?"

"就在小区里。"

"小区里?"

"小区里?"在警察局,方磊问了和陶军同样的问题。"没道理啊,在小区里,怎么会失踪呢?"

"反正没出去。"克里斯说道,"我们昨天找了一夜,每栋楼都跑遍了,哪里都没见小美。"

这个高个子的美国人简直要哭了,一旁的兰伊莲倒显得冷静些。

"方警官,你一定要帮帮我们,李微微说你是个好警察,让我们来找你。实在不行,我只能让克里斯给大使馆打电话了。"

"先别。"蒋健连忙插话道,"这样,我去跟领导汇报一下,再安排点人手,在小区里进行一次地毯式搜查,只要人还在小区里,就找得到。"

说完,蒋健就离开了。方磊把小区门口最后一次拍到兰小美的视频又看了一遍,越看越疑惑。

"小美平时是怎么样的性格?"

"她啊,是在草原上长大的牛仔,很开朗,生存能力也很强,所以我们平时对她很放心,让她一个人在外面玩,不怎么管束她,真没想到会出这种事情。"兰伊莲说道。

"她性格谨慎吗?"

"她很天真,容易相信人。"克里斯又要哭了,"我应该教育她不要那么轻易相信人的。"

方磊看着他。

"发生这一切跟她无关,跟你们也无关。天真是美德,坏的是那些作恶的人,我们不能因为罪恶就去否定天真。"

克里斯点点头。方磊转过头看李微微。

"微微,你跟她比较熟,她在小区里还认识其他人吗?"

"应该没有。她平时就跟我们三个玩得好,大多数时间都跟我们在一起,我没见过也没听她说过还有别的朋友。"

方磊的眼睛盯着画面上那个黑影,默默思考着。

或许是因为兰小美的国籍,王局怕引起不必要的纠纷,对这起失踪案十分重视。他不仅派遣了本局得力干将前往玫瑰园小区找人,还从周边派出所抽调了十几个民警,进行地毯式搜查。

然而怎么也找不到这个失踪的小女孩。

整个小区就像是一个巨大的密室,她消失其中。

如此一来,问题变得棘手起来。王局干脆把这个任务交给了刑警队，让他们在小区里驻守，24小时巡逻，并且下了死命令，一天不找到小美，一天就别想休息。

于是，方磊和蒋健再次来到玫瑰园小区。让两人哭笑不得的是，作为警察他们四次来玫瑰园，居然是为了四个不同的刑事案件：高空坠狗案、维修工案、天平山女尸案，以及混血女孩失踪案。蒋健开玩笑说，我们干脆在小区里租个房子，住下来得了，方磊报以苦笑。现在真不是开玩笑的时候，每一起案子都不是小案，都是牵涉人命的大事件。

可问题是，该从哪儿入手呢？

整个玫瑰园，数十栋楼房，上千居民，一一排查太耗时间，况且这样的方式已经试过了，并不管用。

方磊想来想去，还是把其他三个孩子集中起来，看看能不能再挖出点有价值的线索来。

"你是说，你们昨晚是在帮我发照片？"

"是啊，不是您让我们将功补过的吗？"李微微说道。

"是我说的。"方磊此时心里很后悔，王局说得对，就不应该把这种任务委派给孩子去做，自己真是老糊涂了，"对不起……"

虽然懊悔，但他并没有停止思考。发个照片，为什么会出状况呢？接着，他突然想到了什么。难道说兰小美的失踪跟那两张照片有关？顾新月和刘辉涉及天平山凶杀案，一个是死者，一个是嫌疑人，什么人看到他们的照片会有过激反应呢？

凶手。

进一步猜想，也许机敏的小美发现了凶手的秘密，所以凶手决定把她骗走？

真是这样的话，小美现在很危险，她知道凶手的身份，很可能会被灭口。

"你在想什么呢?"蒋健问道。

"没什么。"方磊觉得暂时还是不要说出来好。这只是他的猜想,说出来可能会给孩子的父母造成刺激。

"哦,对了,你们三个,"蒋健看着孩子们,"就是你们把狗从天台上扔下来的吧?"

李微微点点头。

"放心,警察叔叔,该我们承担的责任我们一定会承担,绝不逃避。"

"嗯,真棒。"

"不是说将功补过可以减刑吗?"小胖子胡飞问道。今天被叫出来后,他一直没怎么说话。

"哈哈,你几岁啊?"蒋健问道。

"八岁。"

"才八岁啊,放心吧,小朋友,你还远没到需要承担法律责任的年龄,何况这是一场意外。只是下次不要再高空抛物了,好吗?对了,你父母在家吗?我一会儿去找他们谈话。"

"别!"

"怎么了?"

胡飞低下头,不说话了。

"别问了。他父母……那个了。"李微微把左右手两根食指竖起来并排放在一起,然后做了一个分开的动作。大人们心领神会。

"那我问你,你昨晚上也参与发照片了,对吗?"

胡飞点点头。

"有没有发生什么事情,或者遇到什么特别的人,让你印象深刻的？"

"哦……"这一问，胡飞突然想起来，"不过他肯定不是坏人。"

"谁？"

"小区里的保洁大爷。我昨天看见他，一开始还吓了一跳，后来才知道，他是在喂流浪猫、流浪狗。他是个好人。"

"保洁大爷……"方磊细细琢磨着。

"哦，对了，还有。"

"什么？"

"我昨天捡到一样东西。"

说着，胡飞从口袋里拿出来那枚 U 盘，放在手心上。方磊凑上去一看，还有一些泥土沾在上面。

"U 盘？"

"是吗？我没用过，不知道是什么。"

"哪儿来的？"

"地上捡的。"

警方没多注意，胡飞失望之下偷偷将 U 盘扔向池塘。

"接下来应该怎么做呢？总不能在这里干等着呀。"李微微说道。

"确实，但问题是没什么线索啊。"

就在这时，方磊看见了一个人，一个熟人。陶军正牵着布丁，在小区里快步走着。布丁的脖子上戴着一个伊丽莎白圈。方磊刚想上前，被蒋健拦住了。

"你要干吗？"

"没什么，去会会他。"

"算了吧，你上次闹那一出还不够吗？没有证据不好怀疑他。"

"我知道。放心，我不会做出什么出格的事。"

说完，方磊就朝陶军和狗走去。

"喂！"

在离陶军十米远的地方，方磊叫了一嗓子。陶军回头一看，转身就准备走。

"你站住！"

陶军无奈地站住，转身。

"方警官，你到底想干吗啊，我遛狗也不行吗？"

"你这狗咋了？"

"皮肤病，刚去宠物店涂了药，现在回家。"

"你还别说，这狗戴上项圈挺可爱的。"

"方警官，没啥事我就走了。"

"等会儿，问你几个问题。"

"什么问题？"

"你有没有看见那个叫小美的孩子？"

"大哥，我昨晚已经跟民警说过了，没见过。"

"那请你记得留意一下，一有消息，随时向我汇报。"

"知道啦。"陶军没好气地说，"你怎么老把我当犯人似的？"

"我……"

一阵铃声打断了他的话。方磊看了一下来电显示，示意陶军可以走了，然后按下接听键。

"王局？"

"你和蒋健在一起吗？"

"在一起。"

"那你们回来一趟，有急事。"

"什么急事？"

"让你们回来就回来，哪儿那么多废话？"

"好吧。"

挂了电话，方磊一抬头，看见陶军还没走。

"欸，你怎么还在呢？"

"领导来电话啦？"

"管好你自己！你最好在小区待着，哪儿都别去，听见了吗？"

"为啥？你有啥权利限制我的自由？"

"迟早收拾你。"

"别迟早了，就今天吧。来，收拾我。欸，怎么走了啊，方警官？"

看着方磊走远了，陶军白了他一眼，牵着狗迅速离开了。

方磊回到了蒋健身边，跟他传达了王局的意思。

"那走呗。"

"可我们怎么办？小美怎么办？"

"别着急。这里还有警察在搜查，等我们消息。"

只能这样了。望着两名刑警离开，三个孩子和几名家长又在小区里转悠，依然没有兰小美的踪迹。克里斯再也受不了了。

"明天我去大使馆。"

大家不置可否。小美失踪已经快 24 小时，事态正朝着不好的方向滑去。

夜幕降临。

玫瑰园小区逐渐恢复了平日的热闹。

在这个依然热气升腾的黄昏，小区里正上演着各种悲喜的故事。

胡飞回到家，面对的依然是乏味的爷爷奶奶。爸爸并没有回来。面对一桌饭菜，他什么也不想吃，进了房间，反锁了门。躺在床上，他脑子里全是那些流浪在外的猫猫狗狗。那些被人类遗弃的小动物让他觉得不再孤独。他也想像那个大爷一样，去给可怜的动物们投喂食物。要知道，以前他并不爱狗，只是因为想和几个朋友在一起，才装出爱狗的样子，但现在，他的想法完全不同了。

李微微也回到了家。今晚妈妈做了她最爱的杂酱拌面，饭后，妈妈在厨房洗碗的时候，竟然开心地哼唱着歌。她从来没听过妈妈唱歌。一定是因为那个男人吧。她突然意识到，妈妈其实挺不容易的，如果遇到喜欢的人，做女儿的应该祝福才对，而不是成为妈妈追求幸福的障碍。这样的想法让她一阵轻松。原来祝福别人是会快乐的呀，李微微觉得这真是妙不可言。

妈妈去洗澡的时候，贾斯汀看见爸爸还在偷偷发信息。他发现自己竟不生气了。为什么为了所谓的家庭圆满，就要帮大人隐瞒错误呢？为什么不合适的父母就不能离婚呢？也许分开对大家都是好事，而不是假惺惺地凑合成一个家。他决定要把自己知道的一切都告诉妈妈。具体怎样决定，是妈妈的事。他默默等待着妈妈出来。

克里斯和兰伊莲依然在焦急而痛苦地等待着。他们坚信女儿没事。这孩子有很强的生存能力，她一定能保护自己的。

所有人都不知道，此时此刻，小区的三个门已经缓缓封闭了。

从晚上八点这一刻起，没有一个人能走出小区。

24

就在那个夜晚，互联网上发生了一件引发众怒的事情。

一段大约一分钟的虐狗视频在各大平台上被网友们疯狂传播。可以看出，这是虐狗者自己拍摄的视频。这个家伙手持手机，躲在摄像头背后，将之对准地上的一只大黄狗。黄狗挣扎着要站起来，但它显然吃了某种迷药，晃晃悠悠，四肢无力，刚起身就倒下去了。随后，这个疯狂的虐狗者就开始了残忍的表演。他一边用小刀不断扎大黄狗的身体，一边问它"疼不疼"。

当然疼。大黄狗被扎得龇牙咧嘴，但迷药限制了它的动作和力量，它刚想扑上去，就被虐狗狂一脚踹翻在地。接下来就是更多的刺和血，这个疯狂的人依然没有要停手的意思。他继续着自己的变态行为，时不时伴随哈哈大笑。这被处理过的笑声透过屏幕，传递到城市的各个角落，让每个观看的人都强烈感受到了寒气逼人的恐惧和无法抑制的愤怒。

在视频的后半段，那个家伙换了种方式。先给大家展示了一把银光闪闪的羊角锤，然后对着狗的后腿膝盖猛地敲了下去。先是右腿，然后是左腿。狗惨叫着在地上蠕动，但只能拖着浑身是血的身体在地上爬行。直到画面的最后五秒，那把锤头再次残忍地扬起，砸向狗的后脑勺。只见那狗哼了一声，倒在地上，就再也没出声。视频结束了。人们沉寂良久，然后开始打字，发出情绪失控的评论。

当然要有评论，人们看到这样一个残酷的事件，把一腔愤怒转化成文字，倾泻到网络评论区。唯有如此，才能排遣掉内心积压的情绪。他们谴责虐狗狂、谴责平台。而被顶到热评位置、点赞数过万的一条评论是这样写的：地狱空荡荡，恶魔在人间。

在大量的转发和评论下，这段视频被清理了。当然，也不是被删得一干二净，还剩下一些被剪辑过的片段，狗的身上打了马赛克，让人们尽量不要直视鲜血淋漓的现场，却起到了反作用——它激发了没看过的人更多的联想。

也有少数人不仅仅是发怒，还付诸行动。他们定位视频发布者的 IP 地址，分析画面中的背景细节，试图找出凶手。但这个虐狗狂很狡猾。已经没有人能溯源这段视频，就连因为转发视频而获得流量的营销号，也跳出来撇清，说是有人匿名将视频私信给自己，点过去，对方已经注销了账号。

和绝大多数热门话题一样，视频仅仅在网络热搜上停留了不到半天，就被更多的热搜取代了。明星绯闻、海外战争、某地的好人好事、某部古装偶像剧的开播……绝大多数人不是不知道世上有欺凌和痛苦，只是不愿意去看去听。

在视频被清理之前的那晚，它被发到了方磊的手机上。准确地说，它是先传到了局里年轻人的手里，再由他们转到了方磊的手机上。当时，方磊正和蒋健在王局办公室。

"你们听明白了吗？这次的任务绝对不能走漏任何风声，否则我们所做的一切都会前功尽弃。"

"可是，王局，你怎么不早说啊？害得我们瞎忙一阵。"

"能说我早就说了。越少人知道越好，并不是信不过你们。"

"好吧。"

虽然如此，方磊还是不开心。他才知道，自己这段时间一直在做傻事：盯住陶军。陶军不是虐狗狂，也不是瘾君子，他是云南警方缉毒大队的同行，之所以潜伏在这里，是为了破获一桩国际毒品走私大案。而就在不久前,他还傻乎乎地跟踪对方,把人抓到局子里来审问呢。真是丢死人了。

"接下来的任务都安排好了?"蒋健问道。他的重心依然在那起杀人案上。

"安排好了,天一亮就行动。通知已经发出去了。"

"好。我极力配合就是。"

"现在已经迫在眉睫了。陶军那边发来消息,为防止计划失败,必须提前行动。"

"明白了。"

"老方你也是,积极参加。这可是立大功的好机会。"

"一定。"

经过这段时间的侦查工作以及家庭变化,方磊已经不像以前那样,为了"安全回家"刻意回避这类刑事大案了。没准能在退休前给自己平淡的警察生涯留下光辉一笔呢。就在这时,他的手机响了,那段虐狗的视频被发来。他打开一看,顿时愣住了。

"怎么了?"

"你们自己看。"

他把视频转发给其他两位。他们默不作声地看了视频(王局只看了个开头就关掉了,他说自己血压有点高),蒋健不由得咒骂了一声。

"是玫瑰园的那个虐狗狂。"方磊喃喃说道。

"你确定吗?"

"确定,就是这条大黄狗,"方磊说道,紧接着他发现了什么,"果然。"

"怎么?"

"你们看这个背景环境。"方磊说道,"现在终于知道柴浩成为什么会被杀了,与我之前的猜想是一致的。"

在视频中,虐狗狂实施犯罪的地方是一间卫生间的淋浴房,而这种淋浴房方磊见过很多,就在柴浩成的那些偷拍视频里。

"很显然,柴浩成偷拍到了虐狗狂的真实面孔,然后利用视频勒索他,结果引来了杀身之祸。"

"没错,可问题是他已经死了,我们还不知道他把这段视频藏在了什么地方。"

"确实。"

"行了,今天就到此结束。你们先休息,今天就在局里待着吧,不要回去。明天我们一大早就行动。"

"可是,我……"

"什么?"

方磊话到嘴边又收回去了。他先是想起家里有只小狗需要喂,接着又想起来皮蛋已经走丢。一想到这里,他就难过。

"对了,咱们这么一搞,小区里的居民怎么办?"

这天晚上,小区业主群里连续出现了两条消息。一条是那段一分钟左右的虐狗短视频,所有人都看出事件发生在小区里,不仅因为那条大黄狗——前不久它的尸体刚砸死过人,还因为卫生间的装潢大家都太熟悉了,就是玫瑰园的开发商当年统装的。很多人在群里呼吁把虐狗狂揪出来,给居民们一个交代。但更多的人选择了沉默,这种新闻并不新鲜,总会过去的。

第二条消息比第一条更让人炸锅。

物业管理员发了一段话:接到有关部门的通知,本市发现了一例新型犬瘟病毒携带者，这种病毒极具传染性，目前没有治疗办法。根据有关数据的追根溯源，有疑似阳性感染者来自玫瑰园小区。所以从今天晚上八点钟起，整个小区将实行全封闭管理，不得进出。明天一早，防疫部门会派人来对整个小区进行消杀，届时请大家关好门窗，不要出门，消杀两小时后，方可自由行动。

"太倒霉了吧。"

这是所有人看到这则消息的第一反应，然后就是祈祷，祈祷犬瘟不要蔓延，祈祷第二天的消杀取得成效。大家在这个时候变成一条心，纷纷在群里表态，会积极配合有关部门的工作，从现在起，不再出门，在家等解封通知。

幸运的是，第二天是周末。绝大多数人不用上班，孩子们也因为暑假可以待在家里。

不过，在看到这则消息后，有一些人充满了焦虑。

首先是兰小美的父母克里斯和兰伊莲。他们的女儿已经失踪将近 24 小时，警方也在小区里找了半天，还是没有任何线索。傍晚的时候，克里斯没憋住，给美国领事馆打了电话，没有人接电话。今天是周六，只能第二天再打，但现在又出了这种事。克里斯根本不在乎什么犬瘟，他在乎的是自己的女儿。他想好了，明天无论如何也要开车直奔领事馆，寻求帮助。而兰伊莲则一直沉默不语。她现在非常后悔，后悔当初没有离开这里，离开这个城市，回美国去。

另一个无法放心的人是李微微。她担心兰小美的安全，不知道兰小美现在怎么样了。她也担心那些在小区游荡的流浪狗和流浪猫。当她在群里看到那条通知，看到"全面消杀"几个字时，内心不禁一颤。

一定要拯救它们。

如果她不去拯救,那些猫猫狗狗就会死的。

这么想着,她打算出门一趟,去找几个小伙伴商量对策。刚站起身,却见妈妈坐在沙发上,低头发消息。今天八点小区就封闭了,她们没有出摊,好不容易有时间休息一下,妈妈却还在和人发消息,而且当着自己的面!她真生气了。为什么妈妈到现在还瞒着自己?

"妈妈!"她大叫一声,把妈妈吓了一大跳。

"怎么了?"

"你跟谁聊天呢?!"

"哦,一个朋友。怎么了?"

"朋友?是情人吧。"

"你在胡说些什么呀?"

"你还要瞒我到什么时候?"

"你这姑娘,我一天到晚忙得要死,哪有时间找情人,你都是听谁在胡说八道?"

"我亲眼看见的。"

"怎么可能?"

"怎么不可能,在植物园,你和一个男人见面……"

"你跟踪我?"

李微微脸色发白。

"你要不做亏心事,怎么会怕人跟踪?"

"喂,我还有没有隐私?我可是你妈妈,什么时候轮到你来管我了?再说了,别说我没有情人,就算我有,你又能怎样?轮得到你来安排我的生活吗?"

李微微不想吵架。她站起身就朝门口走去。

"你给我站住!"

李微微站住了,但没有转身。

"我累死累活,每天从早做到晚,为的是什么?还不是为了你?没想到落得这样一个下场……我真是后悔死了!"

李微微走了出去,用力砸上了门。

她在黑暗中行走着,一路哭泣不止。委屈、愤怒、痛苦,几种情绪交织在一起,不断冲击着她幼小的心灵。她不知道自己这是怎么了。妈妈说得对,自己并没有权利去管她的私生活,她完全可以再去找一个伴侣。作为女儿,如果真希望她好的话,就应该支持。有了依靠,也许以后她就不用那么辛苦了。那自己为什么会觉得痛苦呢?很简单,因为自私。她是一个自私的女孩,只想到自己,没有为妈妈考虑。想到这里,她突然不再生气了。她想好了,一会儿回去,要向妈妈道歉,毕竟在这个世界上,她只有妈妈一个亲人了,没必要为了这种事情相互指责。

现在的问题是要想办法拯救那些流浪猫狗。

先去找朋友们吧。

路上已经没人了,黑乎乎的。由于犬瘟,大家都躲在了家里。她走在寂静的小路上,感觉异常舒服,这个世界如果一直这么清静就好了,没有虐狗狂,没有争吵,没有罪恶。就像这个夏天的夜晚一样,美好而平静。

来到了贾斯汀家的楼下,她用手机给他的智能手表拨号。她有信心,只要一个电话,贾斯汀肯定会出来。她其实看得出贾斯汀喜欢自己,只是他们现在年龄还小,应该以学业为重。再说她见过贾斯汀的父母,两人都是精英,不会让自己的儿子和普通人家的女儿做朋友。以后再说吧。

"微微?"

就像是一直在等待她的电话似的,只响了两下,贾斯汀的声音就从那头传了过来。

"你睡了吗?"

"还没呢。你呢?"

"我也没。我在你家楼下。"

"啊?"

"下来,有事商量。"

"我爸说小区里有犬瘟,不让我出门。"

"我不管,你现在就下来。"

"好吧,我想办法。"

挂了电话,李微微就在楼下等待。不到五分钟,贾斯汀下来了,穿着拖鞋和睡衣。

"我爸妈已经回房间休息了,我是偷偷跑出来的。得赶紧了,要是被他们发现我不在家,非教训我不可。"

贾斯汀没告诉李微微的是,他今晚把爸爸不忠的事情告诉了妈妈,而妈妈什么也没说,只是抱着他哭了一会儿就走开了。后来,爸爸妈妈就进了卧室,反锁了门。李微微打电话的时候,他正想去偷听他们在说什么。

"我想跟你商量明天的事情。"

李微微说了自己的想法,贾斯汀表示赞同,他也在想流浪猫狗的事。两个人的想法不谋而合,只是接下来该怎么办呢?

"我有办法。"

李微微说出自己的计划。贾斯汀愣住了。

"这样行吗？"

"必须行。只有这样，我们才有可能阻止悲剧的发生。"

贾斯汀想了想。

"好吧。微微，我一直都听你的，这次也不例外。就让我们干点特别的事情吧。"

"为了拯救动物，这点事情不算什么。记得那首歌怎么唱的吗？"

"什么歌？"

"《孤勇者》啊。"李微微往后退了一步，唱了起来，"谁说站在光里的才算英雄？"

与贾斯汀分开后，李微微又去了胡飞家。胡飞没有打开智能手表，于是她直接敲门喊人。

开门的是爷爷。

"爷爷，我找胡飞，让他出来一下，我有话跟他说。"

胡飞出来了，李微微把之前跟贾斯汀说的计划也告诉了他。胡飞听到还有自己的份，立刻举手参加。

"那明天不见不散了。"

"行。"

终于，她再次回到了家。

妈妈已经洗漱完毕，准备上床睡觉了。两人住在同一间卧室，看到她进来，妈妈扭头面向墙壁，看样子还在生气。

"妈妈，是我不好，向您道歉。"

这句话像有魔力一样，妈妈的脸转了过来。她看着自己的女儿，突然觉得她长大了，个子也长高了，已经不是那个做什么都战战兢兢的小女孩了。

"妈妈也有不好的地方。不应该对你发那么大火。"

"没关系,妈妈,你应该有脾气,不要一直迁就我。"

"乖女儿,来,坐到妈妈边上来。"

李微微坐到了床边,妈妈一把将她搂在怀里。

"女儿,我知道你在担心什么。放心,我暂时不会找别人的。就咱们母女相依为命,好不好?"

李微微回过头。

"那个男人呢?"

"他啊,我是去问他要钱的。"

"要钱?"

"对啊,你可能没见过他,他就是撞死你爸爸的那个司机。"

"是他啊。"李微微恍然大悟,她的确没有见过对方,"可是为什么约在公园里呢?"

"他欠咱们钱,我去要了很多次都没要到,这家伙就是个老赖。不过后来我查到,他正在谈恋爱,有一个女朋友,对方父亲很有社会地位,于是我就想到这一招,假装约到公园里。我一早就看出来,这家伙是个无耻之徒。果然,他趁没人的时候对我动手动脚的,都被我偷拍下来了。我刚才发消息是想告诉他,这个视频我要发给他女朋友看,只要他女朋友看到,他的婚事肯定就完蛋了,他想往上爬也就彻底没戏了。想要回视频,除非他把欠咱家的钱还给我。"

"他答应了?"

"说明天就去转钱。"

"哈哈,妈妈,你真行,竟然能想出这么一招来。"

"没办法啊,被逼的。我一定要让你上一所好中学,这次的机会真的很难得，为了这个，让我做什么都愿意。"

李微微眼睛一红。

"谢谢妈妈。"

"答应我，好好读书，好吗？"

李微微把头靠在妈妈的胸前，内心情绪复杂如波涛涌动。

在小区的某个地下室里，兰小美的手脚被绑着，嘴巴上被贴了胶布，不能动弹，也无法说话。

脚步声从木质的楼梯上传了下来。

一个身影走到她面前，那人手里端着一碗面条。

"我现在把你解开，你老老实实吃饭，不要耍花样，知道吗？"

兰小美默不作声。

"唉，小美，其实我也不想这样，就怪你太聪明，话又太多了。你现在也很后悔吧？"

兰小美依然不说话。不，她不后悔。那天晚上，面对这个家伙的时候，她突发奇想，故意说了句"我好像见到顾老师去过你那儿"。她觉得光是问对方有没有见过照片上的人不会有什么效果，还不如使诈。如果对方真的是凶手，听到这话一定会有反应。然而，对于这么做的后果，她有两点没有想到：第一，她运气太好（也可以说太差），随便朝人扔了个炸弹就正中目标；第二，对方是杀人凶手，对于一个孩子而言，那可是天大的危险。

不过，即便到了这一步，她依然满怀希望和勇气。她就像在参加渴望已久的骑牛大赛，正骑在一头疯狂颠簸的野牛身上。抓牢啊，别掉下去，"小牛仔"兰小美暗暗提醒自己，只有坚持住，才能获得最终的胜利。

25

立秋了。

经过漫长酷热的三伏天，凉爽的秋天已经站在门外，轻叩门板。有时候不得不佩服老祖宗们的智慧，通过观察天文气象和粮食收成，就能把气候变化拿捏得极为准确。比如在这个清晨，如果S市的居民们用心感受的话，气温确实比前一天要低几度。凉风习习，吹在脸上，便能感受到一丝丝的凉爽，这个热得糟心的夏天终于要结束了。

但可惜的是，玫瑰园小区里的居民却没机会觉察这样的天气变化。清晨时分本来会有许多人下楼，遛狗、遛弯、健身、买早点、去公司加班……呈现一派生机勃勃。但是这天不同。前一晚的通知起到了决定性作用，大家毫无怨言地待在家里，关闭窗户，以免病毒钻进每家每户，侵袭人类脆弱的身体。

早上七点半左右，一辆城市越野车从车库里钻了出来，前排坐着兰小美的爸爸克里斯和妈妈兰伊莲。他们打算开车去一趟上海，直接找美国领事馆，请求领事馆帮他们找孩子。

然而，车开到小区正门门口就停了下来。钢铁大门牢牢关闭着，车根本出不去。兰伊莲掏出手机给物业打电话，但没人接听。开到物业门口，发现没人来上班。此时此刻小区的公共区域内除了他们，一个人也没有。

克里斯用英语骂了一句，掉头回去了。他发誓一定要去领事那里告一状。同时，他又暗暗希望，在上午十点之前，这一切都会结束。

七点五十分，一辆白色的中巴开到小区门口。

从保安室的监视器里可以看见,小区的自动大门缓缓打开。

中巴车驶了进来。

随即,门再次合上。

中巴车找了个露天车位停好。呼啦,折叠车门张开。

戴着面罩、穿着白色防护服的人从车上跳了下来。

他们下车后排成一行,背上背着装消毒水的罐子,手里拿着喷头。最后下车的是一个高个子。他身上没有背消毒罐,手里拿着一块写字板。

他是这支队伍的队长。

"列队!"

接着,队长开始点人。

十二人,加上队长自己一共十三人。

在队长的指令下,他们来到小区车行道路的中央,整齐排成一排。

"展开!"

原本站成一排的十二名队员非常专业地呈半圆形展开,有的朝前突进几步,有的侧转四十五度,有的半转身,直线队伍瞬间变成了扇形。

"预备!"

他们纷纷举起了手中的喷头。

"前进!"

随着这一声喝令,他们一边喷洒消毒药水,一边沿着小区主干道朝东门的方向走去。

这是极为壮观的一幕场景。

十二名消杀人员,扇形并进,动作整齐划一,仿佛一台大型割麦机，在干枯的稻田里压茬前进。

然而往前推进了不到二十米，消杀人员就停住了，面面相觑，不知道怎么处理眼前的状况。

在前面十米不到的地方，出现了几个人。

准确点说，是三个孩子。

他们高矮不一，从左至右，分别戴着蜘蛛侠、神奇女侠和蝙蝠侠的面具，手里各自拿着武器——擀面杖、棒球棍以及一个被装在网兜里假装流星锤的皮球。他们就这么挡在队伍前，像三个超级英雄。

队长拨开人群，站在队伍前面。

"小朋友们，赶紧回去，不要阻碍我们工作。"

孩子们毫无畏惧，不仅不退，神奇女侠还故意往前走了两步："你们快回去，否则就对你们不客气了。"

这句话惹得大家哈哈大笑。

"我倒想知道，你要怎么个不客气法？"

"想知道是吗？把你的耳朵竖起来！"

"耳朵？"

"听！"

"听？听什么？"

"嘘！"

神奇女侠做了个"嘘"的动作，然后伸出手指，开始倒计时。

三，二，一。

瞬间，不远处发出一声巨响。众人纷纷回头看，发现那辆中巴车的车胎爆了。车往下一沉，随即发出呜呜的警报声。

大人们都傻了。

"这是怎么回事?"

"我爸过年从乡下带回来的炮仗,城里不让放,现在正好用掉。"蜘蛛侠说道。

"我是问你们在干什么?!"

"我们在保护我们想保护的东西。"

"什么东西?"

"猫猫狗狗。"

"猫猫狗狗?"

"你们不在意流浪猫和流浪狗的生命,但是我们在乎。"

"去去,别捣蛋。这谁家的孩子啊?家长赶紧出来,否则别怪我们不客气。还有,把我们的车胎都弄爆了,得赔钱!"

孩子们依然纹丝不动。

"不走开是吧?行,中毒了可别怪我。"

说着,队长朝后面使了个眼色,队员们心领神会地举起了喷头,朝前推进。

见威胁没用,孩子们终于慌了,你看看我,我看看你,不知道怎么办才好。

突然,周围爆发了震动声。

几秒钟后,各栋楼里都有人冲出来了。

全是孩子。

有大孩子,有小朋友;有玩滑板的青少年,也有骑自行车的小学生。孩子们纷纷加入了三个超级英雄的队伍,组成了一支规模超过二十人的孩子战队。

大人们再一次停住了。

事态陷入了僵局。让他们感到奇怪的是,这些小家伙显然冲破了家长的阻拦。队长抬起头，看向周围的楼房，不敢轻举妄动。

一切都静止了。

旭日已经升起，将温暖的阳光洒在街上，洒在大家的脸上和身上。

这时，在路的尽头，传来了汽车发动机的声响。

队长抬起头，越过孩子们望去。

一辆金杯面包车缓缓从地下车库里开了出来。那辆面包车的车身上有一个卡通标志：三只柯基犬。

是那家宠物店的车。

只见那辆面包车朝前开了十几米，在孩子们身后不远处停下来了，发动机没有熄火。

瞬间，孩子们开心地欢呼起来。援兵来了。

这三个开宠物店的男人在孩子们中威望很高。现在他们也来了，显然也是来阻止消杀的。孩子们不禁朝后退了几步，离面包车更近了，它俨然成了他们的后盾。

"喂，孩子们，快让开！"

队长喊道。

话音刚落，面包车副驾驶位的窗户中探出一个头来。是大头。他看着这一切，一脸茫然。

"你们在干什么？快让一下，我们要出去！"

孩子们都愣住了。神奇女侠往后退了几步，走到大头的旁边。她摘下面具，露出自己的脸。

"大头哥哥……"

"哦，是微微啊，你们这是在干吗？我们现在有急事，要出小区。"

听到大头这么一说，孩子们都很失望。他们原以为"三只柯基"是来支持他们的，没想到根本不是。

"大头哥哥，这帮人要消杀动物，我们想阻止他们……"

正说着，李微微瞥见了一个人影。

是陶军。

他从侧面的小路走了过来，来到孩子们跟前。

"谁让你们出来的，快点回家去！"

"什么呀，你凭什么……"

"快回去！"

陶军大声吼道，把孩子们都吓了一跳。

"我偏不！"李微微的倔劲儿上来了。

陶军一生气，朝前走了几步。接着，他不动了。他发现所有人都在看着他的腰间。他尴尬地低下头，才意识到自己犯了一个严重的错误。

他露出了腰间的手枪。

三秒钟的静止之后，大头猛然把头缩回车内，摇上了车窗。面包车开始狂按喇叭，同时猛闪远灯，似乎想将前面的人驱赶开，好让它过去。

与此同时，在路的另一边，孩子们看到了更为惊奇的一幕。

那些消杀人员突然卸下背上的喷洒器，一把扯掉身上的白色防护服，露出了里面的警服。

原来他们都是警察。

队长也摘下了面罩，竟然是蒋健。

只见他们拔出手枪，对准了孩子们的方向。

当然，他们对准的是那辆面包车。

"快跑啊！"

陶军再次大叫起来。

孩子们如梦初醒，纷纷朝道路两侧逃去。幸运的是，对方也并不想伤害孩子。不消半分钟，孩子们就逃进了楼，透过窗户观察着外面的情形。

这时，陶军朝后退了几步，掏出了枪，指着面包车的前挡风玻璃。

"车里面的人听着，你们现在已经被包围了，马上举手投降，否则后果自负！"

面包车一动不动，就像一只吃饱了肚子的甲虫。

陶军透过挡风玻璃可以看到前排那两个人紧张的表情。他们喘着粗气，与陶军对视着。

"我最后再给你们一次机会，我现在倒数三、二、一，你们立即下车！"

"三！"

没人动。

"二！"

汽车的发动机突然发出一阵轰鸣。

"一！"

话音刚落，车上的人不仅没有下来，反而踩下了油门。面包车像一头野猪般朝那一排持枪的警务人员冲了过去。

夹在中间的陶军立刻转身，在汽车即将撞到自己时跳进了一旁的草丛，躲过一劫。

然而地上已经放置了排钉，车轮刚轧过，就听见噗噗几声，车胎一瘪，面包车随即失去了控制，朝道路一侧偏去，最后一头撞在路旁的二手衣物回收箱上，停了下来。旧衣服撒了一地。

等了半分钟后，警员们手持枪械，朝面包车慢慢靠拢过去。

刚走了没几步，车门突然打开了。两个男人一边一个从车上下来，举起枪就打。

看来之前得到的消息是真的，这帮毒贩持有武器。

一粒子弹射穿了大头的小腿，他瞬间倒地。

接着，那个绰号曼巴的家伙也快扛不住了。他试图爬回车上，反而给了陶军机会。

他飞速跑上前去，直接扑住了曼巴的下半身，用一副手铐锁住了他。

现在就剩最后一个了。

陶军喘着气，举着手枪，小心翼翼地拉开车门。

刚拉到一半，他脸上的表情就凝固了。

随即，他举起手往后退去。

远处的警员不知什么情况，不敢轻举妄动。

很快，所有人就都看到发生了什么。

陶军退避了几米后，车上下来一个人。

不，是两个人。

颜平手里举着一把手枪，而他怀里，在枪口之下的，是失踪了一天多的兰小美！

"退后！"颜平大叫着。

陶军没办法，只能朝后退去，其他警察也不敢向前。克里斯和兰伊莲出现了，他们想冲上前，却被警察拦住了。

"小美！"

"爸爸！妈妈！"兰小美哭了起来。这是她失踪以来第一次哭。

"都给我退后!"

颜平肩上挎着一个大大的旅行包,开始朝小区的西侧门退去。

"谁要追上来我就打死她!"

警员们都站住了。谁也不想看到人质受伤害。

颜平抱着兰小美逃向西侧门。

西门是一道小门,平时无法走汽车,只容行人通行。门前一天晚上被物业用铁链锁上了,但这阻止不了颜平。他跑到门前,对准锁链连开两枪,锁链便被打断了。随后,他迅速打开门,准备出去。

但刚越过门,他就被什么东西绊住了。

回头一看,原来是兰小美用力扒住了门框。

兰小美用尽了所有的力气,双手抓住了铁门,死也不肯松手。

"放手!"

"不放!"

"快放手!"

"不,我就不放!"

颜平生气了,他用枪托狠狠给了兰小美的胳膊几下,打得小女孩哇哇直哭,但仍然勇敢地坚持不放手。颜平只好松开了兰小美,背着包朝前跑去。

刚跑了几步,突然脚下拌蒜,一时间没控制住身体,朝前扑倒下去。

这一下摔得不轻,就连手上的枪也摔出去几米远。

颜平爬起来想去捡枪,身后突然闪出了一道身影,冲到了他前面,那人一脚将枪踢得更远了。颜平抬头一看,面前竟然站着一个老头。

他见过这个老头,叫方磊,曾经出现在他的店里。

"小伙子,这是要跑哪儿去呢?"

"让开!"

"要不要过两招?"

"啊?"

"过两招啊。"

说着,老头把短袖的袖口撩到了胳膊上面。

颜平笑了。

他捏了捏拳头,松了松筋骨,关节发出咔咔的响声,随即朝方磊冲了过去。

然而,当颜平朝他挥拳过去时,他只是微微一侧身,一把抓住了这个年轻小伙子的手腕,用力一拧,便转了九十度,然后快速伸出另一只手,用掌边向对方的下巴骨下面猛砸。他听到骨裂的声音,同时也感到自己的手臂和肩膀一阵剧痛,事后才发觉用力时扭伤了肩膀的肌肉。颜平像一只麻袋似的倒在了地上。

接着,方磊骑在他的腰上,将他双手反剪,戴上手铐,随后又捡起了掉在几米远处地上的手枪。他翻开颜平的背包,从里面找到一大包宠物小饼干,随后赶来的陶军打开闻了闻,认定其中掺杂了海洛因。

当看到爸爸妈妈和三个小伙伴朝自己奔过来时,重获自由的兰小美潇洒地擦干眼角的泪痕,像获得骑牛大赛冠军似的开怀大笑,露出洁白的牙齿。

26

陶军发现"三只柯基"是毒窝纯属偶然。

那天,布丁的皮肤病越发严重了,整天挠个不停,他只好带它来宠物店。这确实是无奈之举。按照规定,缉毒犬如果生病,必须由警队里的专业兽医看护治疗,但布丁的皮肤病已经严重到影响工作了。而在S市,他又不能轻易暴露身份,于是在征得领导同意之后,他来到玫瑰园小区东侧门附近的"三只柯基"宠物店。

整个看病过程还算愉快。那个外号叫曼巴的年轻宠物医生工作非常仔细认真,也很有经验,他很快就发现布丁是因为不适应本地气候才感染了真菌,于是开了一些外敷的药,并给它戴了一个伊丽莎白圈,防止它舔舐。这就算是解决了。

只是布丁整个过程中一直表现得躁郁不安。

一开始,陶军以为是皮肤病造成的,又或者是因为店里还有很多其他的狗,它兴奋了。但直到涂完药、戴上伊丽莎白圈后,它连续打了几个喷嚏,让陶军突然警觉起来。趁着曼巴进到里间的工夫,陶军对着布丁迅速做了几个指令,布丁趴在了地上,把右前腿搭在了左前腿上面——这是周围有毒品存在的暗号。要不是这里狗味比较重,有掩盖效果,他相信布丁能更加准确地找到毒品所在的位置。

这里就是他找了很久的毒窝。

他终于知道为什么自己在小区里转了一个多月都毫无收获。

狗的味道掩盖了一切,包括毒品。

意识到这一点后,陶军特别留意起了店内情况。他意外发现,角落里放着几箱行李，像是刚打包好的。莫非这帮家伙准备溜了？难道正如他所猜测的，那个瘾君子的死亡已经惊动了这帮毒贩，他们急着撤退？

随后，陶军偷偷拍下了三个人的照片，让后方的同事对他们进行调查。

调查结果很快就出来了。

这三个年轻人曾经在云南上大学，有过不良征信记录，曾拖欠贷款，看资料应该是被骗进过传销组织。在被当地警方解救出来后，他们消失了一段时间。出入境记录显示他们去了一趟东南亚，回来后不久就把债务还清了。后来，他们就离开了云南，来到了S市，并且在很短的时间内开了这家宠物店。

根据线索，也就是从那个时候开始，S市的公安局在对娱乐场所例行检查时，找到了本市许久不见的海洛因。

根据这些疑点，陶军稍作分析和推理，认定这三个家伙应该是在东南亚接触了跨国毒贩，为了赚钱还债，负责贩毒入境。

大学生的身份竟成了这三个家伙的掩护，一次次躲过了边境的关卡。

再后来，他们以此获利，成了集团的重要成员。他们来到S市应该也是受到上层的指示，利用社区宠物店做掩护——宠物味道大，能遮盖毒品的气味，海洛因也可以被混入宠物食品中掩人耳目。另外，这种大学生创业的模式外加宠物可爱的外表，不太容易引起怀疑。

调查到了这一步，行动可以收网了。

陶军跟王局建议布置这样一出"消杀行动"，目的是封锁小区，好实施抓捕工作。没想到的是，那群孩子为了救流浪动物奋不顾身，差点破坏了行动，幸好没出事，否则就麻烦了。

随后，陶军和蒋健一起参与了对三个年轻毒贩的审讯，他们很快就招供了。

"那顾新月呢？"

"你说的是那个女孩吧？"颜平冷冷地说道，"怪她自己倒霉。那天晚上，我们本来准备关门发货，结果她闯了进来，说要给自己家的贵宾犬买点零食。不巧的是，阿狗当时正好从外面进来。"

"阿狗？"

"对，就是那个被大狗砸死的人。"

"继续。"

"我们不小心把给阿狗的宠物小饼干跟她买的搞混了。"颜平交代道，"如果她家的狗吃了含有海洛因的小饼干，出现异常，去其他宠物医院一检查，我们就全完了……"

"最后一个问题，"方磊看着颜平，"我们在宠物店并没有找到杀死顾新月的凶器，你们把羊角锤藏哪儿了？"

"羊角锤？"颜平疑惑地说。

"顾新月不是被你们用羊角锤敲击后脑勺致死的吗？"

"不是羊角锤，是一根晒干的牛棒骨，那是宠物店里卖的，专门给大型犬磨牙用的。当时比较紧急，我就随手拿了一个硬物，砸了那女孩的脑袋。不过，你们永远也找不到了。"

"为什么？"

"因为它已经被一只寄养在店里的萨摩耶啃掉了。"

方磊想到那天在便利店见到的白色萨摩耶。

行动结束后，方磊特意找到陶军，为自己之前的行为道歉。陶军表示没关系，不打不相识嘛，还邀请他退休后去云南玩，到时候带他去爬山、游水、吃菌子。

随后,陶军就带着布丁回云南与家人团聚了。

临别前,陶军向方磊透露了一个重要信息。他说自己有一天晚上遛狗,曾遇到过柴浩成。他看见这个偷拍狂出现在小区里某个流浪猫狗聚集的地方,手里拿着一把小铲子,蹲在地上挖土,似乎在掩埋什么东西。

这个信息提醒了方磊。

他想起,小胖子胡飞捡到过一个U盘,就在流浪猫狗聚集的地方。他还特意拿给他们看。他赶紧追问,胡飞说他扔到小区池塘里了。

此刻,望着那一汪看起来并不太干净的池水,方磊突然有了一个主意。他给几个孩子打了电话,让大家去金灿老师家集合。他有重要的事情要宣布。

"什么?你们都已经在金老师家了?"

方磊惊讶地说道。

在金灿老师家的院子里,四个孩子都到齐了。这里正在举办一场小型的追悼会。

Lucky因为肾衰竭,已经在前一晚去世了。金灿和于亮悲痛万分,想给它举办一场告别会,便打了电话,把大家都招呼过来。

在一种悲伤的氛围中,金灿老师弹起了那首经典的《爱的礼赞》,孩子们低头沉默,默默祈祷。

整个仪式持续了大约半小时。结束后,方磊拦住了准备散去的众人。

"现在我要履行对你们的承诺了。"

"您的意思是，您已经知道虐狗狂是谁了？"李微微惊讶地问道。

"没错。"

"是谁？"

"先别急，稍等一下，"方磊看了一眼手机，"应该到了呀。"

果然，话音未落，屋内的智能门铃响了。方磊走过去，按下接听键。

"喂？"

"您好，您的外卖到了。"

"稍等。"

方磊挂断通话，打开门走了出去。过了一会儿，他回来了，手里拎着一个大大的方形塑料保温袋。

"你们看看，现在的商家真是过度包装，买一份酸菜鱼，给这么高级的袋子。"

方磊随即锁了门，然后笑着将那份酸菜鱼放在桌上。

"来来，大家都过来尝一尝。"

众人站着不动，不明所以地看着他。

方磊微笑着，自顾自地打开了盖子。瞬间，酸菜鱼香喷喷的味道飘在了空中，金灿率先走了过来。

"哇，太香了，真的是酸菜鱼，我的最爱。是哪家的？"

"小爽家的。"

方磊指了指袋子上的印字。

"嗯，这家我点了很多次了。有没有让他们多加点酸菜？"

"有，当然有。"

方磊从袋子上拿下那张小票，指着上面的备注说道。

"你看，我特意在上面备注了，多加酸菜。我就知道你喜欢酸菜，对吧，金灿老师？"

"是啊。咦，你怎么知道我喜欢吃酸菜？"

金灿已经掰开了一次性筷子。刚想开动，她发现所有人都在看着她，包括那些孩子。

"金老师，没想到是你。"李微微颤抖着说道。

"什么？"金灿看着方磊。

方磊拿出一张纸片——那张小票。

"这张小票也是你的吧？"

金灿拿起小票看了一眼。

"可能是吧，我不记得了。"

"这是在发现黄狗尸体的地方找到的。孩子们认为是虐狗狂丢的。"

"虐狗？我？"金灿露出不可思议的表情。

方磊默默地看着她。

"实话实说吧，我之前在侦查这起高空坠狗案的时候，之所以走了这么多弯路，是因为我犯了一个常识性错误——认定走过38号楼的人不可能住在38号楼。"

"什么意思？"

"还记得那个被砸中的路人吗？"方磊说道，"当时，他已经走过了38号楼，而我学着他的样子躺下后，旁边的民警赵明明给了我提醒，说他不可能住在38号楼。所以我想当然地认为赵警官说得没错。我犯了一个先入为主的常识性错误。

"因此，我在调查他身份的时候，就完全把38号楼撇在了一边。等想到这一点的时候，我已经错过了很多信息。在来之前，我重新把38号楼的住户信息整理了一遍，结果很快就发现了问题。1901的登记信息不对。"

"1901？"李微微突然想起来了，案发当天，"三只柯基"的老板大头曾经让她给这户送过宠物小饼干。

"没错。我们昨天潜入1901，通过屋内衣物，确定了这家的住户就是那个被狗砸中的受害人。现在先说回虐狗的事情。"

说这话的时候，方磊看向金灿，而后者正靠在于亮的怀里，一言不发。

"之前在观察小区的时候，我同样也产生了一种先入为主的看法，那就是我觉得自己家养狗的人不会虐狗。试想一下，一个养狗且爱狗的人，怎么可能是虐狗狂呢？我再次犯了相同的错误。"

方磊继续说道。

"事实上，在我们的生活中这种事情太多了。有当老师的欺负学生，有做医生的伤害病人，有儿童福利院的员工侵犯儿童，也有执法人员知法犯法，既然如此，养狗的人虐狗也不奇怪。人是一种伪善的动物，披着善良的外衣去做不善良的事情，这种事情并不鲜见。"

"你说了这么多，也不能证明是金灿在虐狗啊。"

于亮为自己的未婚妻辩驳着。

"先别着急。基于上述的认识，我把侦查范围扩大了，我调查了38号楼里所有养狗的人家，然后给外卖员打电话。喜欢吃酸菜、家里养狗、经常点外卖，这些信息凑在一起，就有了这个结论。"

"荒谬！"

"荒谬吗？"

方磊走到钢琴边，拿起地上的一个工具箱，打开，里面竟然有羊角锤一类的工具。

"这个工具箱我一早就看见了。如果我没看错的话，这应该是专门给钢琴调音的工具。其实只要将这把锤子拿去化验一下，就能知道上面有没有血迹了。"

"不，不是我干的……"

金灿几乎要哭了。孩子们后退了几步，只有于亮还在保护她。

"这说明不了什么。而且就算如此，这也不是什么刑事犯罪。"

"当然，当然。"方磊收起了笑脸，"不过，为了掩饰自己虐狗的事实而杀人，这算得上刑事犯罪了吧？"

"什么？！杀人！！"

大家都慌了。

"不可能的，我绝不相信金灿会杀人，她没有这个能力。"

"她当然没有这个能力。"方磊指着于亮，"不过，你有。"

于亮呆住了。

"方警官，别开玩笑了。"

"我从不开玩笑，我有证据。"

方磊拿出手机，拨打了一个电话。

"找到了？太好了，赶紧拿过来吧。"

过了一会儿，门铃响了。方磊打开门，蒋健走了进来，手里拿着一个U盘，上面还有一些泥垢。

"确定是它吗？"

"非常确定，刚找到的。"

说完，蒋健就看着于亮，后者终于惊慌起来。

方磊继续说："你们可能很好奇这是什么。我其实已经知道，被杀害的柴浩成偷拍到了一段虐狗的视频，他勒索虐狗者，后者为了隐瞒这一切，就杀害了柴浩成。当然，他并没有找到这段视频，因为存视频的 U 盘被柴浩成埋在了流浪猫狗经常出没的一块泥地里，几天前被一只流浪猫刨了出来，然后又被胡飞捡到了。大家今天注意到小区里来了一支工程队吧？那是我们的工作人员，他们一直在抽干池塘里的水，目的是找到这个 U 盘。很幸运，我们找到了——有没有觉得很讽刺，虐狗的证据最后竟然被一只流浪猫刨了出来？"

"别吓唬人了，这个东西泡在水里，早就坏了。"于亮反驳道。

"是吗？我也不知道它还能不能用，要不这样，咱们来现场检查一下。哦，借你们家的电视盒子用一下。"

方磊打开了墙上的液晶电视机。然后，他慢悠悠地把 U 盘插进电视侧旁的 USB 插口里。他拿起遥控，准备操作。就在这时，于亮突然一个飞身，扑了过去，把 U 盘从盒子里拔了出来。

"你干什么？"金灿说道。

"不要过来。"

于亮把 U 盘放在地上，抬起脚一通狂踩。

蒋健笑了笑。

"实话告诉你吧，其实来之前，我已经在电脑上看过这个 U 盘里的内容了，还复制了一份到电脑里。"

"于亮，"方磊说道，"我现在以涉嫌谋杀的罪名逮捕你！"

突然，于亮拿起地上工具箱里的羊角锤，一把抓住了金灿，用锤头尖锐的一端对准自己未婚妻的咽喉。

"你们不要过来！"

"于亮！"

"你闭嘴!"于亮大吼道,"我真是受够了。没错,是我干的,那条狗是我敲死的,因为它每次都在我回来的时候对着我叫,我烦透它了。我小时候被狗咬过,我这辈子最讨厌狗了。一烦起来,我就把它干掉了。简直烦死了。"

"那柴浩成呢?"

"柴浩成这个王八蛋,偷拍你洗澡,结果偷拍到我在卫生间虐狗的画面。他勒索我。我给了他钱,他不满足,后来还想问我要一大笔。我去他家,让他收手。他竟然当着我的面,打开了你的视频。"

方磊看了一眼金灿,后者脸色惨白。

"这个王八蛋,不仅威胁我,还说我老婆身材不错,能不能借他玩玩……我气坏了,想起包里还有抓狗用的迷药,就趁他不注意,偷偷倒进了他的酒杯里。"

"然后你就勒死了他?"

"没错!这种垃圾,死了活该!"

"所以你的解释是,自己是激情杀人?"

"当然,我当时喝了酒,又被他这么一激,完全失去了理智,才会做出这种错事。"

"闭嘴吧。"方磊冷冷地说道,"使用迷药,现场作案痕迹清理得干干净净,避开了邻居的耳目,你分明就是有预谋地杀人。"

"胡说!"

"你是不是觉得这样就能减刑了?看来你这个浑蛋对法律还挺了解的嘛。要我说,应该是柴浩成一直在问你要钱,看起来没有止境,而你年底就要考公务员了,绝不能有任何污点。"

"等一下。"蒋健说道,"老方,虽然他杀人是事实,但我还是有点无法理解。就像你说的,杀柴浩成的凶手作案手法十分专业,反侦查能力极强,他一个普通人,有这样的作案能力?"

方磊冷冷一笑。

"还记得上次我们来他家吗?那天他刚从图书馆回来,说是在准备考试。也算我眼尖,我在他打开的书包里看到一些书。"

"哦,什么书?"

"《刑法学》和《侦查学》。"

"啊?那不是考刑警才要看的书吗?"

"是吗,于亮同学?"方磊看着于亮,"你是准备报考公安系统的公务员吗?"

于亮默不作声。

"可是……"金灿已经泪流满面,"你不是挺喜欢 Lucky 吗?"

"喜欢?真是天大的笑话。我最讨厌的就是这条狗。整天在我身上蹭来蹭去,脏死了,臭死了,搞得车里也是臭的。我巴不得它早点死,所以我在它的水盆里放了一点药,加速了它的死亡……"

"于亮!你太过分了!"

"金灿,你这人真是不知好歹,我喜欢的是你,为什么要养条狗呢?你瞧,我多么爱你,为了你,我可以面子都不要,在大庭广众下向你求婚。为了你,我付出了很多,可是你平时跟狗在一起都比跟我在一起开心,我真是无法理解,不就是一条狗吗……"

话音未落,金灿猛地一下挡开于亮的羊角锤,一个转身,对准于亮的脸就是一巴掌。

啪!

于亮被打蒙了。趁这一刻,方磊和蒋健快步过去,夺下了锤子，制服了他。

"金灿，我是爱你的……"于亮哭着说。

"你爱的是你自己。"

于亮就这么哭哭啼啼地被带走了。

"对不起了，金小姐，不过我认为你值得更好的人。"方磊说。

"嗯。"金灿说道，"我应该谢谢你帮我认清了这个人的真面目。"

"警察爷爷，那我们呢？可以去警察局了吗？"李微微说道。

方磊看着四个孩子。

"我觉得你们还有一件事要做。"

"什么事情？"

"你们认为，在高空扔狗这件事上，你们最大的疏忽是什么？"

孩子们面面相觑。过了一会儿，李微微站了出来。

"我知道。我们一直在想着如何解决自己的问题，但却忽略了最重要的一点——那个被砸死的人。"

"没错。做了错事没关系，可以去改正，而所谓改正并不仅仅是简单承认错误就好了，要用真心去感受这件事对他人的伤害。你们除了救赎自己，也要去救赎被你们伤害的人。"

"可是，他已经死了，不是吗？"

方磊和蒋健相视一笑。这是王局一早的安排。

一周后的一天，方磊回到警局。明天他就要退休了，这是他作为刑警的最后一天。

刚走到门口，他就被拦住了。是蒋健。

"老方，你过来一下。"蒋健突然出现在他的面前，严肃地跟他说。

"怎么？有情况？"

蒋健一言不发，领着他走进了办公室。

刚一进办公室，突然"砰"的一声，吓了方磊一跳。

紧接着，他知道发生什么事情了。

一些彩带和碎屑飘到了他的头顶，大家都围了过来，对着他鼓掌、喝彩。办公室的黑板上方挂了一条横幅。

"祝贺方磊同志光荣退休！"

方磊笑了，眼眶里饱含着泪花。他原以为自己作为警察，平庸了一辈子，会就这么稳稳当当地退休，却在最后关头赢得了同事们的尊重和信任。蒋健走了过来，笑着拍拍他的肩膀。

"老方，以前是我不对，现在向你道歉。"

方磊笑着说不用。

"希望有生之年还有机会再和你并肩作战。"

就这样，方磊结束了自己三十多年的警察生涯。

众人散去之后，他来到自己的办公桌前，感慨万分。呆坐了几分钟后，他打开背包，开始往里面装东西。嵌有一家四口照片的相框，两个女儿还是小时候肥嘟嘟的样子；一本崭新的菜谱，封面是一只色彩鲜艳的舒芙蕾——那只叫皮蛋的小狗又浮现在了眼前，一阵伤感袭上心头。最后，他的目光停留在一个大大的牛皮纸信封上。

这个信封在案发后不久就送来了，他却一直没有打开。

他想了想，从笔筒里取来美工刀，拆开了信封。

如他所想，信封里果然是一本广告宣传册，不过，宣传的并不是什么商品，而是一本物业宣传册。是玫瑰园小区的。

他刚一打开，就有样东西掉了出来。

是一枚 U 盘。

他大吃一惊，将 U 盘插入电脑。

很快，U 盘的图标便从电脑桌面上跳了出来。

里面竟然存有一段视频。

他犹豫了一下，然后双击，点开。

视频内容让他震惊。

"蒋队！"

听见喊声的蒋健快速朝他跑了过来。

当天傍晚，他回到家，打开门。

屋内冷清依旧。

两个女儿已经有一段时间没来看过自己了。他想这样也好，清静。

过了一会儿，他在院子里泡了一壶茶，拿了一本书静静地坐着。这是他想象中的退休生活，很不错，只是有些孤独。

就在这时，他听见了一阵声音。

有什么东西在挠门。

他狐疑地起身，走到院门口，将门打开一条缝。

皮蛋摇着尾巴跑了进来。

一个多星期未见，虽然瘦得皮包骨，它却长大了一圈。

他弯腰把它抱在怀里，抚摸着那有些脏但松软的皮毛，内心被温暖和感动充盈。

尾　声

　　意外发生的时候，距离阿狗三十岁的生日还有七天。

　　不久前，阿狗曾去郊外天平山上的道观里算过一卦。那个胖胖的说话慢吞吞的中年道士告诉他，在他三十岁生日前后会有一劫。生死劫。如果幸运，扛过去了，前方就有美好的未来等着；假使没扛过，那么对不起，咱们有缘来世再见。

　　临别时，阿狗将那花了八百块钱买的护身符挂在了脖子上，紧贴胸口的位置。

　　阿狗本名当然不叫阿狗，但认识他的人都叫他阿狗。

　　无所谓。他至今依然记得小时候父亲曾跟他说过的一句话：人要取个贱名才能活得长久。那时候的他体弱多病，鼻腔里全是中药的味道。

　　不过，活到现在，快三十岁的年纪，他早就明白了一个人生道理：人企图"活得长久"毫无疑问是一种虚妄。

　　人为什么要活得长久？

　　至少在一年前，他依然想不明白这件世人所追逐的事情究竟是为了什么。

　　阿狗是个孤儿，八岁父母就因车祸去世了。事后，毫发无损的他被送到了福利院，在艰苦的环境中长大。

　　十五岁的某天夜里，为了摆脱其他孩子的欺侮，他从福利院跳窗逃了出来。

没有出路，也没有归宿，没有亲人，更没有朋友，他四处流浪，靠着捡垃圾和小偷小摸活了下来。

那个时候，他只有一个信念，就是活下去。

至于为什么要活着，他从来没有想过。

就这么浑浑噩噩过了十年。

他做过服务员，在工地搬过砖，给夜总会看过场子。没有人知道他的真名，他也从来不说自己叫什么。一旦有人问起，他就自称阿狗。对，就是阿猫阿狗的阿狗。

他只是一个无名之辈，无足轻重到这个世界完全可以对他忽略不计。

去年，他接到一个活儿。有个以前认识的大哥找到他，给钱让他去玫瑰园小区租个房子，然后找到小区里一家叫"三只柯基"的宠物店。他的任务很简单，每天从宠物店里拿货，分发出去。

货，就是毒品。他当然知道。

但没关系，这种事情他又不是第一次干。他自己也吸。

大哥对他的唯一要求是，要隐蔽，不要让任何人知道。

这点他有信心。他最大的本领就是在人世间隐身。

没人会在乎一条烂狗。

他做得非常成功，在这里大半年，不仅左右邻居不知道他的存在，就连物业和保安在内的小区里的所有人都对他视而不见。

他就这么一天天做着"骡子"的工作，无休无止。

为了掩人耳目，他每天回来得很晚。有的时候饿了，就去小区东北角的消夜摊上吃一碗蛋炒饭。炒饭的是一个四十岁左右的女人，她的女儿偶尔也在旁边帮忙。奇怪的是，他从来没见过这个女人的丈夫。

有一天，他喝了点啤酒，终于忍不住问了一句，你老公呢？

女人答被车撞死了。

虽然女人轻描淡写，但他依然感觉到了她深切的悲伤。

他被触动了。也许因为他的父母也是被车撞死的，他完全理解亲人意外离世的痛苦。

从那以后，他几乎每天都来吃蛋炒饭。有时候他会多点几样吃的，其实也吃不完，就是为了照顾这对母女的生意。

后来有一次在酒吧，他看见有人打架。因为一件小事，一个人拿刀捅了另一个人，被捅的那个人肠子流了一地，没等到救护车来就死了。

他感到万分震惊，仓皇离去。

回去的路上，他很害怕，而这种恐惧感在他之前三十年的人生中从未出现过。他，烂命一条的阿狗，竟害怕起了死亡。他失魂落魄地来到了消夜摊，照例要了份蛋炒饭。看着那个忙前忙后的女人，他突然意识到了原因所在。

他怕死不是因为自己，而是因为面前的这个女人。

他怕自己死后，再也见不到她了。

这样的念头令他感到荒谬极了，同时又一阵心慌。当蛋炒饭端上来后，他一口也没吃，付了钱就匆忙离开了。

那天晚上，他躺在床上辗转反侧，人生第一次思考死亡。思考的结论是，他绝不能死。他想着要赚够钱，有一天走到那个女人的面前，请她看一场浪漫的爱情电影。他莫名地开始渴望爱情，渴望过一种稳定的生活，找个人结婚，踏踏实实地过好下半辈子。

但同时，他又清晰意识到，这种愿景对于他这样的人而言，太不切实际了。

他是阿狗,一个小人物,一头帮人运毒的骡子,仅此而已。像他这样的烂货,有什么权利去奢望爱情,奢望那种幸福生活。

他被这些颠来倒去的想法折磨得彻夜未眠。

天亮之后,眼睛红肿的他终于做出了决定。

为了那个可能性只有百分之一的美好未来,他发誓要做出努力改变这一切。

当天,他再次去宠物店拿货的时候,用手机悄悄拍下了一些犯罪证据。拍摄过程中,他心惊胆战,生怕被那些家伙发现。

回到家后,他迅速把视频导了出来,存在了一个U盘里。

现在的问题是,怎么把它交给警方?交给谁呢?他绝不想亲自现身,否则他将会因为从事犯罪活动而入狱。那样的话,他就无法完成自己的梦想了。那么,最好的做法是匿名寄给一个信得过的人。

寄给谁呢?

想来想去,他想到了一个人。

是一名警察。

那还是在十多年前,他刚从福利院里逃出来的时候,因为去包子铺偷了一只肉包子,被店主抓住了。对方抬手要打他,但被一个人及时阻止了。

那个人穿着警服,是一个四十多岁的中年男人。

男人帮他付了包子钱,然后告诉他,以后不要偷偷摸摸了。临别时,还给了他一百块钱,让他回家去。

"无论如何,好好活着。"男人最后说了一句这样的话就走了。

这句话他记了很久,同时记得的还有这个警察的姓氏。

当时,他听见包子铺的老板叫他方警官。

他登上了本地公安局的网站,很快查到了方警官的照片。

他叫方磊,是一名刑警,如今已经老了。

无论如何,就把自己的命运交给他吧。

他拿起小区里分发的物业宣传册,把 U 盘夹在里面,就出了门。在公安局门口,他花钱向一个路过的快递员借了一件马甲和帽子,然后把那个只写有收件人姓名的信封送到了传达室,就离开了。

他期待方磊看到后会马上行动。

那时候已经临近中午,他想着先回去睡一觉。

也许一觉醒来,警察已经把那个宠物店查封了。

这样的话,他就可以踏踏实实地走到消夜摊,邀请那个女人看一场电影了。

就这么想着,他脸上露着笑意,走进了玫瑰园小区。

他沉浸在自己想象的喜悦中,等发现不对劲时,已经晚了。

有人在跟踪自己,这个念头让他吓了一跳。他猛然想到,大哥曾经对他说过一句话,千万不要耍花样,否则会杀了他。当时,那家伙是指着自己的眼睛这么说的,意思是他会随时盯着自己。

难道自己刚才去公安局举报的事被他们发现了?

这么一想,他几乎魂飞魄散。为了验证,他缓缓蹲下身,假装系鞋带。随即,他听到了一阵狗叫。回过头,一个男人牵着一条狗闯入了他的视线,就在二十米外的不远处,与他四目相对。

一秒钟都没有犹豫,他撒腿就跑。

对方不追上来还好,如果追上来了,就说明他是被派来杀自己的。

不幸的是，对方追上来了。

他拼命跑，恐惧万分。

不，他还不想死。

身后的脚步声近了。

情急之下，他跳进了一旁的草丛里，借着杂草的掩护，拼命逃亡。

对方在逼近。

他从草丛里跳了出来。

前面就是他住的 38 号楼了。

不，不能进去，得跑过去。不能让人知道自己住在什么地方。

我一定要跑……

咚！

什么东西猛地砸在了他的身上。一个趔趄，他摔倒在地。

这一下砸得太重，他瞬间就失去了动弹的能力，只能趴在地上。

他感到头上有血流了出来，在地上蔓延开来。

奇怪的是，他不觉得疼。

他费劲地翻过身来，仰面朝向天空。

眼前的世界变得虚幻起来。

白云在蓝天上涌动，头上的树枝轻轻摇曳，树影稀疏，蝉鸣四起。

多么美好的世界啊，为什么以前从来没有抬起头好好看看这些呢？

恍惚中，他看见那个女人的脸。

她就在天上对着自己笑呢。

可惜啊，他永远也看不到这一切了。

这么想着，他闭上了眼睛，眼角流下了成年以后的第一滴眼泪。

"原来他在这里。"

不知道过了多久，他迷迷糊糊听到了有人说话的声音。他使了使劲，却睁不开眼睛。

"你们四个啊还真是走运。这个家伙被砸中后，送到医院被抢救了过来，没死，不过成了植物人，具体什么时候醒来，就要看他的造化了。"

"原来是这样。他叫什么？"

"不知道。我们问了那些毒贩，他们说只知道他叫阿狗。"

"阿狗？"说话的是一个小女孩，"我好像在哪儿见过他。"

"是吗？"

"嗯，他好像在我妈妈的消夜摊上吃过东西，记不太清了。警察爷爷？"

"嗯？"

"不管怎样，是我们造成了这样的局面。我们商量了一下，决定轮流来看他，直到他醒来。"

"唔……这是你们自己的决定，既然这样，就去做吧。"

"那我们走了，明天再来看他。"

随后，说话的人就离开了，周围变得异常清静。

阿狗躺在病床上，闭着眼睛，想着那个同样清静的下午，那个道士对他说的话。

如果扛过了这一劫，美好的未来就会在前方等着自己。

我扛过来了。他想。